一生里的某一刻

张 春 著

人民文学出版社

图书在版编目（CIP）数据

一生里的某一刻/张春著. —增订本. —北京：人民文学出版社，2017
ISBN 978-7-02-012754-2

Ⅰ.①—… Ⅱ.①张… Ⅲ.①随笔—作品集—中国—当代
Ⅳ.①I267.1

中国版本图书馆 CIP 数据核字（2017）第 101350 号

责任编辑　宋　强
装帧设计　李思安
责任印制　史　帅

出版发行　人民文学出版社
社　　址　北京市朝内大街 166 号
邮政编码　100705
网　　址　http://www.rw-cn.com

印　　刷　三河市西华印务有限公司
经　　销　全国新华书店等

字　　数　233 千字
开　　本　880 毫米×1230 毫米　1/32
印　　张　9.125　插页 24
印　　数　1-10000
版　　次　2015 年 1 月北京第 1 版
　　　　　2017 年 11 月北京第 2 版
印　　次　2017 年 11 月第 1 次印刷

书　　号　978-7-02-012754-2
定　　价　52.00 元

如有印装质量问题，请与本社图书销售中心调换。电话:010-65233595

目录

野蔷薇的嫩枝，剥开皮放到嘴里嚼。甜丝丝的清凉味道。春天吃它不能舍不得。因为在手里握久了会变软变热。夏天它们开着非常漂亮的花，花瓣也可以嚼。秋天又长出鲜红的果实。蔷薇很好。

梦境
仓库

◎ 我想起 Mona，就好像想起了皎洁的月亮。她并不是自己发光，却能反射别人的光，同时使自己也美美的。想想我就替她未来的男朋友高兴，能和她一起享受当下的每个时刻，把她散发出的青春和月色尽收眼底，温暖整个人生。

我和她

我还记得那是个暖洋洋的春天，我坐在窗户边，老师在上面念，我趴在桌子上笑个不停，脸滚烫滚烫的。窗外长着矮矮的小树，树影投在玻璃窗上。绿色的油漆窗框和绿色的树。我心里想：多么快乐的童年啊！多么伟大的友谊啊！那时候我可能还不明白，但那就是想念吧。

代序

张存是谁

尊贵的大阿紫斯基

阿春非常擅长讲故事。

一个再普通不过的故事到了她的口中总变得活色生香。如果她站着，微驼着背，直立着的那脚承受身体所有重量，另一脚自然弯曲放于身前。横在胸口的手臂托着另一只夹烟的手。随着故事的发展，夹烟的手离开了支撑，一缕上升的青烟指向天空。如果她坐着，戏就全落到她眼睛里，从初一的月牙，亮着光圆成了十五。忽然乌云密布，朝我们扔撒起冰雹。

节奏。她的故事有着神奇的节奏，别人学不会。只有她，可以在全部人屏息等待时狡黠地环顾全场，又在那多一分便让人不耐烦或少一分会有人还没缓过来时，揭晓答案。有时哄堂大笑，有时瞠目结舌。

一个好的说故事的人不一定需要好的听众，她可以把任何人培养成一个好听众。但一个好的听众一定渴望这样一个好的说故事的人。

恬不知耻地说，我恰巧是个好的听众。

和阿春在好几年前就认识。那时我在曾厝垵开第一个客栈，叫"时光客栈"。她在村口租了个小店面,要卖冰淇淋。挂上了个木头招牌"晴天见",说是只在晴天的时候开门卖冰淇淋。乒乒乓乓捣鼓了起来,路过时常看到她灰头土脸一身油漆蹲在地上。

没多久小店就开起来了。

不包括门口屋檐下那只够放一张桌子的位置（后来围绕这有限的位置又做了圈木头椅,栏杆可当靠背）,屋内一个小吧台占去了一半的空间,吧台左侧是三角形的厕所（屋外上二楼的楼梯下的小空间,应该有许多人从蹲坑站起时被上面那斜坡顶撞到过头吧?）,吧台前是两三张长脚凳。这样个小店,在我看来最多可以一次性容纳六个客人,竟然常常挤了十几个人在那里弹琴唱歌吃冰淇淋。当年的曾厝垵房租很便宜（当年的当年哪里房租都很便宜）,卖冰淇淋一个三块,我想了想,一天最多有五十个客人吧?一百五十块,扣去房租水电成本,剩下五十。我坐在她店对面的朋友家客厅里观察,表面上看似乎是人满为患生意兴隆,但我坐了多久那批弹琴唱歌的人就坐了多久,可以想象,弹琴唱歌时是不好吃冰淇淋的,有时我大发善心,走到对面买个冰淇淋吃,吃完了那个冰淇淋顺便抽了她三根烟。经常还会有人急吼吼地冲进来,问:"厕所呢?"不多久,他们店成了远近闻名的非盈利性公厕。

为什么那时候没和她培养出感情?大概因为我经常脸很臭,她也经常脸很臭,两个脸很臭的人除了"一个冰淇淋""三块"之类的对话外很难再蹦出一句别的话来。同样徘徊在温饱线的个体户之间满溢的愁绪萦绕在我俩身旁。

好奇有,窥探也有,但拉不下脸来先开这个口。我常去豆瓣看她的日记,知道哪几个讨人厌的小孩经常去她店里玩,还有她的侄子、她的同学、她的朋友。她记录的人和事大部分都很明朗。而我对人类是否存有善一直持怀疑的态度，加上几次去吃冰淇淋她都在吧台里埋着头画画根本不搭理我，我只好安慰自己：这个人假假的，又阴阳怪气，不跟我做朋友就拉倒吧。

不多久，我店非常倒霉地成为了全村唯一被拆迁的客栈。我搬到厦大附近的沙坡尾。中间大概隔了一年我们毫无交集。

有些时候会这样，一些人我们以为挥挥手就过去了的，拐个弯却又碰到。（当然也有可能是因为厦门太小。）一次买菜的途中碰到她在找店面，问我这附近哪有好的店面。我十分惊讶：晴天见冰淇淋店竟然还没倒闭？！

想起几天前，我深情款款地对芙蓉说："你知道吗？今年我最大的收获就是认识了你。"芙蓉还没来得及喜极而泣，我又补充道，"因为你，我认识了阿春。"

芙蓉是个特别外向的姑娘，在我几次买菜路过他们店停下吃个冰淇淋后，便把她引为知己。起因是我们关注了彼此的微博，自从有了长微博这个功能后我常把以前写的东西拿出来发一发，不夸张地说：根本——没人看！于是不得已我经常用客栈的微博来给自己点赞，留言鼓励自己说"写得真好"。某次芙蓉在看了一篇"令狐冲"后，郑重其事地拉住我的手，真诚地看着我的眼睛，一字一顿大声地说："写、得、太、棒、了！"当场我差点没痛哭失声给她跪下。（我这人很简单的，只要夸我文章写得好的，都是我的好朋友！而芙蓉，是近二十年来第一个对我毫不吝啬赞美的人，为此我将一辈子感激她。）此后，我一写出点鸡毛蒜皮，就要拿给芙蓉看，一动不动盯着她看完，忐忑不安地等待她的点评。

我和芙蓉感情急剧升温时，和阿春却依然见面无话可说。有时到店里见芙蓉不在，坐不到五分钟我就会离开。

转变是在一个深夜。

那天大概十二点多快一点了，客人都入住了，没人再来敲门找我拿个牙刷毛巾了。我有些无聊，决定带着狗出去找芙蓉玩玩。穿过黑乎乎的渔港，去了她们店。只有阿春和芙蓉坐在吧台。我先是喝了杯咖啡，接着喝了杯"晴天见犟驴"。喝第二杯犟驴时，不知为什么和阿春聊起了以前的一个恋人。我随意地说着，并没有多少情绪起伏。喝到第三杯时，侧过头去看了眼阿春。她个子小小的，很深的双眼皮，整个身子转过来专注地看着我，两脚踩在我椅子下的横杆上。被这么看着，我有些紧张和尴尬，心里有些后悔，磕磕巴巴想换个话题。

"你得多难过啊。"她忽然说出这么句话。

我仓惶地看了她一眼，很害怕看到的是一张虚伪的表面挂着同情底下却是掩不住侥幸和笑意的脸。太多人脸上可以看到这种表情了，僵硬地压着的嘴角，深不可测的眼睛，和过度的高亢的让人分不清是惊讶还是喜悦的语调。

没有，她不是那样。只看她一眼，我就知道她是真的在为我难过，微微张开的嘴唇，傻傻看着我，眼神是无助的、茫然的，像目睹了车祸发生呆愣在马路旁的小孩。我慌了，装出的淡然被冲垮，前言不搭后语地又说了好些话。

这之后，我有好长一段时间不敢跟她说任何难过的往事。只说一些开心的、愉快的回忆。欢乐和痛苦，都可以在和她述说时看着她的眼睛再翻倍地经历感受一次。

是那么奇怪，这么长时间的点头之交，竟只是因为一个茫然无措的眼神，我就对她信任起来。这种信任仅靠直觉，没有朝夕相处，也没有患难与共。

有时我也很纳闷，为什么我这个坚定的"人之初，性本恶"论拥护者会这么轻易沦陷？她也不算是个好人啊，对来店里消费的顾客冷若冰霜。（并不是装的，最好进店后放下钱就马上走。）一次店里进来两个女生，我的狗刚好在叫，女生非常怕狗，惊叫连连，我赶紧把狗抱在怀里。女生还是有些害怕，阿春忽然转过头来，非常不耐烦："那你们还想怎样？要它去死吗？"现场非常地尴尬，我抱着狗不知如何是好，讪笑着："没事的，狗不咬人，只是爱叫。"她没事人一样继续玩手机。

她还特别喜欢别人损她的店。新店刚开起来时还没少人知道，每天生意惨淡，我每次去都喜欢拿她们店里的一张大藤椅堵在门口，坐那晒太阳特别舒服。芙蓉有时看到会说："你别堵店门口啊，这样客人来了怎么进去啊？"我若无其事："那有啥啊，反正你们店一个客人都没有。"阿春就在旁边哈哈大笑。

阿春不仅喜欢讲故事也喜欢听故事，听的时候还特别专心。久了朋友们都喜欢找她聊天，每天听不同的人抱怨，再耗费一个晚上帮人家分析，想解决的办法。有时一个陌生人，只要稍微投缘，就可以聊半天。等人走后，她面色憔悴，无精打采，说："今天实在是太累了。"

有一次我看网易公开课，一个老师在讲海明威的短篇小说《印第安人的营地》，营地里一个妇女难产，在房里痛得大声喊叫。男人们躲到了远远的地方，直到听不到妇女叫声的地方，默默地抽烟，妇女的丈夫因几天前砍伤了脚躺在双层床的上铺，持续听着妇女的尖叫。医生熟练地给妇女做好了手术。临走时发现上铺的丈夫已经自杀身亡。我把这个故事转述给阿春听，问她："你觉得自己是哪种人？是和大家一样躲得远远的呢，还是感同身受自杀的？"

阿春愣了下："我没想过这个问题……"

"我要想下这个问题。"

阿春陷入沉思。

有一次，我和阿春一起去海边参加一个外国朋友的婚礼。婚礼非常浪漫，新娘和新郎都是帆船教练，新郎打扮成加勒比海盗杰克船长的样子，在婚礼的最后扬起船帆载着新娘出了海。剩下的宾客们自己玩。沙滩上唱起了歌，大家跳起了舞。阿春那天穿着很漂亮的裙子，海风吹着裙角贴在她的腿上。她被邀请跳一支舞。有些腼腆，笑着。旋转，旋转，踩错步子也不知道，轻盈地跃动，幸福极了。

有一次，阿春告诉我一个梦。梦里的她坐在一栋老式红砖墙边长长的走廊尽头。走廊两边尽是绿色，风吹着，舒服极了。她听到远处有"噔噔"的脚步声，对面走廊尽头有个小姑娘在跑，左跑到右，右跑到左。她看了一会儿，认出那是十几岁时候的自己。一会儿梦里的她笑了，十几岁的自己正在试一双新鞋，跑动着，在听新鞋发出的"噔噔"的声音。她一路跑来，经过阿春身边时，看了她一眼。一种打量陌生人的不以为意的少年负气的眼神。扭过头，跑远了……

说这个梦时，阿春语气轻柔，像怕打碎它。

我跟着她一起看到了那条长长的走廊，耳中传来〝噔噔〞的新鞋子跑步声。

你好，小地球

野蔷薇的嫩枝，剥开皮放到嘴里嚼。甜丝丝的清凉味道。春天吃它不能舍不得，因为在手里握久了会变软变热，夏天它们开着非常漂亮的花。花瓣也可以嚼。秋天又长出鲜红的果实。蔷薇很好。

晴天见
雨天不见

::我们店的植物

我在厦门有一家小店，专卖冰淇淋和苦艾酒，名字叫做"晴天见"。

大家都觉得厦门的小店总是种满了漂亮花草。所以朋友们对晴天见的期许也是那样的——所以朋友们常常也给我们送些花草。

张小强给我送过一盆很漂亮的花，肉肉叶子的东西，我也不知道叫什么，坚持了两个多月花仍然开着。我很感动，决心为它做点什么。对于肉乎乎的叶子和那么多的花来说，原来带的土似乎太少了些。于是我就给它换了一个盆，加了一些土。仔细看了一下，觉得它的土不够，就到街对面的地上扫了一些土补到盆里。

土是这样的：对面的店装修完以后，有很多锯末没有扫干净。另外刚来这条街我担心灰大，每天都要洒点水仔细扫一遍，把浮尘都扫起来。这样起风的时候就不会有灰了。这样也收集了一些灰尘。灰尘加锯末，看起来是很细腻的土壤呢。

我细细掩好它露出的根，又浇上水，拍拍手大声说：小花花，好好长哦！

过了几天，它越来越颓败，所有的花都在一时间枯了。我估摸着："嗯，花期到了吧。"又过了几天，它的叶子也开始一片片掉。还有些没掉的，一碰就掉了。一片片，好像一声声叹息。

我又想："莫非是一年生的草本，时间到了要死掉，等明年才发？"——所以我的朋友 Kyra 告诉我它已经死了的时候，我就是这样告诉她的。

她大吼：NO！ NO！我认为这些土都有问题！都必须扔掉！

然后把整盆都"当"的一声倒出来给我看。咦？根都烂了？咦？为什么是"当"的一声呢？

她拎起一大团奇怪的东西，冲着我大吼大叫："@￥#%ˆ@#ˆ%￥#……"

唉，荷兰人的英语真是差劲，根本没听懂。她又挥舞着那团东西吼了一会儿，我微笑着说：听不懂听不懂。最后她满脸通红地瞪着我，指指我，低头翻手机，又指指我，翻出字典，写给我看：

水泥……

原来我之前补进去的土是水泥啊……

我们有一个兄弟单位叫曾青供，全称是曾厝垵青年供销社，那是一个执行力非常差的企业，门口的小花坛曾经种过三棵海棠和一棵冬青，还捡了几片别人扔掉的小栅栏插在里面。它的老板田主任，站在花坛前高兴地对我说：历时两年，曾青供的花坛终于装修完毕了！

过了不到一个月，花坛里就长满了杂草，再也看不出以前种过什么东西。我内行地教导道：这些草要拔掉，不然花长不好！曾青供的店员小卡摸着头说：啊？拔掉不是又要种？这个绿绿的也挺好的啊。

又过了几天，旁边谁家装修，他们的花坛又变成了一个建筑垃圾中转站。有时是一些瓷砖，有时是一些石块，有段时间还有半个马桶。这些人呢，实在是不能欣赏草的美丽，以为这个只有杂草的地方，用来放垃圾正好。我对田主任很同情。他虽然给自己起了个"主任"的外号，却毫无领导的风采，站在变成垃圾堆的花坛前发呆。

我们店的冰淇淋师蓉蓉就不一样，她就是很喜欢草的。蓉蓉养了一棵小薄荷在窗口，精心照料，每天一上班就来看，"咦，怎么越长越小呢？"

她不知道的是，在吧台工作的洵洵没事也去看，手指点着薄荷的叶子数："1、2、3……嗯，再长大一点就可以做一杯莫吉托的鸡尾酒了。"渐渐地那棵薄荷就被吓死了。

茜茜小朋友送过一盆很小的仙人掌给我。我清楚地记得那是在元旦，然后我就忘记把它摆在哪里了。有一天店里好冷清，整个下午都没有什么客人，大家都在打瞌睡，我振作起来，愉快地提议道：我们来玩过年吧！

然后我们就大扫除了。

大扫除的时候在一个玻璃架子的顶上发现了那盆小仙人掌……哇塞，九个月过去了，它还像刚送来的时候一样，仍然开着两朵小红花。简直是不可思议。我起了疑心：这盆应该是假的吧？九个月没有理过它啊！

大家都围着它，用手拨来拨去……

"假的干吗要用真泥呢（翻盆里的泥土）？"

"那样才显得真啊！"

"你看它的刺这么软（一直戳），肯定是假的啦！（用力戳）"

"软的刺才像真的嘛！（接着戳）"

"你看这花！扯都扯不掉！太假了！"

"不要再扯了好吗！真的也扯死了！"

"要是做得这么真，那假的应该比真的贵吧！干吗要卖假的！你看你看，这么有弹性！（抓住一根拧来拧去）"

"听说义乌小商品市场就是这么牛逼啊！（抓住另一根，拧）"

作为老板一定要有魄力！我找来了大剪刀，夸嚓就剪了一根……

"……哇……"

"是真的耶……"

大家面面相觑，为了掩饰尴尬和内疚，都惊叹起来。

……那棵倔强的仙人掌，忍耐过寂寞的九个月，面对了七嘴八舌的争议，被大剪刀拦腰一剪，富有尊严地沉默着、屹立着，从伤口那里缓缓地流下了一滴眼泪……

后来，它就站在我的鼠标旁边，发出无言的控诉。作为植物界的忍者，希望它一定要在晴天见努力活下去，我保证再也不打扰它了。

::燕子窝春天到夏天

春天，楼下的家具店门头上伸出一根多余的电线，两只燕子围着它飞，飞过去碰碰，停在附近叫两声，又飞过去碰碰。我微微一笑，胸有成竹地拍了张照片：小燕子，你要在这里做窝，我要每天都来拍一下，看看你怎么把窝搭起来。

接下来我像所有那种没心没肺的人类一样，立刻就把这件事忘得一干二净。

等再想起来时，离春分已经过去了一个月，这条街上仿佛发生了燕子大爆炸，我来回走了许多遍，脖子都生疼，还是没数清楚这条街到底冒出了多少燕子窝。当时我遇见了一个朋友，他问：所以有多少个？白羊座言之凿凿的愚蠢本能发作了，我扶着脖子坚定地回答说：左侧 22 个。

我对这个数字是否正确实在心慌。因为它们的情况很复杂。有些燕子窝，像是去年留下的，因为上面布满了灰尘，下方的地面上也没有鸟屎。我琢磨着，为什么今年的燕子不直接去住那些旧房子呢？最多只要翻修一下不就好了吗？我感觉它们性格不是很内向，并不会觉得住别人不要的房子有什么不好意思。燕子们看起来青春洋溢，也许它们就是喜欢做窝，不稀罕省事不省事。

后来有天我的朋友老陈告诉我，他的老家是座在漳州的大房子，在堂屋的正中间房顶上，有一个大燕子窝，燕子每年都回来住呀。它们每年都来住，然后啾啾啾啾啾啾啾（这样读一下会觉得自己学燕子学得很像）地把窝里原来的羽毛干草都扒拉出来，铺上新的，孵一窝新的小燕子。他小时候每天早上上学前要干好几件事，比如清洗全家人的夜壶，还有给堂屋中间，燕子窝下方的地面铺上报纸，以免一地鸟屎。如果哪天忘记换报纸就会被奶奶骂。不知道燕子究竟有多长的寿命，十多年，年年回来的，是否还是那一对。如果是更年轻的燕子，那是按什么来挑选谁来继承家产呢？也或者燕子里面也有二手房屋交易，它们对房屋经纪燕子深沉地说："我们家，在漳州，有一座老宅……"

燕子窝虽然大致相像，其实还是有很大区别的。有一些相当惊险地贴着天花板，有些架在某个横梁上，有的看起来很大，很结实，很深，对家园抱有股切稳重的盼望。有的草草敷衍，又低又浅。这家是打算丁克吗？也或者只会有一位打定主意当光棍的燕子，随便住一住？看起来根本没办法容下四个蛋和趴窝的燕子妈妈啊。

像这样勤于思考的结果，就是又忘记刚才数到哪里了。我放弃了这种复杂的劳动，和我的狗多比回到店里吃包子。我的家里和店里，都没有燕子来做窝，即使它们也会转几圈。甚至上次下完暴雨，还有两只肥麻雀和一只红脚的鸽子到阳台上的水洼里洗澡，但最后还是会走掉。上百度去搜"怎样让燕子来做窝"。搜出来的却全都是"怎样不让燕子来做窝"。我大吃一惊！多比也站起来，谴责地望着我，责备我打扰它睡觉。

夏天这个时节转眼又到来了。也就是说，我又把"观察做好了窝的燕子们下蛋孵蛋"，"观察小燕子出世过程"的打算，忘得干干净净。因为做了一个记不清的好梦，我早早醒来，去吃个一季一度的早饭。那些燕子窝里已经伸出了三四个小脑袋，一排。喔呵呵呵呵呵！

也有的伸出一个小屁股来。我猜它准备拉屎，想看看它拉屎哇哈哈哈哈哈……你到底什么时候拉屎……

幸好有多比掩护，过路的人都和它打招呼：咦，狗狗？我得以比较从容。尤其是小孩子，会找多比玩，不会来烦我。不过到了最后那只屁股也没有拉屎。我也没有很失望，包子也已经吃完，我们就回家了。一只燕子叼着个很大的黑乎乎的东西从我们头顶掠过，我为它在心中欢呼：是肉啊！是肉吧！是不是肉？

于是追了上去！它停了下来，停在一根电线上，我看清楚了：是一只大蟑螂！

这个我的家里也有啊！为什么不去我家做窝呢？想不通。

也许燕子就像借物小人阿莉埃蒂吧。虽然需要一点人类的帮助，却并不想成为人类饲养的宠物。所以不管坐拥多少蟑螂，也是不行的。

街面突然又布置了一个剧组，好多人举着喇叭，反光板，毛茸茸的话筒，还有些不认识的东西，他们在拍戏。拍戏的动静儿可真大啊，每个人都在吼叫！清晨的凉气瞬间褪尽，夏日里火热的一天就这么开始了。我想，今天即使会发生什么坏事，只要回忆早上就好了。

:: 夸一位好员工

我们店的酒保洵洵酱进步是很快的。

洄洄一开始来的时候连扫地都不会，两只手抓着扫把的柄，把垃圾往自己脚上打。后来学擦地，湿淋淋的拖把拎出来，站在水泊里捅来捅去，于是地板越擦越脏。但是有一天旺财君惊喜地告诉我，洄洄酱只用了一天的时间就掌握了吊扇如何调速的核心技术。并且因为终于学会了擦地和倒垃圾，所以这两样活干得非常积极。也因为这样，一些不小心掉进垃圾桶的重要零件，比如雪克壶的盖子，比如冰淇淋机的密封圈，都以迅雷不及掩耳之势被扔进了垃圾箱。所以我司各种机器部件更新的频率也得以大大增加。

洄洄的优点也很明显，就是比如他充满自信地说普通话的时候，英语国家的客人能听成英语，法语国家的客人能听成法语，都可以聊得有来有去。这种技能实在是了不得。

本来希望大家每一位都可以了解掌握店里的每一件事。但是洄洄说如果他去卖冰淇淋，找钱这件事情要再请一个专员负责。

他是这样说的：你看，有一次，那天是卖五块钱的冰淇淋，他们要四个！给我一百块钱！这个怎么算啊你说我怎么办！他说：压力太大了，太大了，太大了，我会掉头发的。

然后店里的男人都沉默，女人都流泪了。

实在难以相信他曾经当过几个月的程序员。问及从前的工作，他只淡淡地说：每个星期开会的时候我的经理都要崩溃一次。听到这里我就说：我懂的。如果我是请他写程序的老板，现在已经变成了疯狗也说不定。

他说大学都是走读的，从未洗过衣服，做过最重的家务就是拿报纸。我问，那你现在自己住，洗衣服怎么办？他说，就泡着，拿手指捅几下然后放在龙头下面冲就好了。我婆婆说，可以泡在桶里，然后进去踩会比较干净。他说，对皮肤不好的。我听了非常感动，毕竟在店里时他都在洗杯子了，这是多么爱岗敬业的一位员工啊。

说起洵洵的绝技那是人人要伸大拇指。他的绝技就是切柠檬。以前茜茜把一只柠檬开两半，扔进两杯酒里的事迹，已经不再能称霸晴天见。洵洵酱的绝技又有了进阶，他除了一开两半，而且由于心理压力，左手会死死摁住柠檬。所以洵洵切的柠檬片虽然平均都厚达三公分，但是仍能奇迹般地保证里面已经没有了柠檬汁。与此同时，他还会得意地招呼新来的攀攀：来来来，学着点。攀攀觉得受到了极大的侮辱，气得脸红脖子粗。

　　洵洵对我们店的贡献非常大。因为他，我们差不多每天都可以发现那么一两个普通人不易察觉的隐患。比如冰箱门忘了关啊，比如空调如果感到不够凉可能是开了制热之类的。这些细则未来都要写进员工手册的。我觉得麦当劳在创业初期一定也专门请了一批笨蛋来试错，最后才得以完善出一个事无巨细的手册供新人学习。这对企业的长远发展是非常必要的。觉悟到这一点以后，我们开门时不再紧张，而是如火如荼地展开了"猜猜洵洵今天又忘了什么"的竞赛，常有惊喜。

　　洵洵爱看书。好不容易清理出来的书架，不出一个星期又被他堆满了。伤春悲秋，每天都会去海边看日出，似乎是个很敏感的人。我请他看看我写的文章，他看了差不多两行，就摇着头说：我没有办法看下去。过了一分钟……居然还在摇头。这种时候还是很想杀了他的。但我还是忍住了。毕竟他是一位不可多得的好员工，原因我上面已经说过了。

　　他在微博的粉丝，进店以后已经飙升了20个，达到了117位之多。这件事让他非常苦恼：我都不认识他们，他们为什么会关注我呢？然后非常神秘地说：你说他们这些人，不认识我还要关注我，你不觉得这件事情很可怕吗？……太可怕了……简直太可怕了！可能是我那个房间的风水有问题，阴气太重！我每天都要下午两三点才能醒！（看完日出才睡觉还能几点醒啊！）

∴ 两个阿杰

野猪阿杰听说我开了店，在 QQ 上恭喜我。那时候他已经离开厦门，回广州的家了。说着说着，不知道怎么就说起，要帮他做一个小展览。

我们是这样商量的：把店里其中的一面墙空出来，他把照片选好，洗出来，一张挨着一张贴上去。来看到这个小展览的人，有喜欢的照片，就可以拿走。我们都觉得，这是个很有意思的好主意。

阿杰说：我在广州洗好照片寄给你，不过你要给我钱哦，我没钱。

我：多少钱啊？

他：大概 200 块吧。

我：好，等你成了大摄影师，要记得我是你第一个个展的策展人哦。

他：那当然。说起来，第一次个展，还是有点激动啊。可惜没钱过去看。

我很警惕：我也没钱，你不要来了，我帮你看场子，跟你报告。

在我开店之前，村里就住了许多待业青年。这个海边的村子，名字叫曾厝垵。几年前我刚从北京来到厦门，心里想：我务必要住在海边。就在这里住了下来。

这是一个失业大村。也许是因为当时房租很低，正适合失业的人。又因为在海边。出了村，过个马路就是沙滩了。海边是这样的，即使无所事事，也不知为何显得很合理。

那时候交到两个新朋友，都叫阿杰，一个是小开阿杰，一个是野猪阿杰。

小开阿杰刚刚毕业，他和阿耀、阿伟三个人都住在我家楼下。他们都才刚刚毕业，有一搭没一搭地找着工作。

有一天阿杰回来说："我找到工作了！"

我们问，怎么找到的？

他说："我就去闲逛，走到一个房子门口，我想，哎，好像是一个公司？我就进去问人家，你们这里要招人吗？"

"人家都没写招人你就进去了吗？"

"对啊，反正也没事干。然后，有个人就指着一个格子说，你就在那边坐吧，先坐，开始上班吧！"

我们都惊呆了，又问："所以那个工作到底是干吗的呢？"

他说："我不知道哇，我已经辞职了。"

"……怎么说？"

"因为下午有个女孩子打电话约我去吃自助餐，我就走了！"

"这样啊……"

之所以叫小开阿杰，是因为他爸爸开一个蜜饯厂，但是阿杰觉得，自己这么年轻，难道就这么回家去帮忙了吗？那念完高中不就行了？阿杰有点想不通。

"原来是小开！"我惊呼道。

他们三个加上我，还有一些其他的人，午后才起床，然后就瘫在院子里开始抽烟，一直抽到肚子饿。

有一天我说："不能再这样下去了！我们要振作起来！要早睡早起！"

阿耀说："早睡早起然后呢？要干吗？多抽点烟吗？"

问得很有道理，我无语了。

当时有个公司叫我去面试，我说再过些时候吧，我想玩够了再工作。

小开阿杰很勤快，看好了涨潮的时间，就跑去海边游泳，晒得又黑又亮。他游得很好，听说教会了很多女孩子游泳。他说，有些女孩子背着男朋友学会游泳，游得漂漂亮亮的和男朋友一起嬉戏。还有一些没有男朋友的，就会在游泳馆交到男朋友，遇到他还会开心地打招呼。

他这样一说，我就一直犹豫要不要请他教我学游泳。可能是想得太慢了，直到他离开了我也还没想好，至今也还是没学会。

我和小蛮两个都不会游泳，也跑去沙滩，在浅水里泡着。环顾四周，见每个姑娘都有一个壮汉把持着，不时发出银铃般的笑声，不免心生悲壮。

我问小蛮："为什么我的身边只有你？"

"你以为老子想吗？！"

"……靠，扎头发的皮筋丢了！"我无望地拍了两下水。

她眼睛一亮："那我们喊救命吧！"

我心头也不由得燃起一丝希望，对着弄潮儿们的方向喊了几声……声音越来越小……丢人。

会游泳又没有姑娘可以教的男人们，都拼命地游到了远处，爬上某艘停在远处的渔船，无所事事地望着海面，慢慢把自己晒暴皮。他们也听不见我们呀。

算了，夏天又浓又懒，连话也懒得多说，气都懒得生。总是不知道干点什么才好。天气再热，沙滩和海面上也都是凉爽的。到了傍晚，金色的夕阳回应着金色的海，有些微小的声音停留在空气里，仿佛它也是一种光。

其实，四季都很寂寞啊。但夏天，却用夏天自己把日子使劲儿地充满了，寂寞得歪歪扭扭。

夏天的夜里，村里的每条小路上会有莫名其妙的花香暗暗飘浮。到妈祖生日那天，村里所有的年轻人都喝醉了，因为节日规定必须要从这一家喝到那一家。

厦门的夏天，几乎从四月就开始了，一直持续到十一月中旬。当一整个漫长的夏天终于过去时，就仿佛大梦一场。

野猪阿杰想当一个摄影师，那一年他就住在村里，梦游般地拍了一整个夏天。

我总是看到他挎着四五个沉重的相机，从他龙眼树林边的房子里走出来，摇摇晃晃地走到小卖部买可乐喝。

他住在后面的一片龙眼树林里，虽然听起来蛮不错，其实树林边会有很多蚊子和小虫。那是间小平房，屋子的墙壁很薄很热，也没有空调。家里啥也没有，连马桶都没有，是个蹲坑，还不能冲水，要用盆接水冲厕所。

如果去找他玩，唯一招待我的就是烈日。

阿杰有两个板凳，放在家门口晒太阳。我去，就把好一点的有靠背的那张让给我坐，他自己去坐没有靠背的那张。

一开始我被晒得火冒三丈："为什么要晒太阳！这可是夏天啊！"

他说："我觉得自己太白了，像头白猪一样。"

"晒太阳就不像猪了吗？"

"晒黑了，起码，也会像头野猪啊。"他慢悠悠地说。

作为村子里为数不多的几个有了工作的人之一，我，是一名拥有冰箱的尊贵的青年。那是一台二手的迷你冰箱，只能放几瓶可乐和半个小西瓜。如果可乐喝完了，我就放点泡面进去。

玻璃瓶装的可乐是可乐里最贵的一种，阿杰是舍不得买的，他的钱都得留着买胶卷儿。所以他常常到我家蹭可乐喝。

有一次，我们一如既往地沉默地吹着电扇，喝着可乐，他突然说：不白喝，不如帮你拍照片吧。

我疑惑：哎？你们摄影师请模特儿，本来是应该要花钱的吧！

他说：那可不一定。

我说：可是你又不去洗照片。

他说：现在没钱洗照片，不过拍更重要。先拍嘛，只要拍了，总有一天会洗的。

还没当过模特儿呢，本来觉得很新鲜。

但是，所有的模特儿都这么造孽吗？还是只有这种暴晒风摄影师，是这样用模特儿的？

我穿着最热的裙子，烈日下，爬到树上，躺在墙头上，钻进杂草里。

拍了一圈儿下来觉得快要死了，眉头想必拧成了麻花。最后终于拍完了，我疯狂地撩起整个裙子晾腿和挠蚊子包，恨不得喜极而泣。

阿杰倒是很满意，说：可以，最好是等你老了，脱光了再拍一组。

我呸。

展览在开张当天布置完毕。很简单，就是用图钉把照片钉满一面墙，用纸盒剪了一个展览标题刷上颜色。开展的第五天，也是开张的第五天，有一个记者路过看到了，觉得很有意思，就在报纸写了一下这个小展览。那是我们第一次上报纸。

那天晚上阿杰在线上问我：穿内裤在海里的小孩那张照片，被人要去了吗？

我告诉他：被那个小孩自己要去啦！

阿杰发了好几个哈哈哈，说：那好！

那个小孩当时问我："这是谁拍的啊？"我说："是一个每天挂着很多相机长着大胡子的叔叔，你记得吗？"他说："我知道了！那个叔叔。我每次去海边都遇见他。"

我把要照片的人分为三类：居民（原住民）、村民（我这样的外来户）和游客。

游客们看到照片，有的觉得很新鲜："咦这是哪里拍的，在这个村里吗？"还有人对着照片去找那个地方。居民们（大嫂、老人家或者小孩儿）对着照片指指点点说：这是我外婆家旁边……这是公厕边那段栈道……这不是那个谁谁吗……村民们看到了自己家的狗小时候的照片，看到一两年前的自己和一些熟悉的人，笑着议论那时如何，现在如何。还有人来看的时候，发现身上的衣服，和一年前照片里的衣服一样。

阿杰在那个夏天总共拍了100个卷儿，这次选片的时候选了不少纯风景的照片，我不是很理解，觉得不够典型。不过现场看，这些照片也很受欢迎。有个女孩拿走的时候说：真好看，我以后也拍拍看。

我想他要是自己听到了，一定很高兴。

当一个策展人是很不容易的。为了让后面的人能看到多一点照片，最开始来的观众，要帮他们钉张纸条上去，表示这张照片已经被要走了。要不停地解释这些照片可以被拿走，又要守住那些被要走的没有被拿错，还要卖冰淇淋，每天都会很多次找错钱，我的心都要操碎了。

店对面那时候是一堵很长很漂亮的围墙。阿杰说那是他在村里时每天都要经过的地方。我们都希望，将来大家都有钱一些时，能在那堵墙上再办一次照片展，送出一些大幅的照片。没有一个门要跨入，每一个路过的人都能看，随便看看或停下来仔细看，画里画外那样的情景，想必会更有感情吧。

阿杰现在成了一个蛮有名的杂志社编辑，也许可以拿出几千块钱做那样一个展览了吧？但是并没等到我们有钱起来，那堵墙早就被拆掉了。我们也几乎没怎么联系，这样也很好。

大概三周的时间，一共78张照片被慢慢拿完，那堵墙渐渐一点点变空。我又钉了一些其他的装饰上去。人来来去去，物品也来来回回。只有夏天，还是那样永恒漫长。

∷为什么我店厕所变成了公厕

这件事我一直百思不得其解。

我们第一个店在路边，而且这条巷子算是村里的主干道。每天大家吃饭，上班，下班，出来玩，来来回回的，然后就变成了一个驿站。我站在吧台里面，经常会有这种对话：

"春爷，给杯水喝！"

"春爷，无线网密码是？"

"春爷，蹭根烟。"

"春爷，店里手机信号比外面好哎！"

"春爷，借个指甲刀。"

"春爷，我待会儿买了沙茶面 / 拌面 / 烧烤 / 米粉端这儿来吃啊，那边太热 / 太冷了。"

"春爷，你这有老干妈吗？"（旁边的人惊呼——太过了太过了。然后我不争气地真的掏出了一瓶……）

当然，频率最高的还是："春爷，借个厕所。"

我们店实在太小了，厕所的隔音又不怎么样。有时候他们进厕所，我不得不帮忙调大音乐的音量。特别是老外，喝醉了连门都不关啊。在吧台里就可以看着那哗哗的背影。但我很淡定。

其实刚开业的时候，我对厕所那半个两平方（因为顶上是个楼梯的斜坡）很有野心。因为洗手盆的下水管道是自己装的，我把下水直接接到马桶里，所以有很多管子外露在墙角。我想过在那里捏一些超级马里奥。顶上不是斜坡吗？我想在那儿整面镜子，然后再画一些画儿挂厕所墙上。蹲盆后面的区域要挂上好看的帘子，连洗手盆上方的废弃热水器：那一坨方铁，都准备漆了画成马里奥里面的砖墙。有一个泡茶壶摔坏了，我和墨墨商量着要利用它上半部分可以转的特点，做成一个极其精美奢华的旋转木马，然后陈列在厕所里！

那将是一个双年展级别的厕所啊！

但是我很快就发现，朋友们不在乎那个瑰丽的厕所双年巡展，现在他们已经很满意了。比如说曾青供（全称是曾厝垵青年供销社）的田主任吧，当他的客人想要借厕所的时候，他会热情地说：晴天见有，去那里吧！ DB 吧的客人们喝多了走肾，也会挤到我店来排队。旁边奶茶店的老板乐乐，更是把店关了到我家安心地喝水，上厕所。（注：他们家都是有厕所的，有的还不止一个。）就算是我店的客人准备转战其他地方，最后也要恋恋不舍地"上个厕所再走吧"。

这究竟是为什么？

有时候当朋友们穿过整条街，千里迢迢赶来上个厕所时，我不禁扪心自问：如果没有这个厕所，我还有没有朋友了？

这个厕所究竟有什么好呢？那么小，剖面还是个三角形，蹲在里面的时候还要时不时被敲门。外面的人在问：谁在里面啊！"是某某某！"——你自己就赫然听到，整屋的人都知道你在上厕所了。会不会是这种狭小给人以安全感呢？只要出声招呼一下，没人敢趁你上厕所说你坏话。会不会是这种狭小给人以温暖感呢？——就算在厕所，也是和朋友们在一起。又会不会是这种狭小给人以"我在场"的参与感呢？这样就不会因为上厕所而错过什么精彩的笑话。又会不会是当店里人声鼎沸时，进入厕所会有一种闹中取静的疏离感呢？——看，在这喧嚣红尘，我独霸了这方净土。

而且，店里的啤酒就存放在厕所的后端，如果突然有些落寞，想要独处一下，可以取一瓶就喝上。厕间一壶酒，对影成三人。

按说，被这个伟大的厕所庇荫着，应该获得很多利益，赚很多钱。也或者他们都欠我家厕所一个人情，获得非常好的人缘才对。但是，没有用的。这么说吧，某天一位厕所常客坐在门口，不知哪里飞来一只大蟑螂，我一边尖叫，一边啪啪啪啪追着踩，到他脚边时，他居然抬起脚，轻轻地，给那只蟑螂让了个道儿。

我狂吼：天哪！你大爷的为什么不帮我！

他慢慢放下酒瓶，缓缓地看我一眼：……啊？……我去上个厕所。

这样的客人我还能指望什么？除了微笑着递上厕纸，也不能怎么样。

第一个店面后来由于物业的原因被收回，租下第二个和第三个店面时，客人们都在装修时热情过问厕所的事情。这还用说吗。晴天见公厕事业，又在另外的两个地方如火如荼地开张了。

唉，我好想发财啊。

::终于又有男人约我了

吴志栋是开店以后我最早认识的小孩。

店还在装修时，木工师傅用机器削出各种木料，我准备做一个长椅放在门口供路人休息。整料削完后，多出很多小块的边角料。吴志栋就在那个时候撑着小踏板车路过我们。

他停下车，指着那些边角料问我："这个你有没有用？"

接着他又撑车回家，拿了一个红色塑料袋来，把那些小木块一个一个，仔细装到袋子里，挂在他的车把上。然后谨慎地寻找他觉得合适的地方，停好他的车。然后蹲在我的对面，专心地看木工干活。

那是五月，快要放暑假了。即将到来的暑假使每一个小孩都喜形于色。稍大一点的也会假装抱怨一下："期末考试很讨厌啦！"像吴志栋这种 8 岁大的男孩，对考试之类的事情可能还没有多少感觉。他很早就放学，然后就到我店里来，和我并排蹲在地上看工人干活。

他不喜欢聊天，但是他喜欢自言自语。最常念叨的事情是："我最喜欢去海边，但是妈妈不让我自己去，所以只好来找你玩。"

有一次，他骑着踏板车风驰电掣地路过我们，喜气洋洋地喊了一声"我去找我姐姐玩！"我还来不及回答，他就唰唰地蹬着车子跑到我望不见的地方。

过了几小时他回来了，说："我姐姐说她，不在家。"这是什么意思呀？我小心地问他："那，下次再去找她？"他慢慢摇了摇头："我永远也不会找她玩了。"难道这几个小时他都在敲门吗？我简直不敢往下想。

这样的小装修，不可能承包给别人做，除了要省钱，也为了一点点丈量桌椅的高度，宽度，舒不舒服，从这里看过去看到的是什么。喜欢坐在一边的人想看什么，想要和别人交谈的人，需要多大的空间。预想着每个地方会容纳的客人，他们和我之间的距离和交流是什么样，这是装修里很有趣的时刻。

因为是这样做，看起来很简单的装修花去了很多时间。也因为这样，吴志栋和我有很多时间相处。在这些时间里，他翻来覆去说的最多的还是那句："我最喜欢去海边，但是妈妈不让我自己去，所以只好来找你玩。"

念叨了很多很多次，终于，我迫于莫可名状的压力答应了他："等我忙完了就带你去海边玩，但是，你现在不要吵我，去别的地方玩吧。"

接下来，他就一直在骑车，从这头到那头，又从那头到这头，每次路过我身边，就停下来问："你忙完了吗？""才过去两分钟啊吴志栋。""你忙完了吗？""你有骑到那头吗？""你忙完了吗？""没有……"

电工师傅前后一共找了五个。真没想到这么麻烦。第一个师傅看了一下，报出天价，而且看也没看我一眼，就说："做不做？不做我要走了没空在这里耽误！"第二个师傅一看就笑了："这么点活儿？不做不做啦！"还有个师傅把老婆带来谈，一来就说："先把钱付清吧！"我说："没有听说过先收钱啊，这还什么都没干呢？我的店在这里我还能跑掉吗？"那个女人一听就尖叫起来，说他们夫妻二人，大清早跑过来，可不是为了赚这么点钱 blablabla……我说什么也不肯答应，两口子嘴里不干不净地走了。

村里的清洁工也挥舞着扫把来质问我，为什么头一天弄出的垃圾没有自己扫干净，还掉到了街面上。连续许多天大清早被各种各样的人训斥，我不知道开一个这么微小的店，还会有多少困难。终于躲到厕所哭了一会儿，抹把脸，接着给下一个电工师傅打电话。

吴志栋又来了，扶着他的小踏板车，沉默地看着我。

我终于决心丢下手中的活，跟刚好踏进门、只是准备来溜达一圈儿的鱿鱼说："帮我看一会儿，我们要去海边玩。"

他说："去吧，终于又有男人约你了。"

过马路就是沙滩，路上行人匆匆，车水马龙。他紧紧抓着我的手，在宽阔吵闹的马路上对我大声喊："糟糕了！我忘记换拖鞋！怎么办哪！"我喊回去："我也不知道哇！"他认真想了想，说："这样吧！我脱了鞋子和袜子玩，但是等一下你要帮我穿袜子哦！"我又喊："你不会穿袜子吗？"

他已经顾不上回答我，因为沙滩到了。

他一下就甩开我的手，喘着粗气地脱着他的鞋袜，摇身变成一只欢蹦乱跳的小狗在沙滩上狂奔，瞬间已看不见踪影。看得我直发笑。

一看到他那么有力气，我就没力气了。我不可能以那样的速度和他追追打打的，再说他也已经不需要我。

沙滩和平时一样，许多小孩，许多大人，人们在玩沙子，在游泳，蹚水，被浪花拍打脚背开心地笑。大海啊，那么大，那么多水，看着那么平静，却永不止息。虽然从不止息，却那么永恒。从不希望，也从不失望。我看着看着，也高兴了一点。

该回去时，我花了很久很久，找到他，说服他。

然后，他用最慢最慢的速度，一颗颗拣掉脚丫上的沙子。用最慢最慢的速度，穿袜子，还说："哦！穿反了，我要脱下来重穿。"最后，最慢最慢地穿上鞋子，最慢最慢地系好鞋带。做这些的时候，他一直盯着沙滩上的其他人："为什么他们可以玩那么久，我却要这么早回家……"

新约的师傅要到了，他却仍然那么不高兴，似乎会没完没了地磨蹭下去。我突然又觉得有点精疲力尽。

再后来，他又有一次来约我去海边。

我淡淡地说："今天没有空。"

他沉默了很久："你说你叫什么名字？"

"阿春啊，你不是知道吗？"

"我！不！知！道！因为，记住你的名字，也没什么好的！"

暑假随之而来，有一天他妈妈告诉我，他在出风疹，不可以出门。

店也终于装修完毕，我在暑假里最为忙碌，就渐渐把他忘了。

再后来他又来找过我两次，领着一帮小孩，在店门口对着我发射动感光波："biu~~biu~~biu~~biu~~~ 打倒怪兽！！"

他也有点伤心。我是这么觉得的。

有一天，我问李吃吃："你说对不对？"

李吃吃从作业里抬起茫然的脸："什么对不对？"

旺财说："对！"然后转向李吃吃，"反正经理问的话，先说对，明白吗？"

然后他们互相意味深长地点了点头，又低头看书了。

又一天我穿了件新衣服，到店里问在门口坐着的旺财：这件衣服好看吗？

旺财缓缓抬起头，凝视着我的眼睛，一字一顿地说：美！美得，让我窒息！

我结结巴巴地说：不、不会吧……

他意味深长地微笑了一下，就低头看书了。

有一天茜茜说：老板娘……

我说：不许说我老！

她说：好的，板娘……

又比如：

攀攀，帮我倒杯开水吧！

好的！板娘！

谢谢啊。

这是什么话？！这不都是我们应该做的吗！

比如我在店里戴着耳机玩手机卡拉OK，他们就排成一排摇晃。还做出窃窃私语的样子：你听到刚才那个破音了吗？有多妙！——还有那个鼻音也不错啊……

甚至当我按时去上班的时候，他们竟然起立鼓掌，还动情地说：经理！你来了！我们好想你！

总之，我怀疑我们店的人私底下正在流传一本书，名字叫《如何拍老板的马屁》。听说第一章的标题是："老板也是人"。但另一方面我又觉得他们只是把我羞辱够了，所以换了个玩法。因为他们以前是这样的——

我说芙蓉：胖子，你有三个下巴。

芙蓉看了我一眼说：你，一个也没有……

她"啪"打了个响指：全胜！又说：赢你好无聊。

可能现在的拍马屁新风气就是这样的原因促成的。

如果他们私底下成立了一个"如何拍板娘马屁学习小组"，那旺财一定是组长。他的段数令我敬佩。有一天我一头磕到还没完全打开的卷闸门上。我捂住脑袋，眼冒金星，并且急速地思考着如何应对即将到来的羞辱。

这时听到旺财用非常喜悦的声音大喊：

"经理！你！长！高！了！经理！经理！"

旺财的研修还一直在精进中。那天我没事干在店里吹牛逼：现在的客人还不太懂珍惜啊，这么早期就到我们店真是碉堡了，以后等我们集团壮大了，像我，大老板！全世界飞来飞去的，哪还有客人能见到我呀！

……然后大家都沉默了……一时间每个人都忙忙叨叨的开始煮咖啡，聊天，擦桌子。

旺财挺身而出：那时候，我们这种高管，客人也见不到了好吗！

我心花怒放。

最近他的路数好像有所改变。比如那天看到我，说：经理，我觉得你这个发型略挫。

我最近在留头发，头发的长短到了生死不能的地步。天天拿发夹别到头顶，还在城里被一个两尺长的小孩羞辱，他叫我奶奶。在城里受辱就算了，回到店里不能忍！我阴恻恻地看着他。

他冷静地说：经理，我觉得对经理最重要的就是真诚。

又开心了起来。

我们洵洵不一样，我叫他看我写的文章，他说"看不下去看不下去看不下去"。

我向他咨询应该用什么面膜，他摆着手说"没救了没救没救了"。

我喝了两杯酒他就狂笑。

他说莫言要是拿诺贝尔奖，他就吃掉莫言的书，到现在也没吃。

他还说要是以后J.K.罗琳能得诺贝尔奖，就把"哈利·波特"一到七全都吃掉，出了续集也吃掉！作为疯狂的哈利波特粉：

忍！无！可！忍！所以过完年我要把他解雇。

::小 姑 娘

有一个小女孩常来店里玩，有时候会说：你昨天又没开门啊！我昨天来找你没找到！

她有个非常调皮吵闹的弟弟，但是她很疼他。我常看见她帮弟弟打着伞走在路上,自己暴露在阳光下或者雨里。

如果有其他客人来,她就悄悄退到角落里。

如果我在四处转悠,她总能准确地递上一样东西,问:"你是在找这个吗?"

她很喜欢笑,一逗她她就笑个不停。还总是劝我不要抽烟,说她爸爸都听她的话,把烟戒了。

她自己把头发梳得很整齐,有空就到店里来,把我的书一本一本看过去。

她有时候还自己带着棋盘,和弟弟坐在门口下象棋。每一次她离开的时候,都把自己和弟弟弄出的垃圾仔细地收拾干净。

你说,她是不是很可爱?是不是很喜欢我?

有几天,她每天都来报告——还有 3 天期末考试,还有 2 天期末考试,明天期末考试……考完了!

我向她热烈地祝贺,因为 6 年级的暑假是最长的暑假,而且没有作业!!

可是有一天,她正在店里教我玩 QQ 农场。突然闯进来另一个神情严肃的小女孩,立正,字正腔圆而清脆地对着她说:×××,你的数学不及格,老师叫你星期三去补考!——然后她就神气地出去了。

(为什么每个人的一生中都总会遇见事儿妈女班干呢?)

我喜欢的小女孩一下子就灰了。低下头不看任何人。她肯定认为所有人都听见了,但她不知道其实没人在意这个消息。过了一会儿她喃喃了两句什么,就出去了。

从那天到现在,她再也没来过。

::今天的几位客人

一个胖乎乎的小男孩,是这样的:他牵着妈妈的手,远远地就望向我,直到他和妈妈走近，走到了门口。妈妈弯腰问他：是不是想吃冰淇淋？他含着笑点点头。妈妈就对我说：要一个冰淇淋！我说，好。妈妈又问：多少钱？我说，今天是抹茶的五块。妈妈把钱交给小男孩，说：自己拿去给阿姨。

我把冰淇淋递给他的时候，胖乎乎的小手非常有力，快速地紧紧握住冰淇淋，颠颠地举着它跑向妈妈。妈妈说慢点慢点有没有谢谢阿姨？他非常潦草地说了句谢谢就不理会任何其他事物了。

我早料到会这样，所以特地帮他打得尤其结实。而那只有力的小手碰到我的手时，我完全get到了他的心情。他全神贯注地盯着看起来非常好吃的冰淇淋，我知道那一刻对他来说，全世界都不存在了。

大人吃冰淇淋的第一口，一般都会先把尖尖抿掉。而小朋友会举得很高，伸出全部的舌头整个舔上去，然后因为感到太冰而缩起脖子。

一个少女，她连续几天每天这个时间都来，满面笑容地用两只手递给我一张钞票，说：要一个冰淇淋——不知道今天是什么味道的？

我说：今天是抹茶的。她用欢呼的语气说：好的！要一个！可是之前说其他口味的时候，她也都是那样热烈的响应。她一头长发，露着雪白牙齿的笑容，因为背对着外面的阳光，我见到她的样子总是在逆光里，散发着春日的香气。她收到冰淇淋，或是收到找零时会微微鞠躬，使得我也不由得对她微微鞠躬。即使她已经离去好久，留下的好闻气味仍然久久不散。我会悄悄留意她品尝到第一口冰淇淋时的神情，当她如期露出满意的样子时，我也会对自己感到满意。

两个大叔，工作似乎是保洁，因为他们来的时候，街外面总停着一辆保洁车。作为两位大汉每天光顾来买冰淇淋他们总是显得有点不好意思。所以当奶牛（冰淇淋机）才刚启动，还没做好冰淇淋，要等上二十分钟时，他们总是背对着我，站在避风坞的岸边，沉默地抽着烟望着船，也不交谈。也或者他们会端坐在椅子上，两只手分别放到膝盖上，身体正而直地端坐着。一开始我有一点点担心，因为他们理着寸头，嗓门非常地大（堪称巨大），闽南语我又不怎么听得懂。看起来像是两个急脾气。后来我渐渐发现，他们堪称最有耐心的客人，为了等冰淇淋做好，似乎可以一直等下去。

有一对老两口，其实没有到店里来买过什么。但我心里也把他们算作是我的客人。天气比较好的时候他们就出来遛弯儿，到我店门口就休息一会儿。这是我很骄傲的一个设计，每次装修新店，我都会安排一些放在露天可供路人休息的椅子，哪怕因此牺牲一些营业的空间。

每次来都是老太太扶着老头坐下。老头比较严肃，从来没见到他笑。老太太每次和我目光相接的时候都会冲我点头笑，让我觉得她见到我挺高兴。今天天气暖和，终于回温了。今天老头不用人扶，自己坐下了。他们晒了一会儿太阳，大概是嫌热，换到了小巷子里另一张背阴的长椅上。

已经是夕阳下山的时间，太阳照进了店里的地面。多比睡了一整天，站起来向前，向后各伸一个懒腰，然后走到水边去观察退潮时飞来的白鹭。

:: 情 侣 们

客人里常常有情侣。他们相处的方式各种各样，挺有意思的。

有个女孩存了个甜筒的钱，叫我在她要寄出去的明信片上，画一个抵用券，签上我的名字。她说，会有人来领这个冰淇淋。后来她告诉我，那个人，他不会来了。那一天，她还花去一整天的时间写信给那个人，写完以后端详着，还觉得不够整洁，誊写了一遍，又誊写了一遍。

又一天，她打扮得很美，花裙子，翘边的白帽子。拍了几张照片，脸红扑扑的，鼻尖上渗出细密的汗珠显得很可爱。不过她还在担心够不够美。不知道是不是拍给那个人看的。

我们设计那张明信片的时候花了好多心思，还开了好多玩笑。那些都是原创的浪漫。她边写还边说：说不定是我们一起来领甜筒呢。

离开厦门后，她就兴冲冲地到越南找那个人去了。她在日志里写着：湄公河浩瀚美丽……

又后来她从越南寄了一张明信片给我，正面是一个越南男人骑着摩托车，摩托车上满载青色的香蕉。背面写着：见识过湄公河的浩瀚美丽，我想去的地方又只剩厦门。那人不会去了。

听说陈升做过一件很煽情的事，演唱会的票提前一年预售，一对情侣一张票。一年后，果然好多人身边的位置是空的。

收到那张明信片时，像肥皂一样滑溜溜的我的心，也不禁为那种似乎永远也过不去的年轻，和微不足道的痛苦而伤感。

店里除了卖冰淇淋，也卖国内很少有地方卖的苦艾酒，也会吸引一些很特别的客人。有喝酒的地方，比光吃冰淇淋的地方故事又多一点。比如有一对很甜蜜，那个女孩说的一些话我还记得：

——我觉得和他一起很新鲜！

——他喜欢暴走（那男孩每周末在周边徒步 16 公里），我们就一起走路，很有意思！两个人不逛街，不看电影，也不花钱，就走路。

——我觉得他很幸福！他非常喜欢他的工作！

——他们巨蟹超闷的，那时候约我看完电影也没有任何表示，最后还是我逼他表白。

——哎！我就是很馋的，吃的馋，酒也馋，烟也馋，什么都想尝一下。（男孩说：所以我要跟在她后面吃两倍的东西，因为她只尝一下，剩下的就丢给我吃。）

她说这些话的时候，那个小伙子时不时伸出手摸摸她的头。我感到他有时候想克制不要去摸，但还是没有忍住。有一刻我脱口而出：她好爱你呀。她笑嘻嘻地使劲点着头，好像什么也不担心。然后接着说自己为什么爱吃生蚝："因为小学课本里有一篇课文叫《我的叔叔于勒》……就一直很想很想……后来才知道原来那种好像很高贵好吃的'牡蛎'就是生蚝……"大家都笑起来，他当然又摸了摸她的头。

另外一次，是很酷的一对。女孩穿着非常辣的低胸装，小伙子剑眉星目，两个人的皮肤都晒得黝黑发亮。他们坐下来，边喝边历数他们喝过的酒。"那次在荷兰……那次在印度……那次在威尼斯……"两人你一杯，我一杯，酒量不相上下。听起来他们的旅行就是世界各地去找好酒。他们家里有一个小酒吧，装满了各地收集的酒。我想这好酒又会喝的两个人，真是天生一对。

还有一对，一个是台湾女孩，一个是中美混血的帅小伙，再过两天就要告别了。喝到第六杯苦艾酒（平均在65度以上的烈酒，这真的已经非常多了）他们关掉大灯，把自己的iＰod接到音箱上放音乐，转圈圈，跳舞，凝视，长吻。说真的，店这么小，实在有些催情。但我也不想干瞪眼显得太慌张，所以尽量不停地洗洗这个擦擦那个，当我不得不看他们时，就装出高手的微笑、悠远的眼神。

还有一对，有句话让我印象很深刻：你知道我追他有多难吗！我天天把自己灌醉跑到他房间去睡！！睡了四天才搞定！然后那个男人忍不住笑了：我最喜欢她就是她傻乎乎的。

偶尔翻看店里的留言本，翻到其中一页，只有一行字，但是每个字都是用不同颜色的笔写的：愿天下所有人都好似我俩日日都开心。我翻到这里就禁不住微笑，甚至鼻子发酸了：这是甜得溢出来了，幸福淌得满地都是啊。

也有叫人肝颤的情侣。那是一个瘦瘦矮矮的中年男子和一个脸蛋光滑的离子烫女孩。离子烫女孩拖着长音说：哎呀，你都没有送过我礼物哒。中年男子架起成功人士的二郎腿，说："冰淇淋也要花钱啊！这不是还给你买了这个小口琴吗？——你要好好珍惜我送给你的东西哦。"（随手插播广告：本店出售定制款 4 孔八音小口琴，10 元 / 个。）

店里有一位常客叫马克，他是一个荷兰人，他的工作是帆船教练。他实在很爱冰淇淋，特别是很爱我们的冰淇淋，有空就会来买，并日复一日地劝说我，把他最爱的咖啡和冰淇淋放在一起，做一款咖啡冰淇淋。我们研究了好久，终于搞出了我们都满意的味道和口感。为了感谢他严格地挑剔这款冰淇淋，并且一直为它提出建设性的改良建议，我告诉马克，我家的咖啡冰淇淋对他永远免费。

马克很开心，后来他的中国女朋友从珠海来和他团圆，又经常一起来店里。两个人一起坐在门口的台阶上吃冰淇淋，聊天。后来他们在沙滩上举行婚礼，也请我们去参加。

那个婚礼我很喜欢。邀请我们的电子邮件，要求女士着比基尼，男士着沙滩裤，自己带酒。主持人有中英文各一个，讲了一个小公主在城堡里长大，后来却爱上海盗的故事。马克穿着海盗的衣服冲了出来，到处找他的公主。

新娘子出场后，他单膝跪地，问她愿不愿意嫁给自己。然后在欢呼声里，执手将她领到海边，那里停着他的帆船，帆船上都用彩灯装饰起来了。乐队奏起了派对的音乐，马克把新娘安顿在船上，然后蹚着水将船推下海，扯起帆。船驶向远处，漆黑的海面突然升起大簇的礼花。大家都在礼花的映照下笑着、喊着，随着音乐开始喝酒和跳舞。后来听说，马克在船里悄悄装了一个摄像机，把他们两人单独在海上的那段海誓山盟拍了下来。好浪漫呀。我也在那天翩翩起舞。就算跳得不好，也很开心呢。

说到底，我只是个卖冰淇淋的人，因为开了一家小店而分享许多悲欢离合，还挺幸运的吧。不是每个被路过的小店老板，都可以成为客人生命里的某段见证不是吗？

:: 时　光

今天沙坡尾的新店收到了本钱。

这是很理想的一天，一单一单，没有刻意找 high 的客人，也无须太多交谈。可能是久违的好天气让人们带着平静和感恩的心情吧。

我想讲件事。

昨天，店里来了个特殊的客人。四年前我租下第一个店面的时候，她就住在楼上。只是从装修到开张，我都没有见过她。过了个把月，她终于出现了，原来她去了外地。

那个时候，她染一头金色的短发，皮肤特别白、特别爱笑。初次见到她，她喝得醉醺醺的，说着流利的英语，和一个外国老头搂搂抱抱回家来，边笑边歪歪倒倒地说着什么。

第二天，她拿了瓶红酒下来到我店里送我。说：我出去了一趟，回来楼下开了个这么可爱的冰淇淋店，真是太开心了！

没过多久，她走了。后来我才知道，她去了荷兰读艺术系的交换硕士。

昨天，我正在扫地，她站在门口，说：是你。

我愣了一会儿才认出她，我也说：是你呀。

我们寒暄了几句。她在国外待了四年，刚回来，正领着一个外国人逛厦门。居然不小心又逛到了我的店门口，并且互相认了出来。她的金发变成了黑色卷发，的确老了一点，神情也沉郁了一些。

那个女孩在我印象里有一头金色短发，皮肤雪白，笑起来眼睛细长，总带着一点无忧无虑、像夏天一样的浪荡气氛。那个有着浪漫艺术家气质的女孩子，我看不到了。

面前的女孩沉郁了一些，但是也成熟了许多。她没那么爱笑了，也没有那么爱提问了。也许她和我一样，试着多去看看，而不是急于发表意见了。

因为内向，我们只寒暄了几句，我说你坐会儿，我把地扫完。就假装忙碌起来。拖地时我在想，过了四年，我还在扫，会给她什么感觉呢？我自己是什么感觉呢？我不知道。

不知道她初见我时，我是什么样子，现在看我，又有什么变化。如果她是镜子的话，我想我自己也是。

这些城市里的小店，还有小店里的老板，在流动的时间和世界里就像一个小小的坐标。我们过自己的生活，以他人为镜，照出自己的样子，但更多的时候，客人们也会到这些小店里来照照我们。城市里人们川流不息，很多人离开后再回来，除了那种相熟的小店已无处可去，实际上，这些小店就是他们在那个城市的饭厅、客厅、书房和音乐室。

她看我在那里假装忙碌，过了一小会儿，说，先走了。她仍然不愧是一位艺术家，她没有说以后来玩。我也没有说。

今天，店里的熟客是带着男朋友回来的荷兰姑娘 kYra，我给他们泡了大麦茶，我们这里那么平常的东西，他们俩却惊喜极了，说这种茶有"Very very nice smell"。

还有两个新客人，这是两个小姑娘，看起来还很稚嫩。我为她们推荐了两种酒，对她们说，女孩子应该在安全的情境里，试一试自己的酒量，去享受它。还有一句我没说：对自己多一些把握，也就多一点自由。多一点自由，就得以多触摸一点这世界。

我不想打扰她们，和她们聊了一小会儿，就自己走到外面去了。留下她们有点欣喜地交换品尝着彼此的第一杯烈酒，让她们偎依着去享受她们的成长。

这就是今天发生的事。我不疾不徐、缓缓地收到了保本的营业额，在门口最后一位客人付完钱后，正好达到那个数字。我仔细地清洗冰淇淋机的每一个零件、把杯子一个个擦亮，在收银机上最后一次按完收账，它啪的一声弹出，发出今天最后的声响，我的狗用前爪扒拉着我的胳膊，望着我，问我可不可以到腿上来睡觉。

这就是一天即将过去的讯息。时光很快，也很慢。

门前的潮水，太阳的方向，还有渐渐累积到保本数额的钱，提醒着我，像这样过去了一天。

或许生活并不难，我应该再有信心些。因为它就是一个个的人，一天天，就这样累积起来的。

想到今天开门打扫的时候，昨天捡来插的那朵蔷薇花苞开了，开得那么柔嫩芬芳，我捧着它闻了好久好久。一定是神在用它抚慰我的心，让我在漫长的一生中，又收拾到值得受苦的一帧。

各种普通的食物最好吃的时刻

　　白开水要刚好烫嘴的温度，但是不会真的烫到人。微微感受到滚过嗓子的温度。最好是用力喝到满口，让烫嘴的开水轻轻烫到整个口腔。

　　玻璃瓶装的可乐冻到正好出现柔柔软软冰粒的时刻。上上下下都悬浮着那种冰粒，不管是大口还是小口都可以吃到它。那是梦幻可乐。

　　薯条，刚出锅，热热的，外表脆脆，还有一点明显的细盐在外面，里面是软的，最好是拿硬而热的薯条刮甜筒冰淇淋吃。一截一截咬下去，每一口都吃到盐，脆热的外皮，烫嘴的柔嫩土豆肉，还有又甜又凉又奶的冰淇淋。这样就可以冷热甜咸硬软一口吃到。

　　鸭脖子用手撕着一条条吃是最好吃的。吃完可以撕的肉以后，再把骨头一节节分开，仔细吃缝里面的肉，啃到只剩白骨，最后一口吃白骨上的软骨，才最美。吃鸭脖子应该持续地吃下去，以免要洗手擦手，由于麻烦而扫兴。我曾经独自连续四小时不动弹地吃鸭脖子，在一个正在装修地面满是灰尘的空房间里，坐在唯一一张能坐的小板凳上。真乃奇女子。

　　橘子不要剥皮，横着切，然后一瓣一瓣捞出来吃，好像会更甜。而且因为横着切，橘子的横剖面娇艳欲滴，散发着水果清香，色香味里面，就多了色香两层,会变得更美妙。而且剥橘子皮溅满手橘子皮的汁很麻烦,这样吃就不会了。

橘子还可以一瓣一瓣分开放在桌子上晾干,如果有暖气的话放在暖气片上更有趣。橘子瓣的皮就变脆了,橘子的水分也略少了一点,把它剥掉,翻开,只吃肉,更甜,又很好玩。

百香果的话,不是特别爱吃酸的人会觉得太酸,可是它实在又很香。所以,其实把百香果破两半,用勺子把果肉挖出来放在可乐里。酸甜就正好,那些籽嚼着吃掉更是满口香味。如果能放上打碎的冰块,但在冰块融化之前喝掉就更棒了。

热馒头应该撕开夹红烧肉和油条。但只是把红烧肉和油条整个放进去是不够的,应该把它们分别剪成丁,然后把馒头分成至少三层,很整齐地摆进去。这样当你一口咬下去时,才不会因为肉或者油条一下没咬断而扫兴。

春游和秋游应该吃螃蟹。想想看间的春游食品都是面包,充其量是午餐肉。当你坐在铺满阳光的草地上,和你的狗一起,细细地,渐渐地,吃掉一只大螃蟹……

坐火车可以吃锡纸包好的烤猪蹄,还要有刀叉。但是在阴暗充斥着康师傅味道的车厢里,打开一只飘香万里的猪蹄,可能会有危险。

芒果滴两滴酱油最好吃。杨桃蘸酸梅粉。这是在厦门学会的。

西红柿可以整只剥掉皮然后放水里煮,加各种各样的蘑菇。要多放几个西红柿呀。要煮好几个小时才好,最后那个汤只要放一点点盐,什么都不要加了。可以作为夏日消暑,冬季进补之佳品。

柠檬蘸细盐吮一口,然后喝什么都好喝。

咸味洋葱圈饼干上面沾着的大颗盐粒咬下来嚼,嘴里咸咸的,再一点点啃饼干。

橄榄吃生的,不要吃蜜饯也不要咸橄榄,当时非常涩,但过后口里生津会好几个小时。如果要约会要接吻，吃生橄榄比吃口香糖好多啦，会成为尝起来像蜜一样可口的人哦。

如果愿意的话可以尝尝路边的植物，有时候有惊喜的……有一次我吃了一些辣木的叶子，打了一晚上的喷嚏，打到头晕。

狗粮普遍比猫粮好吃。但是都不怎么好吃。当小零食，加上伊利的麦香早餐奶还可以。但是吃多了可能也不好吧……不过有一次我吃到一种荷兰带来的狗咬胶……很奇妙……质量很好的感觉可以拉很长的丝。很羡慕我的狗。

如果实在不方便，可以拔一根长头发当牙线……头上应该长角的那个部位的头发最结实……

遇到好吃的汤面，应该面要少一点，但是要把汤喝光，满足感特别强。

最喜欢的面，就是清水煮挂面，里面卧一整个蛋，几片青菜。放一丁点猪油下去，青菜、面条和鸡蛋的香味就都冒在面汤里了，再放一点盐，鲜得烫心。生病的时候，吃不到这碗面就好不了。所以我常觉得半死不活的，每次生病都没好全乎，心里剩一角装着乡愁。

方便面如果不能煮，在微波炉里转两三分钟也很好。每一根面都将成为半透明的样子劲道最好。任何牌子的方便面都可以。切忌水过多。我觉得最好吃的方便面是好劲道，可是现在买不到了。

白米粥的话，半筒米，一碗水的比例正好。几碗水就是几碗粥。煮粥分量不合适可是很麻烦的。关键是要查看一两次，搅一搅。煮到正在糊但还没有太糊，每一粒米都裂开膨胀并且米汤变白了，舀一下却分不开米和水的程度最好吃。盛到碗里稍晾片刻，但是要注意不要让它表面结出米皮。因为粥太烫令人生气，凉了也叫人伤心。在等粥凉的时间里，要专心而虔诚。欣赏它，渐渐成为最好吃的粥。

麦辣鸡翅啃完了以后，用手指头把掉到盒子里的渣渣粘起来吃掉，是很感人的。在古时候，那可能是人类对麦辣鸡翅表示感谢的仪式。

炒土豆丝，一根一根一截一截吃，比整筷子按到嘴里更好吃。

西瓜就不一样，最好吃的吃法是把籽剔得差不多，然后一大口咬下去，用舌头把整口西瓜压扁。很多西瓜汁一起冒出来，叫人眉开眼笑。吃西瓜的人最好是儿童，光穿着背心，整个头都扎到西瓜里去。满胳膊都是西瓜汁，胸口也有，连腿上也有的样子。作为儿童像那样吃西瓜，夏天的景象就非常完美。所以说长大会很麻烦，竟然长出了胸部。对吃西瓜的夏天来说是令人感到头疼的事。但不管怎么样，有许多人把夏天吃到第一口西瓜的日子当成普通的日子一样对待，叫人黯然神伤。那可是夏天正式开启的重要日子，否则它和其他的季节比起来有什么特别的呢。

苹果当然要精心切成块，用牙签插着吃。苹果会令牙齿出血，又可能会塞牙。但一定要花点时间切成大小相等的块。要不然一边吃苹果一边看片的时候，会因为吃到大大小小不一样的苹果而分心，令人烦恼。

其实饿了的话吃烤青椒加面包也是可以作为主食的好搭配。这个搭配和馒头夹红烧肉风格有点类似的。

旺仔小馒头不应该很多一起嚼，太口干，而是应该一颗一颗地含着吃。因为有口水，它会在嘴里一下子塌掉。每次都会高兴得想说："咦！"

蜂蜜小麻花应该摆在桌上，略敲到碎，一小颗一小颗地吃。它应该成为一种办公室零食的。因为坐在格子间里把手一次次伸向显示器下面的位置，不需要仔细看就可以拿到它，装出若有所思的样子放到嘴里，盯着电脑慢慢地咀嚼。其实心里非常高兴，但是别人不会知道的。这样吃也不会显得很奇怪。蜂蜜小麻花不是很脆，所以不会发出声音的啦。这不是一种在家里专注地吃的东西。它只有在办公室里最有魅力。敲碎来讲，即使同事跑过来吃一点，也不至于一下就拿光了。

麻辣烫最好吃的时刻是宿醉后，已经吃了一些寡淡的白粥（是的这个时候变得寡淡了），下午胃肠开始苏醒，开始饿却没有胃口，麻辣烫就是天赐的恩物令人感激，欲死的人生一点点苏醒过来。但如果是劣质红酒喝到吐，吃什么都没用了，只能默默忍耐。

莴笋最好吃的时刻在火锅里。尤其是牛肉汤的火锅。我有一次出去玩，把自己关在酒店里哭，然后擦干眼泪去吃牛肉火锅，独吃四份莴笋，吃饱又回酒店去哭。感到自己水分很充足。如果很悲伤的话，要多吃点莴笋。

爆米花刚出锅，稍晾以后还有温度，但是表面已经变脆了，表面均匀地覆盖着一层金色的奶油和糖的时候，每一颗抓起来，那硬硬的、一点点粘、还有余温的手感，就已经令人感动了。去电影院时遇到爆米花刚出来，我都会多买一筒。最好是在旁边观察一会儿。特别是生意不太好的电影院，不要买那剩下的一些。那种情况下，要等下一场电影才是。看着爆米花师去炸爆米花，出锅，然后求他给刚出来的那一锅。因为他会把新鲜的兑到旧的里面去，挑出最好吃的就大费周章了。不过应该注意去附近晃晃，不要让爆米花师知道你在等爆米花。不然他会感到很不舒服，因为爆米花师是一个很低调的职业。遇到太外向的爆米花师，他又会劝说你买不新鲜的那些，那是令人难堪的。

如果冬天可以烤炭火，要买一点红薯粉粉丝，一边烤着暖融融的火，一边拿着一根粉丝靠近炭火去烤，会看到它一点点膨化起来。要精心打理，靠太近会烧焦，太远又不能变蓬。如果蓬得太慢的话，中间的地方又会略硬。完美的状态应该是一下就蓬了，节奏应该类似力气很大的人一下就把长气球吹直。单这样吃就很香脆，加上烤火的时候必定非常惬意，如果有这样既可以玩，又不会一下子吃饱的零食真是太好了。但是，这还不是最完美的，如果有辣椒酱蘸着它吃，天哪……

其实去电影院还可以吃糖炒板栗。因为吃板栗可以静悄悄地进行，又可以微微饱肚。糖炒板栗如果整个丢进嘴真是太为难了，要用门牙一层层咬下来才是。搭配糖炒板栗的最佳饮料可能是小布丁雪糕。如果不嫌麻烦，要带上保温桶，买好几个放在里面以免融化。这样即使是连看三场，外面天都黑了也不需要出去觅食。其实要想持续地吃下去，要甜甜咸咸地搭配，粉嫩微甜的糖炒板栗和奶香的小布丁是一个例外，一定要非常快乐才能承受，不然会吃到苦。也许爆米花是适合两个人的，而糖炒板栗和小布丁是适合一个人的电影院食物。市面上放在冰柜里卖的雪糕，好吃的太少了，每年都怀着不安的心情去小卖部查看，希望它不要消失。

石榴每一粒味道都不太一样，有一些颗粒饱满红润，有一些比较白而小，因为生长的程度有细微的区别，所以水分和味道各不一样。应该小心分成几瓣，手上拿一瓣，剩下的放到身边，一粒一粒地剥下来，体会着石榴真的不想被人吃的心情：它长成那个样子应该是为鸟准备的吧。鸟虽然可以帮忙播种，但是我们人类也可以帮忙的吧。有时候会抱歉地这样想。如果是慢慢地骑车去海边，只有一点点渴的时候，它是忠诚的伙伴。一颗一颗细细地吃，感受它们彼此的区别，闻着几不可闻的清香，会好像乘着石榴的滋味掠过四季啊。

青椒是切成段以后，用滚烫的油一浇，一点点酱油放在里面，然后生吃。哪怕一次吃两斤辣到肚子痛得满地打滚也是值得的。含着眼泪想"再也不这样吃"可是在寂寞的时候还是会想吃的时刻。就算是要死也要冲的。青椒不可以是一般的菜椒，而是硬硬的、尖尖的，辣椒籽胀鼓鼓的，散发着辣死人的力气。泡在油里的辣椒籽也要吃光，那个是最最香的。刚开始只是在微微冒汗，辣椒籽吃下去，头毛才会炸开。

小时候吃得最多的几种植物：野蔷薇的嫩枝，剥开皮放到嘴里嚼。甜丝丝的清凉味道。春天嫩枝很多的时候，摘一把爬到树上吃。我有一个专门的树杈是躺着用来吃蔷薇的。吃它不能舍不得，因为在手里握久了会变软变热，就没有那么好吃了。现在想想，蔷薇被掐去嫩枝，不往高处长的话似乎会生得更繁茂。夏天它们开着非常漂亮的花，花瓣也可以嚼。秋天又长出鲜红的果实。蔷薇很好。

芦苇还没有完全长出来的时候，拨开草皮里面是白色的芯。一整条。遇到特别肥的，水分简直接近甘蔗。甜度当然是完全不同，但那是沁人心脾的甜味。找它要伏在草丛里用手拨弄，一手不能完全按下去的，十有八九就是它了。拔出来的时候有"吱"的一声轻响。那一声越清，就越嫩。夏天时看到大部分芦苇还是长大成为一丛丛一蓬蓬的高大植物，简直是大吃一惊。怎么也想不出它们当时躲在了哪里。

蚕豆丰收也在春天，出来混的小孩每个人都要有一串蚕豆项链，特别豪华的还有蚕豆手镯。大人们用蒸锅焖熟，用线穿起来做成项链，我们挂在脖子和手上，想吃就拉一个下来。所有的小孩都挂着蚕豆无所事事地坐在各处，你吃一个我的，我还你一个。焖熟的蚕豆皮很软，一捏就挤出来了，小孩子吃它它会发出 mia mia 享受的声音。我注意到最近人们常常提起"薄荷色"，其实要是叫"嫩蚕豆色"好像会更美，那两种颜色非常接近。因为蚕豆的颜色好像更厚和柔软一点。这样感觉没什么道理，就是胡乱一说。

最好吃的花是槐花和美人蕉。美人蕉的花朵一摘下来尾部就立刻渗出蜜，马上放到嘴里吸。红色的美人蕉比黄色的更甜。但是要留一些给蜜蜂和蝴蝶，所以一棵美人蕉只能摘一朵。

槐花要上树去吃，它太娇嫩了，轻轻一划就开始变黄。最好能将开满花的枝条拉到面前，将花咬下来，离开树它就变苦。可是要小心蜜蜂，有时候蜜蜂太专心了……

很多东西用手吃都比用筷子夹好吃。

很多东西小口吃都比大口吃好吃。

我觉得当和食物相处的时候，最重要的事情就是要理直气壮。不要因为内向而无法好好地品尝，也不要因为其他人都吃得很快就心慌，更不要因为旁边的人大声吧唧嘴而就此放弃。我们虽然吃得慢，但是也并没有做错什么，人多的情况下应该尽量地鼓起勇气。但最好还是能独自进食。

好了，现在我太饿了。我要去我的床上，思念着它们大家，然后哭着睡去。

::吃 蚕 豆

长江中下游平原盛产蚕豆。它们成熟应该是春天吧？还是秋天呢？

刚刚摘下来的蚕豆，家家都要在新煮的饭上面焖上一层蚕豆。饭熟了，蚕豆就熟了。大人们会用针线把它们串成项链和手镯给我们戴上。这时候出门，每个小孩都挂了那么几串，玩一会儿就摘一个下来吃。新鲜蚕豆是嫩绿色的，糯糯的有一点甜。虽然连皮吃掉也可以，可是挤出来吃更好玩。

即使是随便一块菜园边，都会自己长出一两根蚕豆苗。当我发现它是蚕豆苗时，一般都因为它已经开花了。紫色的蚕豆花像只蝴蝶，中间还有一只黑黑的眼睛。它的花瓣非常柔嫩（不过有多少花不柔嫩呢？但它真的特别柔嫩），就像两只小手轻轻捧着什么东西。蚕豆是很招蝴蝶的，歌里也有这么唱来着：东风呀吹得那个风车儿转呀，蚕豆花儿香，麦苗儿鲜。

因为盛产蚕豆，所以我的老家有吃蚕豆酱的习惯。煮鱼，炒青菜都会放一点。我没有去过酱场，也没有见过柏杨先生说的大酱缸，家里却做过。酱是不是就是腐烂的东西？因为我能记得家里有晾在栏杆外面、用竹筛装的蚕豆酱，黑压压的酱上停着黑压压的苍蝇。可是蚕豆酱很鲜美，安庆有一种蚕豆酱牌子叫"胡玉美"，没有谁家灶台上不备上一瓶。后来我走南闯北，惊奇地发现竟然外面的人没有听说过，不但不知道胡玉美，甚至没有人知道蚕豆还可以做酱。

蚕豆上市时，一定有一道菜是蚕豆米氽肉片汤。只有两种料：剥完皮的蚕豆和红薯粉捏过的肉片。嫩绿的蚕豆肉，浮沉在更浅的绿色的汤里，香气扑鼻。

蚕豆最地道的做法还是炒着吃。在安庆地区，炒货都是用沙子炒的。现在想想真是个聪明的办法。花生、蚕豆这些一粒一粒小颗的东西，如何能保证它们在锅里受热均匀呢？我真想不出，除了将它们埋在沙子里，还能怎么做。

沙子要经过精挑细选，不能太脆，不然加热以后就会碎掉。不能太大，不然不能把它们包围住。太小？又会挤到花生或蚕豆裂开的缝里。我家有一包沙子，每一颗都差不多大，一颗一颗发亮乌黑，过年都要祭出来炒点什么。也许我下次回家我应该问问妈妈，它们原来是什么样子？是不是黄色的大河沙？还是哪个神秘的地方弄来的特殊的黑色沙子？

它们经过了细细的筛选，太大的拣出来，太小的漏掉，家家都有这么一包传家宝。把晒干的蚕豆和沙子一起放到锅里翻炒，蚕豆一直被炒烫的沙子烫呀烫呀，慢慢地越来越热，直到一颗颗爆裂开来，再晾凉，装到麦乳精的空铁罐里，盖好。装一把在口袋里，就像装了一碗饭。

但是，这样炒出来的蚕豆非常地硬，又叫"铁蚕豆"。因为实在是太硬了，以我一向不怎么样的牙口，有时候一整天都含着一颗，还无法将它咬碎。万一能咬碎，脑袋都会震动。"咯嘣、咯嘣、咯嘣"。听别人吃蚕豆，也是很好玩的。

后来市场上有了一种叫五香蚕豆的东西，吃起来是酥的，又甜，又咸，有时候还会辣，就是没有炒蚕豆本来的香。我觉得那不是蚕豆，就像薯片不是土豆。

我的外公对蚕豆很有感情，他说，某一年的大饥荒（老人们总是经历过好多次饥荒）他还是个孩子，帮着大人推一板车沉重的东西上一个坡。推到一半时由于太饿几乎要晕过去。这时，他在地上捡到一粒蚕豆，连皮一起吃了。然后，就有了力气。

大概他常常用这段故事教育儿女：蚕豆是非常好的粮食。因为我分别听我的妈妈、我的大娘和我的小舅说过这个故事。故事的结尾总是：蚕豆是一种非常好的粮食。

也可能是这个故事的原因，我六七岁时离家出走，为往后的生活做万全的打算，准备好了一辈子的干粮：泪眼婆娑地将四个口袋都装满蚕豆，想着"我永远不会再回来了"。

妈妈回忆起外公时，总说"我爹是个福老头"，因为他80岁时还有满满一口好牙，并且能够吃蚕豆。因为他一直都可以吃最喜欢的炒蚕豆，所以他这一生都是个有福气的人。

哎！我！怎么也不能想清楚蚕豆究竟是什么时候收获的呢！确实应该还是春天吧？因为我总是记得戴着蚕豆项链时阳光明媚，轻风里带有花香。面前的小孩们都穿着薄夹袄，高兴地挂着好几串青蚕豆，你尝尝我的，我尝尝你的。头上还顶着一朵纱巾扎的大花。应该是在春天时，我才长出了那么多头发吧？

上艺校那会儿

上艺校那会儿，学校门口有很多地摊。课那么少，我们是多的的清闲啊！下午一点半上课，两节，三点半就下课了。常怀着"一天的生活才刚刚开始"的美好心情，奔向学校的大门口。

凉皮是我们下午课后的主食。那是一种奇妙的食品！是一张薄薄的有韧性的粉皮，切成条状，然后放上煮熟的海带丝、豆芽菜和生黄瓜丝，拌上蒜汁，最后——重头好戏——浇上凉皮爷爷的秘方调制的料汤。夏天是凉的，冬天是热的，卖凉皮的不止一家，唯独凉皮爷爷家的，咸香辣正正好，最够味。一般我们在旁边看到这一步的时候，口水就要下来了。一块钱一份！多么好的东西啊！凉皮爷爷皮肤白白的，总是笑眯眯的。哪怕是摊上小何这样贪婪的顾客：多搁点汤——多搁点海带——多搁点黄瓜——多搁点豆芽——多搁点……她那份，赶得上别人两份的分量，他都不会露出半分为难的神色，还是笑眯眯的。我还专门跑去讲坏话：爷爷你肯定很怕小何来买凉皮吧？他还是笑呵呵地说：没关系呀！

我们都很喜欢他。

那时候好像很能吃，也偶尔担心发胖的问题——但是肯定坚持不到马燕买东西吃以后，她也是一样。凉皮爷爷家旁边是炸串，小鱼、土豆片、年糕、香蕉，竹签穿着，都可以炸来吃。我们比较富裕一点的时候，就会炸上一大把。我最喜欢的是年糕和藕片，单价五毛。马燕的爱好比较贵，她喜欢吃火腿肠和香肠，要七毛和一块钱一串。

马燕如果看到这篇文章一定会骂我——没错！其实我也喜欢吃炸火腿肠！只不过一般都是抢她的……

这类丢人的事情做过很多。当然，不全是我一个人干的。比如有一回上语文课，讲《记一次大型的泥石流》，老师念课文，最后一句是："像一锅煮开了的粥。"这勾动了我和马燕的心事，纸条传来传去：

"我们下课去吃麻辣烫，我要：

3 串白菜 ×3 毛

2 串豆腐泡 ×4 毛

2 串包心菜 ×3 毛

1 碗粉丝 ×1 块

加起来是——你有几块钱？"

"等一下去了再说，那今天要不要到食堂买烧麦？"

"可能吃不下吧？"（很犹豫地）

"吃得下吧？"（也很犹豫地）

然后老师大声问：你们两个？！哦？在数饭票！是听到"一锅粥"就饿了吧？

两个人面红耳赤地，心想老师真厉害，这也猜得到。

姜小春，艺校最有名的老师之一，表演出身的他最痛恨的事就是别人不好好听他朗诵。

我们传纸条都用专门的练习本，有好几本。说出来真是难以置信，内容大多数都是：你饿了吗？我饿了！等一下去哪里？你有几块钱？

学校后面的宁国路那时候还不像现在这么繁华，那家麻辣烫店是一个干干净净的阿姨在那开的，芜湖人。手艺太好了，怎么吃都不会饱。但是生意似乎不红火，我们没毕业她就不见了。真可惜。她家对面是家羊肉泡馍，吃不大惯。

顺便说一下，每个艺校的人一定都记得食堂的烧卖。那可真是做得好啊！蒸得喷香的酱油拌糯米团子里，有时还能发现一两个肉丁！早上多打几个放到中午下课吃，凉了都不腻，还格外有嚼头。可能放了腊肉汤一起蒸的吧？哎！也是个秘密呀！

还有饼哥的饼，那也是一绝。饼哥的摊子比较远，要穿过整条宁国路和菜场，而且他的生意特别好，总是有很多人围在他的炉子前面，抓个塑料袋子，举起来从上向下一抖，呈张开状，谁也不会说话，都盯着炉门，等着新鲜的饼出锅，哄抢一空。

饼哥之所以叫饼哥，不光是因为他卖独占鳌头的好饼，也因为他脸上挂着一副大得像张饼的眼镜，带着落魄知识分子的孤独又骄傲的神情。我们猜想他是一位迫于现实的高考落榜青年。

因为饼哥的饼难得，所以每次我和马燕去，都会受大家拜托，艰难地买一堆回宿舍。并且在去的路上，握着拳头一起兴奋地喊：饼哥！饼哥！

门口只在早餐时候出来的"艺术家"大叔的蛋饼，就是不吃光看也很享受。先是将锅面涂上油，舀出一大勺稀糊糊的面倒上，用个特制的竹子工具做圆周运动两三圈，就把那摊糊划拉成了一张均匀的大面饼，在锅把上磕破个鸡蛋，一只手就能掰开，捣捣就和在了面饼里。撒上蒜叶、小葱、榨菜末子、香菜叶子，用块铁皮铲子撩起，翻面儿略煎，包根油条或者香肠，卷巴卷巴对折，再抹点蚕豆酱——成了。干净利落，眼花缭乱。我手里两个小小的菜包还没吃完呢。哪怕是早上那种紧迫的时候，买艺术家的蛋饼准没错，排队也不会迟到，很快的。

他讲究卫生，不碰钱，让我们自己从木盒子里拿找头，或者只用拿小竹耙的小拇指和无名指轻轻夹着。那些工具好像都是他自制的，很难描述。

这种小小的吃吃喝喝的事也能做出它的花儿来，真是很聪明。

他长得很像我们的系主任，皱巴巴的衣服也像，最像的是发型：长长的没有型的发型。美术系主任号称是全校最有艺术气质的人了。所以大家叫他"艺术家蛋饼大叔"。

最奢侈的藕粉粥，也只不过两块，不过分量很少，只有一次性的水杯一小杯。但是本钱应该也是比较高的，除了甜滋滋的藕粉外，里面还有芝麻、花生米、山楂糕、核桃仁、红豆、薏米，可能还有我没记住的东西吧。好不好吃？有照片为证：就是我们在小姐姐那吃藕粉粥的时候马燕偷拍的，看到的人，第一反应都是：一口好牙！自己看了也好笑：怎么乐成这样呀，瞧那个滋润劲儿。剪的"清凉小子头"，灰灰毛衣里面是件现在绝对不穿的花衬衣，很土，并且只翻了半边领子。

现在想起来，关于在艺校那几年的记忆，大部分是和吃有关的。总是记得去门口灿烂阳光下的路边摊，去学校食堂，去迢迢路远的宁国路，去工大的湖边，去城隍庙，淘到又好吃又便宜的东西，总是笑逐颜开的样子。

我那时候之所以没取得什么成绩也没干成什么坏事，没谈过恋爱但交到好朋友，大概就是那些物美价廉的好吃食的关系。

人只能一直朝前走，不能回头看，否则就会像我一样，在某个长大成人的清晨，坐在电脑前写下这些文字并默默地想：再见啦，少年。

火锅！火锅！火锅！我们愿意一个人吃东西，不代表我们总是需要孤独。也有些时候想和别人一起吃饭，特别是吃火锅。火锅好不好吃，最重要的是看和谁一起吃。因为火锅是一种再不好吃也好吃的东西。

感觉应酬里没有人会选火锅，毕竟火锅那么烫，大家的筷子搅在一起，有时候还要把东西夹起来看看又放回去。要注意素菜，菌类和肉类的放入顺序。猪脑，香菜这些有异味的要后放，莲藕、土豆、粉条要先放。有些丸子漂起来都不够，还要多煮一会儿。有些涮片刻就好了。要不停地放入新的食物，捞出旧的食物，眼观六路，耳听八方，有时要千里伏笔，念念不忘，有时要当机立断眼疾手快。这么忙碌，并不是当代文明人进行高等智慧级别交流的社交方式。

吃火锅的好伙伴分三类。A类，是会赞美食物的。也是最常遇见的。无间道里的黄秋生和韩琛就是这样的伙伴。一起吃火锅，呼哧呼哧，一边往嘴里送，一边夹在筷子上给食物降温。香喷喷，爽溜溜！一边吃，一边齐声赞美食物。这样食物因为开心也会变得更好吃一些。就像我们开心的时候也会比较甜一样。韩琛很懂行，但是他只喜欢牛肉。他总是说：这牛肉真不错，这牛肉真不错。说这些话的时候，好像口里完全充满了口水。琛哥真的很喜欢牛肉，谈大事还不会忘记赞美牛肉。

B 类，是周到的朋友。就像到了 KTV 会帮所有人把爱唱的歌都点好一样。有种伙伴会帮大家把爱吃的菜都点上，然后在整个过程中出声招呼：丸子好了……莴笋正脆……毛肚快捞……有这样的朋友在，犹如坐在摇篮里被喂食的婴儿。如果你乖乖端坐，他还会把煮好的东西分送到各人的盘子里。这种服务和控制的火锅伴侣，是有一些"不懂火锅什么时候该吃什么患者"的最爱。那些长大了仍然喜欢坐夜里的火车，只为了享受列车员敲打车厢喊着熄灯的人，最爱这样的火锅伴侣。

我最最爱的是 C 类。吃火锅，非常微妙的一环就是给烫口的东西降温。虽说，最传统的降温方法是用嘴吹气，但是吹完了再往嘴里送，算是走了两程，是有停顿，有分心的。有一种更流畅的方法——吸气降温：烫口的食物进入了口腔，才开始用唇舌将它们拨弄来去，与此同时吸气。这样从夹起到落肚，整个过程都一气呵成，食物在嘴里滚动时，也会滚出新鲜的滋味。特别是血。鸭血猪血，刚刚成型的最嫩的血，到嘴里边滚边崩裂，把汤汁溅到满口，舌尖，舌根，舌底，舌头的侧面，都是味道。

世上谁能不怕烫，可是世上谁又不爱火锅，谁不喜欢疑是银河落九天呢。像这样吃下去，会缺氧，会头晕，会手脚发麻，会说不出话。

完美的时刻到来了。当你晕头转向，抬头环顾四周，发现，你的火锅伴侣和你一样。都红红的脸，肿肿的嘴，眼神渴慕又温柔，你浑然忘却了刚才是和别人一起在吃火锅，你们谁也没有管别人，都觉得眼前的一切刚好，刚好到有你比没有你还要好。你们刚刚一起经历了一次血与火的洗礼，一段漫长的寂静，还有眼下这一场突如其来的晕眩。

整个人都麻了。吃火锅达到这种默契的同伴，可以算是，和有情人做快乐事了。

作为一个废物
我是怎样跑步的

大概一年前我哥开始跑步，然后跟我说跑步的种种好处。废话，我知道好多事儿都有好处，可是我干得了吗？比如跑步，对我这样一个身心俱废的人来说太难了，我才不跑呢。

后来得了抑郁症，更废了，吃药住院都行不通。我看到有个人也说吃药住院不如跑步。唉，我一咬牙，换上鞋子就去跑了两回。

奇怪的是，我哥知道了就叮嘱我：不跑也没关系的。

后来我就跟自己说：真的是最后一次啦！明天我就放弃了！

哎，断断续续地真的跑下来了。现在隔几天不跑还有点不得劲儿。

我可是一个时时刻刻都在疼痛的脊柱炎患者，一个最大的爱好就是躺着的人，一个跑 200 米就想吐的虚弱废物，一个意志极度薄弱的失败者。我能做的事，世上简直没有人不能做了。

我发现了一个秘密，跑步这件事最难的并不是当时，而是"要坚持下去"的压力。去掉这个压力，节省了自我羞辱和反自我羞辱的精力，总之只做一次，随时随地原谅自己，这事就不难了。

我哥跟他的朋友炫耀自己现在跑了多少多少，那个朋友淡淡地告诉他，自己是先心病患者，但是从四年级起每天沿合肥包河跑一周。然后我也渐渐发现周围有些人根本没提过跑步，但其实一直在跑。

世上可能有两种人，有的人要做什么事，就有极其坚毅的意志，克服一切障碍，坚定地做下去，并且认为那是应该的，不把这种事当一回事。有的人又懒，又想更好，永远都在上进的压力和自责里挣扎，被失败感深深笼罩。

我和我哥就是后种人。一生都在痛斥自己：

这点事情都做不到，你还能做什么？！

不积跬步，何以行千里？！

做不到这件事，你必然一事无成！

斥责到一定的程度我们就安慰自己：好，我就是个废物。

这能叫安慰吗？想到任何想要的，都觉得没有资格得到。觉得人生太痛苦太艰难了，一点意思都没有。

但是发现"明天就放弃"这个法宝后，事情真的就变得不一样了。

比如戒烟，也是很痛苦。觉得自己根本没有能力摆脱这个痛苦，所以更绝望。一绝望更想来一根绝望之烟。

为什么我敢在这里说烟的事了？（我以前可是在晴天见小组里把"烟"设为违禁词的，因为怕我妈看见。）因为我跟我妈说过了。我说妈，你别难受，你一难受我就更想抽，但凡你看不到的时候我恨不得一口气来5根。

这个事情商量好以后，我突然不怎么想抽了，因为我没那么孤单焦虑，所以不怎么需要抽烟了。

烟瘾还是在，我想抽的时候就美美地、好好地、尽情地来一根。从这时候起抽烟变成了一件很愉快的事。我这才发现在此之前由于那种被烟瘾控制的无力感，我并不曾真正地享受过它。当我享受它，使它变成一桩美事后，那些焦虑烟、孤独烟、痛苦烟、自虐烟就都不想抽了。因为那种坏情绪，不适合做抽烟这么快乐的事啊。

最近回到了合肥的家里，晚上跟我哥一块儿去跑步。

跑完回来，我哥拿起烟盒："其实做完运动抽烟危害更大。"

我："但是跑步回来那一根尤其爽。"

他："而且刚才吸了半天氧气。"

我："所以现在来一根算是赚到的。"

他："走。"

就这样，竟然，突然之间，我的烟量从一天二十五根以上，毫无痛苦地锐减到了三四根。无数次地尝试戒烟并且失败以后，这真是奇迹。就那三四根，抽到一半觉得不舒服就扔掉，因为："待会儿还想的话，再抽就是了。"要是以前，再难受我也会忍住头晕口干，坚持抽到烟屁股。

啊，人的看法真是一直在变化的。

最早我认为，想干什么就干什么，就是自由。

后来我发现，想不干什么就能不干什么，才是自由。

又后来我发现怎么想都没有用：因为两个都做不到。我还是不自由。

又后来我发现，原来放弃压抑，把原本要摆脱的事情当成礼物时，哎，越来越接近自由了。

归根结底，就是要忠实于自己真实的感受。人生可能并不是用来承担痛苦，期待不定时出现的希望微光。它可能是用来享受的。领悟到了这一点，就发现痛苦和快乐没有本质区别。

我哥说支持他跑步的一大动力，是小区里下晚班回来的一帮制服妹子。远远看到妹子们过来了，他就希望自己像只矫健的鹿迈开健美的长腿，英俊地穿梭在丛林里。耐克和阿迪达斯广告里的人都是那样跑的。

但是那种跑法实在是太他妈累了。他只能竭尽全力支撑到妹子们看不见的拐弯处，然后弯腰扶住自己的膝盖，拖着舌头喘得像条狗。

所以要不说是亲兄妹呢，我自己跑步的时候，发现比较好看的路人也会全力施展"鹿的奔跑"！然后不出300米就和多比张一起趴下，变成两条死狗。

他还说了一个很惊人的成绩，他的1000米速度已经打破了世界纪录！我惊呆了！

后来我俩打开各自的running一起跑，发现他那里提示1000米的时候我这里才500米！！

我这里显示2.2公里的时候，他那里已经4.5公里了。

我俩停下了脚步，掏出了两根烟，点上，然后盯着那个手机看。

发现屏幕上里程的计数仍然在不停地跳。

他思考良久，突然想起来他有在耐克网站注册，而我没有注册。注册的时候要填写年龄、体重等资料。会不会是耐克公司鼓励中年人运动，搞出来的一种激励机制？

他平静地说：我真的有很认真地思考过，难道世界纪录是那么容易打破的吗？我觉得自己都没有尽全力耶——但是后来我告诫自己，世界上可能有很多各行各业的高手隐匿在民间，我这样的人肯定也是很多的，也不必得意。

他又说：耐克真是一家有人情味的好企业。

说完他静静地摘下还在提示他又破了纪录的耳机，挥手扔了。

但是我却不禁很想去注册……

最后附上史上最低端小气没档次的跑步技巧，连我这种意志和运动为负分

桉树 (叶)
Eucalyptus robusta Smith

密荫大乔木。单叶，全缘，革质，有时
被有一层薄蜡质。成熟叶卵状披针形，
厚革质，不等侧，侧脉多而明显。全年
可采叶。

桉树（叶）

Eucalyptus robusta Smith

翠芦莉
Aphelandra Ruellia

多年生常绿草本植物。花腋生，花冠漏
斗状，具放射状条纹，波浪状，多蓝紫色。
单花寿命短，清晨开放，黄昏凋谢。

翠芦莉
Aphelandra Ruellia

香水百合
Lilium casa blanca

多年生草本球根植物。叶对生，宽而疏，
花瓣向外反卷，雄蕊露出花瓣之外，花
白色和淡红色，布有玫瑰色斑点。矜持
含蓄。

香水百合
Lilium casa blanca

爬山虎
Parthenocissus tricuspidata

多年生大型落叶木质藤本植物。花多为
两性，雌雄同株，老枝灰褐色，幼枝紫
红色。浆果小球形，熟时蓝黑色，被白粉。
鸟喜食。

爬山虎
Parthenocissus tricuspidata

琴叶珊瑚
Jatropha integerrima Jacq.

常绿灌木。单叶互生，倒阔披针形，常
丛生于枝条顶端。聚伞花序，花冠红色，
雌雄同株，自着生于不同的花序上。体
汁有毒。

琴叶珊瑚

Jatropha integerrima Jacq.

毛杜鹃
Rhododendron pulchrum

半常绿灌木。花顶生枝端，密生，红棕色扁平毛，花萼大，边缘有细锯齿和长睫毛，花冠宽漏斗状蔷薇紫色，有深紫色点。不耐暴晒。

红花檵木（枝）
Loropetalum chinense var.rubrum

常绿灌木或小乔木。多分枝，小枝有星毛。叶革质，卵形，先端尖锐，不等侧，干后暗绿色，无光泽，叶下被星毛，稍带灰白色。发枝力强。

毛杜鹃
Rhododendron pulchrum

红花檵木（枝）
Loropetalum chinense var.rubrum

的人也因此跑了起来。请看这里！

1. 穿上鞋子就去跑。四十分钟左右，跑不动就溜达。从散步开始，身体上没有什么不适。其实快走也会出汗，也很舒服。

2. 下一个"running"的 App，记录路线和成绩。然后再看也有点吃惊：不会吧？我还一次跑过五公里？不会吧？比昨天快了？……

3. 边跑边听音乐，在平时会觉得太躁的音乐，跑步途中听好像又重新发现了它。为了重新听音乐，也可以再跑一点。

4. 已经开始腻了！这时候换条路跑，看看不一样的街道。其实平时大概都很少仔细看所处的地方，跑步的时候慢慢路过，好像重新看到新的风景。打车去别的地方跑也不是不可以，顺便干点坏事也行。有一次在上海，在酒店外面的公园一圈一圈跑，从一对对情侣中间一次又一次穿过去，最后他们不得不渐渐都隐退到了公园更深处。

5. 买东西给自己奖励。我开始的装备只有一双鞋，普通的背心和短裤，手上抓着手机，用一个长尾夹把耳机线固定在背心上。

然后我就想：跑了三天就奖励一条新运动裤，一个星期以后买一件上衣，两个星期后买顶帽子，然后再买头戴耳机，再买臂袋……

因为新的东西不断刺激想用一下，所以为了试试新东西，又多跑了一点。

为了帅气的造型，又跑了一点。

为了秀新衣服，又跑了一点。

我发现，准备干什么事情之前先把装备全买好，然后一旦不做就特别绝望。这样好像是自己一点点"挣"来的，没有自己不配的感觉。

6. 因为带了手机，拍张照片发到朋友圈，说明是"请点赞谢谢"。然后就收到很多赞，又多跑了一点。

7. 带着自己的狗一起跑。我知道这个太高端了。不过就是为了看到多比张在海边开心地露出邪魅狷狂的笑容，又多跑了一点。

8. 重点！最最重要的技巧！就是：

每 天 都 要 原 谅 自 己！

我都是这样打算的：反正明天就放弃了……明天再放弃吧……明天保证放弃了……明天一定放弃……总之一定会放弃的……

因为每天都这样说，朋友圈里的一些朋友，看我脸皮这么厚，也放下了偶像包袱，居然因此也跑了起来。然后和我说好：明天一起放弃吧！

因为一直原谅自己，哎，断断续续有一个月没跑了，但是我也没有侮辱自己，"没有毅力没有恒心这点小事都做不到你还有什么用……"一点也没有。

因为我随时可以再去跑起来。以前我停下来了就停下来了，以后想停下来，也无所谓。

过去和未来都不能说明什么，总之当下我想要去享受跑步，我就去。

它已经不是件痛苦的需要"坚持"的事，变成了一件我随时可以去取的礼物。对我来说这就是最好的了。

说到这里，不如待会儿去跑一下，然后明天一起放弃吧！

　　大魔王昨天对我说："因为长跑会大量出汗，电解质大量流失，脱水严重的时候会导致心悸、恶心等症状，如果继续喝普通的饮料和水，大量稀释会加重症状，必须要补充电解质！"

　　这番话振聋发聩，尤其是最后的那个感叹号，让我印象非常深刻！

　　我用大约 3 秒（或者 5 秒）上淘宝买了两箱他说的那种"可以补充电解质的水"。（其实今天发现楼下超市就有。）

　　自从他用严重的语气告诉我关于电解质的事情，我就一直觉得自己没有补充电解质，很渴。电解质三个字一直萦绕在我的脑海里。今天一睁开眼，就觉得，啊，流失了很多电解质，好渴，好渴。因为我上淘宝的时候顺便看了一眼那个饮料的说明：……解决口渴，身体渴……这个渴的印象，完全挥之不去。

　　然后我就上淘宝，打开旺旺，问老板：快点发货啊，好渴……

　　说完突然想象老板什么反应，然后想把自己抽死……可是我根本就不知道电解质是什么东西啊。

　　我怎么这么容易被洗脑啊。想到这些，就好想像狼对着圆月那样，前肢站立，后肢着地，对着月亮伸长脖子：嗷——

但是我怎么可能像狼呢，那么强大冷峻的动物……最多能像只狗吧。还是多比那样的挫狗。

多比是一只什么都不会的狗。坐下、躺下、跳起来，我以为狗天生就会的。没想到又教，又示范，一百遍都没有学会。我给它买了大概十个球，平均寿命都不到一分钟，就掉到店门口的海里去了。有一次它真的把球捡回来给我，我惊喜交加地扔出去，它就走了……"主人和狗一起快乐玩球"的游戏，在我们身上永远不会出现。它有骨头就拿去藏在楼上，可是阿紫家的小黑，只用一秒钟就发现了，并且把多比赶走。它被赶到了楼下，愣愣地站在楼梯口，望着小黑吃它藏的骨头，哭，尾巴都垂了下来。

有一次它摇着尾巴冲路过的小孩子叫，把人家吓哭了。那个妈妈非常生气地喊：这是谁家的狗！我赶紧去道歉。邻居们也都来了，都跟我们说：老是这样乱喊乱叫，吓到小孩，迟早要被人打死的呀。我只好一直说，对不起，对不起。等大家都散去，才发现多比又哭了。睫毛上都是泪水，脑袋钻到我手臂的弯曲里，把我的袖子都哭湿了一片。

这么挫的狗，却无师自通地学会了过马路。我说：多比！停！它就在我后面一点的地方站着。直到我说：多比！走！就箭一样地冲过马路，站在对面等我。

我实在不知道它怎么学会的，早知道应该发明一个更酷炫的口令了，起码也要"走你"吧。我找了一条没人的街，摆出指挥航母的姿势，帅气地说："走你！""走你！""走你！"……

它半张着嘴，显得很惊讶。

我又试图把口令换成"打一个漂亮的响指然后流畅地往前一指"，但它依然纹丝不动，仿佛在说："那弱弱的一声真的算是响指吗？"于是也只好都算了。

后来有一次，我没有看见路上还有一辆电动车，就跟它说：多比！走！

可是，它并没有走，而是盯着那辆电动车……等车过去了才唰唰地跑过去，然后在对面跳过来，跳过去，焦急地等我。

后来我再过马路，就不由自主先看看它的脸色。这样的时候我就很生自己的气。被自己喜欢和信任的人洗脑也就算了。你是一只狗啊，你不可以给人洗脑啊！

墨墨好像早就发现了这件事。她隔一段时间就在网上跟我冷不丁地说一次：不如做芥末冰淇淋吧！……今天是芥末冰淇淋吗？……下次什么时候做芥末冰淇淋？……看！芥末冰淇淋！

我每次都必须非常严厉地告诉她：我们店，从来！没有做过！芥！末！冰！淇！淋！以！后！也！不！会！做！

如果不这么说，我就无法把"该做芥末冰淇淋了"的想法逼出脑海。她第一次叫我做芥末冰淇淋的时候，我认真地考虑了一下然后问她：谁会吃？她说：反正又不是姐的店。

但，我当时肯定是暴露了容易被洗脑的属性，所以她后来一直以此为乐。上一次她来厦门看我们，在一个烈日炎炎的午后热情地提议道：你看，反正生意这么差，不如来做芥末冰淇淋吧！

当时，一支支芥末酱就从超市嗖嗖地飞了出来，一直飞进我的脑海，飞舞盘旋在我的头顶：芥末酱直接兑下去，密度不一致啊，用新鲜芥末的话要怎么提取呢……我思绪纷呈，想了很多很多。墨墨则带着一种胜之不武的笑容，钻进有空调的屋子里乘凉了。

墨墨这个人，毕竟她是一位著名的独立吐槽人，在洗脑爱好者界也有一定的声誉。也许不是我的问题，是我的朋友太坏了。

本来，我的朋友阿紫，性格很内向，不爱和人打交道，除了狗谁也看不起。又很爱钱，和她之间有什么矛盾，只要谈个价钱就可以解决了。如果实在不高兴，最多也只是会打人而已，我以为她是一位安全无害的朋友。可是有一次阿紫给我讲:杨过根本就不爱小龙女,他爱的是郭襄!

我立刻就竖起了耳朵。(其实不应该。)

她说:你想,郭襄刚出生,杨过就把她抱在手上想,这个可爱的孩子……这个时候他们就注定有了纠缠。杨过喜欢相貌年轻的女人,小龙女就是红颜不老。何况郭襄可是真年轻,还越长越美。

郭襄16岁生日的时候杨过来贺,郭襄已经长成笑起来把人都融化的少女,她在那么多显赫的人面前只拉杨过的手,眼里只有他一个人。杨过那么敏感的人,在桃花岛上多孤独啊,无法和任何人亲密。黄蓉从来都戒备着他,郭芙砍了他的胳膊,只有和又聪明又天真、一心喜欢他的郭襄,才能流露一些真情。你说这样能不爱吗?

后来杨过跑去跳崖,是因为小龙女没来。因为他是个习惯了等待的人,时间到了没事干,准备去死。谁知道郭襄跟着也跳了!杨过跳下去就死过一遍了,你说当时他清醒过来的时候会想小龙女吗?根本就没有在想小龙女!他满脑子都在想郭襄,他到处找郭襄,担心她!然后他找到郭襄,郭襄拿出金针,不许杨过自杀。她自己刚跳完崖,先想着不许杨过死。杨过能不百感交集吗!正要对她说话,可能就是要表白了,如果小龙女没出现,他们就会开始新生活了。

这时候小龙女从后面叫了一声:过儿。

"啊!那个贱人!"听到这我终于脱口而出,大摇其头。当时就觉得小龙女啊小龙女,你怎么不去死。

从此"敢笑杨过不痴情"这句话再也不能接受。再看到有人提起杨过就想"你这个不敢言爱的懦夫",看到小龙女就想"不识趣的家伙"。什么台湾拍《神雕侠侣》,网友吐槽某某版小龙女,我已心如死灰,一点也不关心了。

她还言之凿凿,先说《白蛇传》是一个关于"像白蛇这样的保护动物要靠全人类一起保护,光靠许仙一个人不行"的环保故事。后来又说《白蛇传》是一个杀手故事，说法海这个人是一个极度冷血的猎人，一般的猎人是为了生存，或为了赚钱，或为了荣誉。但是法海，纯粹因为兴趣而杀害动物，只是因为兴趣！他这个人，实在是太冷血了……

我根本就不敢细问，她可是能举出很多证据的一个人哪。

后来我又问她：为什么杨过爱的是郭襄来着？她很奇怪地问我：谁说杨过爱郭襄了，他一生都爱着黄蓉！我傻了眼：不是你上次说的吗？她说：爱郭襄那只是因为她像黄蓉，那还是因为爱黄蓉。

啊！

再然后我就经常问她：为什么杨过爱的是郭襄？

有一次说因为"宿命而已，他们俩是宿命中的联系"。

有一次说"杨过有当爸爸的情结，他把郭襄想象成他和黄蓉的女儿"。

有一次说"因为皮肤饥渴症"。

有一次说"杨过根本就是一个终极自恋狂，他谁都不爱"。

我很崩溃：你怎么每次都说得不一样？她说，我都不记得我说过什么，你到底怎么回事？

通过反复确认，我终于发觉阿紫都是在胡说八道。是的，她都是在胡说八道。前些时候她决定要把《尤利西斯》看完。到483页的时候我很敬佩地问她，你怎么做到的，这么难看的书怎么看得下去？

她说，我想看看大师都在想什么。我说，那你看出来了吗？她冷静地说看出来了——他在胡思乱想。

自己是什么样的人，就会觉得别人是什么样的人吧！我对她坚定的信任终于被摧毁了！

像我这样容易被洗脑，又有这么多坏朋友，要很努力才能保护好我美好的青春幻想嗷！

还有一回我路过一辆公车，那辆车说"前门上车，后门下车"……一看，只有一个司机的好空的车啊，它看起来十分寂寞，反正也没有急着赶路，我就上去了……结果一启动它说：前方到站终点站。我赶紧又下车了……心想，完了，傻逼，暴露了。

还有一回我买了一本书，沿着木栈道边走边看，突然一个坏掉的阶梯咬住了我的脚。因为书里正在说：青豆走访了自己心灵的每一个房间，像鱼儿逆流而上，追溯着时间的河流……我被这个比喻吸引住了，行动变得非常缓慢，就觉得把脚拔出来很麻烦，干脆顺势坐下把那本书看完，居然这样把脚崴了，瘸了三天。

说起这样的事，真的觉得很难堪。真是一个非常容易被洗脑的脆弱的人哪！

写到这里我又想起刚买的蚂蚁药。买蚂蚁药的过程是这样的：其实我并不是很需要蚂蚁药，只不过有一些小蚂蚁，经常排着队，急急忙忙地从我的桌子上路过。虽然有时候会跑过来咬我一口，但我也只会捉住弹到地上。可是那天我去买早餐，只是买早餐而已。有一个男人，推着自行车，用喇叭放着一个单调的声音："蚂蚁药、蚂蚁药、蚂蚁药、蚂蚁药……"因为他的喇叭声音很大，一直跟着我……我被弄得很烦，想让他不要吵了，于是就叫住他，我说：来一点蚂蚁药……

但是那个蚂蚁药，正面的广告是这样写的：

消灭蚂蚁·全巢死亡·效果保证·三年没蚁

……

背面是这样：

使用方法：把每包药粉分成3—4份放置在蚂蚁路上，蚂蚁吃后2—3天，就会互相传染以致全巢死亡。（另起一段）每小包可消灭1—2个蚁巢。

啊啊啊啊这个厂家是不是没有看过《蚂蚁三部曲》啊！我最多想让它们不

要到我桌子上我不想让它们全巢死亡啊！

那个封面，还画着一只蚂蚁，蓝色的底色，上面一只白色的、脚和触角都直直的蚂蚁。它看起来绝对死了，而且死得非常突然、非常震惊、非常害怕，好像在死前经历了恐怖的雷霆……我并没有那么生气啊，越看越难过，决定不用这个蚂蚁药了……虽然知道可能是他们吹牛，可是万一呢？就会，"相互传染以致全巢死亡"……

其实我觉得，只要把那个图贴到我桌子上，它们就不敢来了。那个图是这样的：

哎，虽然其实还有很多事，但是我真的写不下去了。

刷漆根本就不浪漫

刷漆这种活儿本身一点都不难。将滚筒伸到墙漆里蘸一蘸，然后往墙上滚，一条一条一会儿就好了。它不但不难甚至很有意思，不太累，又立竿见影。

如果和爱人一起干，有时候还可以互相抹到对方的鼻子上，进而追逐并发出欢笑声，说不定还可以接一会儿吻。既省钱又可以促进双方的感情，在电影里那是表现青年恋人白手起家非常好的手法。

但是刷漆和其他所有的活一样，本身的工作远远没有准备它和为它收尾难。首先你要去买漆，在浩大的超市里走得头昏脑涨，装了半天的样子最后意识到自己一点也不内行，只能咬牙胡乱买一款"这个价格差不多吧"的漆。

接下来还要买滚筒，这种东西居然也是几元到几百元不等，买完了大滚筒，店员又会提醒你，还需要买小的滚筒，用来刷边边角角的。

然后要找一个盆来调漆、装漆。

然后需要找梯子和能踩的桌子椅子。

如果不是漆家徒四壁的地方，还要将屋子里的东西一样样收拾走。

搬不走的要用报纸或其他东西盖好，墙角也要仔细铺上报纸。

门窗这类的东西，要全部用美纹纸贴上边线，好让边线是直的。

最难的是，如果墙壁不够平整，还要去买一些腻子粉和泥刀，补墙上的坑。如果有凸起物，钉子要用锤子取，鼓包的要用三角刀铲掉。

（这些步骤又涉及了一些工具和材料。）

然后还要准备刷漆用的衣服和帽子。

其实写到这里我觉得很累，就不再回忆刷漆过后的清理工作。做一遍就够了，还要再想一遍，莫非我已经被漆熏坏脑子？总之这样一来，就算是两个人也一点不浪漫，更何况一个人。

电视剧里还有很多刷牙的镜头，他们一起床就很白净，发型处于即将到达真正凌乱的边缘但实际上充满了分寸感。没有眼屎也没有口水印，关键是他们的牙膏都不怎么起沫，刷起来很好看。他们总是面带微笑地被爱人从后面拥抱着刷牙，然后精神抖擞地迎接新的一天。

洗碗本身也很容易，如果碗都在盆里，洗完扔在台子上的话。但是收拾碗筷收拾桌子收拾厨房，把所有的东西都归位，就要忍受一个小时孤寂的工作。

洗衣服也不难，如果衣服在洗衣机里只要按一下就好了。但是把衣服收拾过来，深浅色的衣服分开，决定哪些要手洗，洗完了要晾、收、叠、归位，"洗衣服"这件事才算做完。

我觉得这些太难了，永无止境，也无人感激，就像一个深渊将人生吞噬，没有成就也得不到快乐。可是看我婆婆做起来非常快，似乎也没有像我这样痛苦。她一生投身家务，是从何时开始接受这个事实的呢？

我妈妈没有婆婆那么擅长家务，她慢而细致，但是频率比较低。我回忆起自己的家一直觉得家里拥挤凌乱，却从未抱怨过爸爸，总觉得是妈妈做得不够，更没有反省自己。这实在太不公平了，这就是做母亲能得到的吗？

我讨厌家务却也喜爱整洁，于是觉得生活很不如意。因为懒惰又加上了对自己的指责而加倍不如意。

而那些力气活，砸墙刷漆和水泥锯木头搬家具刷地板，我还蛮喜欢的……当看到一间没有意思的屋子渐渐漂亮起来，非常愉快。可是事后一想我只是个瘦小的女人，心里凄凉之外又有点得意，希望可以获得赞扬。都说成年人要做什么都是自己决定的，不能抱怨，不可撒娇，不可放弃。

　　所以说小时候期待长大，究竟当时期待的是什么？哼。

说瓶颈之前，要说说巅峰。我人生中文学创作的巅峰在小学四年级时。

当时我写了一篇名为某某风波的作文，长达两千字，被同学们誉为"长篇小说"。

当时我刚看完一本没有封皮的破书，叫《薛刚反唐》。薛刚16岁就造反，打架弄塌了花灯楼，还杀了人。我对薛刚非常佩服，从此心中埋下黑社会情结。古惑仔的年代我对陈浩南和山鸡都没有什么感觉，因为在我心目中，薛刚最风流。

话说回来，那篇作文就是模仿那个小说写的。里面用到了一个小学生不常用的词：怪叫如雷。薛刚在书里经常怪叫如雷，他是一个力气很大、脑子发热、喜欢大喊大叫的青少年。老师把它用红笔圈了出来，意思是这个词很好。

书里只有几张插图，其中一幅，是薛刚单脚站在一个栏杆边，用全身力气从上到下在剁着那个栏杆。他握着拳头，眼睛瞪得鼓鼓的，头发也竖了起来，手短，腿短，威风凛凛，令我非常爱慕。我想在作文里把这一幕也写上去，但是没有办法，那篇作文的故事里没有人搞这么大的破坏。那篇作文写的故事大概是说，各个小组的同学在课间休息时，一直争抢粉笔和黑板擦，好给自己的小组添上代表荣誉的五角星。

　　这种事，比起薛刚反唐来说，不是个事儿。没有人会为了画五角星去剁碎教室外面那些栏杆的，最叛逆的行为莫过于往女同学的头发里揉苍耳。我一直都是班里最矮的矮子，因为头发里被揉进了苍耳，不知道剪过多少次头发。谁能想到这个满头苍耳、满心疮痍的小孩，心中有一个在唐朝造反的少年薛刚。

　　我那篇模仿小说写的作文，取得了前所未有的辉煌，被老师们轮流拿到自己的班级上去朗读了。我当时不知道已经到达了人生巅峰，还淡淡地想：那有什么，薛刚再过几年就造反了。

　　一个经常满头苍耳却反抗不能的人，有什么本事去造反呢？但是文学方面的成就，却来得那样突然并且轻而易举。没想到从薛刚身上我没能学到造反，却学会了写作。这也许就是命运了。从那以后我就认清了形势，决定要走文学这条路。离开美院时曾徘徊了一阵，又去找文字的工作来做。

　　只是没想到从小学四年级以后，我就陷入了文学创作的瓶颈，一直到今天。毕竟巅峰来得太早了。

四年级

没有哪个教育家把"小学四年级"列入儿童成长过程中的分水岭吗？这不科学。毕竟我个人，曾在小学四年级时经历了许多人生的大起大落。

首先，在上一篇里有提到，我在那时达到了文学创作生涯中的巅峰期。在那个时期我不但涉足小说，还写了剧本，名字叫《白天鹅餐厅》，里面写了一个我和我的朋友们一起开餐厅，后来我们捡了一台打俄罗斯方块的游戏机，大家一起玩游戏机的故事。

创作剧本的主要原因，是那时候在一本刊登了相声脚本的书里发现，写对话可以一句一段，而且老师也不会骂。这样，写一篇全是对话的作文，就可以轻易写四五页。虽然字数并不多，看起来却很多。

而这个结局主要是因为当时我正在写作文的时候，哥哥和他的朋友回来了，他们弄了一台游戏机，两个人轮流打俄罗斯方块打得很高兴。我求他们给我玩一把，他们直接调到了第 12 关，让我秒死。他们指着我哈哈大笑，我也哈哈大笑，觉得这个游戏太好玩了……

这种不拘一格的行文，在遭到老师批评后就失去了。然后我着手创作了一个童话。

这篇童话以我的教室对面那个水塘中间一个种着许多树的土丘为灵感来源。在那个童话里它变成了一个岛,里面住着一位美丽的公主和许多美丽的鸟。这个公主虽然住得离我们学校很近,但是她不用上学,因为她被树关住了,要等一个王子来,那些树才会自动分开,把她放出来。

这篇童话虽然已经构思完成,但由于我在创作过程中过于严谨,无法回避这个小岛上的鸟拉那么多屎,公主该怎么办的细节而中途放弃。因为我坐在教室里天天盯着窗外看那个土丘,看到鸟把那上面的树枝树干全都拉白了。我没能为公主想出生活其中的办法。所以这个童话只有一个神秘莫测的开头,然后就放弃了。

我也写了诗,名字叫《我长大了》。这首诗充分地运用了重复的修辞手法,每一段的开头都是"妈妈,我长大了!"这首诗非常成功,它唯一的读者我妈到现在都还很感动。她实在不算是一个严谨的文学批评家啊。

澎湃的创作热情终止于我写出了一篇黄色小说。

这篇黄色小说才写了一页就被我爸发现了。他喊我过去,把那叠信纸的大部分叠起来只露出标题(幼稚!),脸色苍白地问我:这是你写的吗?

我心中一紧,预感到要挨一顿电线抽了,立刻矢口否认:不是啊!

然后我爸去找我妈,当时他走路的样子看起来有点头重脚轻。过了一会儿我妈喊了起来:这还用问吗这个字迹你看不出来吗不是她还能是谁!

我又被喊进屋子,奇怪我能对爸爸撒谎却没办法对妈妈撒谎,她不容置疑地问我:你怎么会写这种东西?(我爸用虚弱的声音说:多么可怕的东西……)

这个……

你在哪里看过这种书?

沙发坐垫下面那一本……

我爸脸由白转黑,和我妈对看了一眼。

我妈说：你弄来的书。

我爸说：某某给我的，他说写什么律师的，我还没看呢。（某某是我表叔）

我妈又问我：你看过了？

嗯。

那本书里确实有个律师，但那还是一本不折不扣的街头黄色报刊。我不但自己看过了，还拿给同学看了！其实这算什么呢，我早就看过《肉蒲团》《金瓶梅》和《查泰莱夫人的情人》了啊。

我妈叫我：你出去吧。

人生的大起大落实在是太刺激了。明摆着的一顿打，好像不用挨了。我虽没想通但拔腿就跑。然后屋子里只剩下我妈和我爸两个。

总之那本书我找不到了，还有同学慕名要问我借去看呢。他们再也没提，我也不敢去把那个没写完的故事要回来。鼎盛的创作热情也由于这个惊吓遭到了挫败。

老师发现，规定300字的作文，我总是洋洋洒洒写上好几页，觉得我很有干劲，派我去参加作文比赛。可以参加比赛是很光荣的。但我参加的作文比赛从来没有一次能写完。因为我太着迷于写一个完美的开头了。一小时的比赛，起码有50分钟我都在写开头。别人已经写到结尾了，我还在涂改第八个开头。语文老师说：你就不能随便写个开头把它写完吗……他看起来都快哭了。

现在想起来，四年级真漫长啊。还是在那一年，我在家对面的青少年宫大楼，发现了一个一人高的大洞，地面有一层水在流，可以走进去，却看不清里面是什么。我觉得那个洞的出口至少是沙漠，或者是美国。已经打伞跳楼跳腻了的我，又开始了新的冒险。

中学的时候参加 1500 米跑步比赛。练习的时候，自己胡乱跑，也没有老师指导，有一天跑愣了，250 米的跑道，本来应该跑 6 圈，我没有知觉地跑了 20 圈，第二天突然脚踝肿得不能走了。这时候离比赛还有大半个月。

接下来就只能休息，不能再练习。直到比赛那一天，脚踝消肿，也不疼，感觉可以跑了。

一起跑，立刻又疼了起来。

眼见着外圈起跑的人也都纷纷超过我，没有两圈就已经落到了很后面，心里特别着急。眼看着已经没有起死回生的可能。这时候路旁边有个男生的声音传来：这些女的跑什么 1500 米，等一下全都脱一层皮！突然就不服气，发了狠，使劲儿跑！

这时看到前方一个女生，两个胳膊分别被一个男生架着，抬着跑！本来不是赶时间，应该绕过他们上前去吗？哎呀感觉当时脑子肿了，狗脾气上来，冲过去硬是把他们一个一个地扯开，从他们中间穿过去。我至今还记得他们三个无限诧异的眼神。

我的狗脾气发作到了无以复加的地步，突然想到口袋里有个手帕，我掏出来咬到了嘴里！

那一幕是很激动人心的，我飞快地掠过了赛道上的人，掠过了许多熟悉和陌生的面孔。

可能我这个咬着手帕的造型实在太有型，他们都疯狂地上蹿下跳，为我加油。那一刻，我感到自己真的是一个英雄！

接下来，很多前面的人都被我一一超过。她们尽管自己已经脱了一层皮，但仍然不得不在擦肩时看向我。我在这种眼神的沐浴中一路向前，直到看到了全校都认识的，稳拿冠军的那位练体育的同学。

她，已经离我只有两个人了。做梦也想不到作为体育渣的我！脚踝严重受伤的我！竟然可以离她，这么近！

再！拼！一！下！吧！少年！

我拼尽全力死死地咬着手帕，已经感觉到了嘴里有血腥味，我做到了，我又超过了一个人！围观的人群已经都在看我！

我又做到了！我又超过了一个人！到达了她的身后！

这时她已经到达了终点，路旁的老师举起手上的秒表喊：冠军！我紧跟着她越过了终点，嘟囔了一句"亚军"，带着巨大的甜蜜的自豪感，瘫倒在终点迎接的同学怀中。

休息过后，我心情非常宁静，咽着带血腥味的唾沫，一瘸一拐，迎着秋日清爽的风，回味着这美好的胜利，去查看自己可能是有生以来最好的成绩。

我的老师笑着告诉我：

你没有成绩啊，你少跑了一圈。

情人节

那些祝有情人都是失散兄妹的，我不理解呢。情侣有啥好牛逼的，单身又有啥好酸楚的？各有各的好！反正结婚要结很久，所以更要好好享受快乐的单身时光！

好朋友东东在群里说，办公室有个女孩收到一大束玫瑰。

我一直觉得这事儿很尴尬啊。话说我念书的时候收到过，因为怕尴尬，明明喜欢那个人还是当着很多人的面还给他了……然后他在画室里咆哮着把花摔碎，踢倒很多画架画板出去了……我还是在宿舍里看了一晚上，第二天还给他的……

年少的我啊，何等的傻逼啊。

以前还有个很英俊的小伙子喜欢过我，他选情人节那天跟我表白。那天他叫了一堆人，借了一部车，下课后去接我。他一直忙着跟哥儿们喝酒猜拳，一副忘了这日子、忘了在追我的样子。

我是什么人哪，早就打开后备箱偷看过了，一大束红玫瑰和百合花，还有个用丝带包装好的纸盒。他们在忙的时候我一直在想：完蛋了待会儿要当着这些人表白咋整！然后——我就说我要回学校，白白！冲出去打了个车，跑了！

年少的我啊，何等的傻逼啊。

我经历了那么长的傻逼少年时光，最后成长为了一个很浪漫的人。所以某一年我有个同事要向他苦恋四年的女孩表白，我帮他一起策划了一个很帅的沙滩之夜。

我和阿雷还有一帮哥儿们，骑着三轮车，搬了帐篷、长椅、红酒、蜡烛、焰火到海边。

计划是这样的，那些东西都在沙滩上布置好，他带着女孩儿漫步到这里，焰火在沙子上插成心形正在闪亮。然后他装作不经意地让那女孩看一看帐篷里面，就会看到写着女孩名字的蛋糕在烛光中。帐篷面前是长椅和熊熊燃烧的篝火。他们可以在帐篷里待一会儿，分完蛋糕，然后握着酒杯，并排坐在长椅上，身边是温暖的篝火，面对着大海一起举杯。这时我们一伙人抱着吉他唱着情歌走到他们面前，祝福有情人终成眷属。

因为涉及到很多火，所以这一切都要时间正好。焰火要能看见他们时刚好点着，不然等他们到了就刺啦完了。烛火也要当场点，篝火也是一样。

而且还要保证周围没有人，不然被哪个不长眼的先进帐篷去了，或者他俩正在里面干杯却不停地有些好奇的脑袋伸进来？总之细节是很多的。

所以我们和他约好，到演武大桥我们开始清场，到珍珠湾就点火了。当我们最后把酒精浇上柴堆，火柴一点，再把焰火一齐点着时，就能看见他们过来了，我们赶紧跳进了离帐篷100来米的一个大坑里。两个人去巡逻，叫周围游人绕道，剩下的人在那个坑里另点了一堆篝火自己喝酒。

当然谁也不能不好奇他们怎么样了。我们趴在大坑边观望，却发现他们刚到，他就把那个女孩扔在火堆旁，自己往来时的路飞奔回去了。后来一问，才知道，借的他叔叔的车，忘了锁车。真是太尴尬了……之后的事情也没有像电影里那样发展。

大家心情都比较沮丧，最主要的是那个姑娘想必还是怎么样都不喜欢他吧，反正最后还是黄了。

梦境
仓库

我想起Mona，就好像想起了皎洁的月亮。她并不是自己发光，却能反射别人的光，同时使自己也美美的。想想我就替她未来的男朋友高兴，能和她一起享受当下的每个时刻，把她散发出的青春和月色尽收眼底，温暖整个人生。

我的朋友 Mona

TED 里有个演讲,说人们70%的精力都用于"思绪",这很惊人,同时很可信。因为我的朋友 Mona 就是一个没有思绪的人,她有一个"秒判断"的特异功能,而她看起来真的总是那样举重若轻。

她坐出租车,看到司机在吃东西,突然感到很饿、很饿,真的很饿。于是她就伸头问人家:你在吃什么?

司机说:辣条,其实就是豆腐干。

Mona 说:给我吃一点好不好?

司机大骇之下,把整包都给了她。

还有一次,她在饭店吃饭,隔壁桌过生日。Mona 说:那个蛋糕看起来很好吃的样子……大家都说:那也没办法啊,又不认识。

Mona 想了一下,突然眼睛一亮,仿佛脑海里"叮"地升起了一个亮着的灯泡,手往天上一指:"没关系,我有办法。"说着倒了一杯雪碧端着走了过去,笑盈盈地说:过生日啊! 生日快乐生日快乐!

隔壁桌的人也高兴地举起杯子:啊! 谢谢谢谢! 来来吃蛋糕!

还有一回,她去食杂店买东西。柜台上摆着一包打开的咪咪虾条,食杂店的老板在看《非诚勿扰》看入了迷，没理会她。她也就"叮"地一想，没有再叫人家，趴在柜台上跟老板一起看电视。并且，你一只手，我一只手地，把一包咪咪虾条吃完了。

然后老板拍拍手问她：要什么？

洗发水。

这个男嘉宾不行。

是啊！是啊！

还有一回，Mona 去我店里吃冰淇淋。可是外卖台排着长队。

她说：怎么办，现在就想吃啊！

我说：不行，不排队会被客人们骂死。我可不敢给你走后门。

她又升起了"叮"的表情：没关系啦，我有办法。

当时在外卖台打冰淇淋的是搞爷，一位看起来不太年轻实际上也没那么老的大叔。

Mona 走到搞爷面前，清脆响亮地说：爸爸！我要吃一个冰淇淋！

一时间排队的客人都静默了。

搞爷也无语了，默默地赶紧给她打了一个冰淇淋，挥挥手让她快走开。

前些时候，她要去泰国玩。走之前我见到她，腰上长了一圈儿红疙瘩。我上网查了一下，这个东西可能叫"缠腰龙"，是一种恶性真菌，等到长满一整圈儿的时候就没治了，会死人。芙蓉看到也吓了一跳，她婶婆婆就是长这个东西去世的。

我们神情严峻地抓住她，逼她去医院。

她头一仰：不去，晚上要见朋友，明天要出发了。

我问：你什么时候回来？

20 天吧。

要是长满了不治了呢？

好了好了那就死吧。她笑嘻嘻地安抚我。

我气急败坏：这么死不觉得很不值得吗？泰国就不能推后一点去吗？

她不可思议地"叮"了一下，指着自己说：你看看，我这张脸，像是运气那么不好，会这样就死掉的人吗？

我总不能用枪指着她去医院，何况我又没有枪，随她去吧。既然她自己想死，我也很快忘了这件事。

回来以后她汇报：去医院看了。

是什么？

湿疹。

我只得翻了个白眼。这个人就是这样的。

她要离开厦门回老家去当化学老师，离开的前一天下午，还没有开始收拾她在厦门近十年的行李。晚上回去收拾出了 8 大巨型袋子的东西，根本没有出租车愿意载她。她就和那一大堆东西一起在路边站着。没一会儿来了一辆小卡车。司机伸头问她，要去哪儿？然后谈定了价格，还帮她搬东西上车。问题是，送到地方以后，那个司机又不要钱了。坚决不要！

Mona 常说的一句话是：我真是太幸运了是不是！

比如，你知道吗？我今天书包里有八包小鱼干，我真是太幸运了！

今天吃到了很好吃的石榴，真是太幸运了！

天哪！最近在追的那个韩剧，里面的"某某"年轻的肉体，太美了！我真是太幸运了！

扫雷也能玩到天亮，我是一个自制力为零的人。但是真的很好玩……我真是太幸运了!

她说有朋友说她,把运气都用在这些小事里,大事上一定会很糟糕!可是对于这样时时刻刻享受着生活的人来说,究竟有什么大事,可以糟糕到哪里去呢?

Mona 和我一起创办了一个小小的 NGO 叫"糖公益"。这个小公益机构,正和她这个人一样:要快乐。不比惨,不逼捐,先办活动提供服务,然后再从中收取服务的费用。一切围绕如何让大家掏钱时没有压力为宗旨。

最近的一次活动是二手跳蚤市场,大家带着自己闲置物品来随意摆摊和闲逛,但并不是义卖的性质,所得可以自愿捐出,不捐也无压力。这次的活动由 Mona 和我两个人负责统筹。

两天下来,我累得像条狗,精神也垮了,只想拖着舌头发呆。可是 Mona 仍然步履轻盈,笑容可掬,像个小鬼头。活动结束后还有精力数钱算账,并且还安排了晚上去找朋友玩。我们干的活儿明明是一样的呀?

我不禁想了一下,这究竟是为什么?想来想去,觉得 TED 那个演讲说的数据可能是对的:人有 70% 的精力用在了思绪上。而 Mona 作为一个没有思绪的人,她该节省了多少精力。

比如说顾客少的时候,我有些着急,在那琢磨着下次活动该怎么改进才好,1、2、3、4 想了 n 多点,一边想,一边推翻,心烦意乱。

Mona 却站在门口,望着前方不远处的电梯口。那里挤满了等着上电梯的人,电梯看起来还要很久才来。Mona 看了一会儿,"叮"!

手往天上一指:我要去那个电梯口贴张海报!

鉴于容易前思后想的本能,我马上提出了意见:可是我们没有海报了呀。

Mona:"叮!"把那张揭下来!那个地方贴海报没有人看!

说着就走过去把海报利落地揭下来，去电梯口张贴了。

电梯前沉默的人群由于无事可做，都在看她贴海报。我也灵机一动，拿着马克笔和她一起过去，用十分引人注目的方式在海报上写粗黑的字：

本跳蚤市场往后看→→20米

那些无事可做的人，一个字，一个字地看我写完，默默地扭头朝我们的跳蚤市场看去……

和 Mona 一起，我总觉得每个人都会变得更好一点。一起做事的时候，我善于提出想法却容易犹豫，而她善于简洁地作出判断和决定，然后不再左顾右盼地执行下去。我能在后期的过程中不断完善这些主意，而她会替我助威喝彩，发出真诚的赞叹，使我也像她一样富有活力并且充满希望。在我生病对简单的任务也无能为力的时候，总能得到她诚心诚意的谅解。我说笑话，刚开始说她就开始笑了。我说，还没有到梗呢？她说：因为预感到一定很好笑啊呵呵呵呵呵呵……所以给她讲故事，总是加好几倍的效果。有一次我们一起去旅行，那天晚上一大帮人茶话会，我讲了一晚上的故事，那是我发挥得最好的一次，因为 Mona 捂着肚子笑得快死了。我觉得其他的人，至少有 30% 的笑是因为看着 Mona 就太开心了吧。反正至少我，有这一个听众就够开心了。就算是她听过的，也一点不打折扣，还会提醒我：那个那个事情，再给我们讲讲。有一个从来不会说"这个笑话我听过"的志同道合的朋友，而所有的故事一讲再讲也风采依然，这是多么珍贵啊。Mona 是我的也是世上的珍宝。

之前厦门有一个民间 NGO 机构的交流会议，Mona 作为代表去参加。我说我们糖这么年轻，又很小，去了好好学习吧。

没想到她回来以后说：我都听明白了，我们糖虽然又年轻又小，但还是非常棒的，一点也不逊色！因为，他们看起来，都，很，苦！

我也就毫不迟疑并且快乐地接受了她的判断。因为我相信她，她总是对的。

后来发生了一件事情大大地鼓励了我们，也证明了 Mona 说我们并不逊色是对的。一个海归摄影师，想把自己的展览与厦门的公益机构合作。他问了一个朋友，那个人向他推荐了糖，又问了一个朋友，那人还是向他推荐糖。所以就和我们合作了。他那两个朋友，我们也并不认识。所以这近两年的时间里，虽说捐到的数目不大，这个品牌却真的获得了许多人的信任呢。

我们这个小小的糖公益,如果不是 Mona 主创,不知道还是不是这样的气氛。我也不知道自己还能不能有这么好，会不会觉得仿佛坐上了顺水的小船，感觉这样愉快和轻盈。但我没有和她说过这些，我们总是一起赞扬其他的成员多么好。

其实不光是我们一起做的这个小团体，还在于我们平时一起享受的友谊。我喜欢和她一起吃饭，因为她会不停地赞叹"真好吃"，并且就算所有的人都吃完了，她也会不紧不慢地吃到最后，仿佛总是对眼前的这一切都感到很满意。也喜欢和她散步，因为既可以各自沉默，也可以没完没了地说话，她总能想起趣味盎然的话题，例如：武侠小说里的大侠，钱都是哪里来的？每个人都有知识盲点，都是什么？石榴吃起来真是毫无压力哦，等等。

我对 Mona 的人生感到有些疑惑，总想找出她的缺点。后来我终于找到了一个：她这个人没有文艺方面的才华。

给她一块黏土，谁都多少能捏朵小花，她不行，她只能搓一根泥条。

给支笔，谁都至少能画个笑脸，她不行，面对纸笔头脑一片空白。

之前我们组织了一次快闪，为了易于操作让更多人能参与，就围绕"Mona 能做的事为上限"来设计，因为 Mona 能做的表演，就是谁都可以了。

猜最后快闪的内容是什么？木！头！人！就是大家都不能动，呆立当场一分钟。

后来真正去完成时才发现，原来木头人也是考演技的，因为她（包括其他大多数人）都满面笑容而且摇摇晃晃。过路的人都还没搞清我们在干吗，一分钟就过去了。连摄影师都没太来得及拍下我们集体发呆的样子，就解散了。多么尴尬的一次快闪啊。

Mona 却兴高采烈地说：很成功有没有！我们第一次组织这么多人的活动哎！

我就也觉得：是哦，还是有进步呢。没有才华，好像也不要紧，毕竟还是人生最重要吧！

我想起 Mona，就好像想起了皎洁的月亮。她并不是自己发光，却能反射别人的光，同时使自己也美美的。

当她拜托我做什么的时候，我做着做着就失去兴致，跟她说：我不想干了，爱用完了。她抓着我喊：爱我！快爱我！……我就高高兴兴地振作起来。

想想我就替她未来的男朋友高兴，能和她一起享受当下的每个时刻，把她散发出的青春和月色尽收眼底，温暖整个人生。

我有个朋友叫婷婷。小时候在学校里谁也不怕，惹到了男生也打，看到好看的衣服就去抢，打得过就抢来自己穿，打不过就算了。当时正流行古惑仔，她觉得有个绰号，山鸡啊、十三妹啊什么的，很威风。可是人家都叫她武则天。她不喜欢这个外号，然后苦思冥想，一定要想出一个狂霸酷炫屌炸天的来。

你猜她后来给自己起了一个什么名字！

她叫：黑狗！（此处应有笑声）

说这个什么意思呢？就是说，她念书念得不咋地，而且也不爱念书。勉强混完了一个中专，现在在做生意。她很聪明，有决断，做得很好！

去年她交了一个男朋友，是一个德国人。

这个德国人是什么背景呢？是一个可爱的摄影师，前几年来厦大艺术系当交换生。当时和我家合租过一个房子，也是我店里的客人。所以老早我就认识他。他是一个非常懒的人，裤子平均都要穿一个月。

刚来的时候他还有一点念头要学点中文，叫我教他。我只教了两节课，第一节课学的是：老板，来一瓶啤酒。老板，再来一瓶啤酒。

第二节课他就不想学语言了，要求学习 low 一点的中国文化。然后我教他跳秧歌……他跳得很高兴。再然后，就没有然后了。

反正他们俩不知道为何，认识了两年以后好上了。问题是他们根本就不能交谈啊。婷婷这个小太妹，英文连字母都没有认全。而大卫只会用中文说"老板来一瓶啤酒"。

你猜怎么着，他们俩居然拿着手机字典，还有一个小本子在那里说话。就这样字典＋涂鸦＋比划。这样也可以谈恋爱！

因为婷婷很爱秀恩爱，居然把他家大卫半裸在床上的照片传给大家看。在我的哀求之下才停止这种不道德的行为，毕竟我和大卫是很熟的，真的无法直视啊。

但我还是看了婷婷手机里他俩的微信，我很好奇。总之呢，叹为观止。

他写的是中文，她写的是英语。

但！两个人，都没有，一个，句子，是通顺的。里面还夹杂着很多表情符号，还有些乱七八糟的词，还有奇异的格式。

语音里面呢，全都是唔噜哇啦这种东西。是真的唔噜哇啦哦，真的是很多拟声词哦。我问都是什么意思，她居然给我解释了一些很复杂的含意。我再看看那些犹如乱码的东西，也只能由衷地伸出大拇指。

当然，他们情侣，肯定还有外人看不到的交流方式。总之我发现了一件很重要的事，就是，其实人们可以发明自己的语言。关键在于听的人想不想听。只要对方想听，就一定有办法可以说清楚，哪怕传统意义上的"语言"根本就不通。

为什么想起这件事呢？因为他俩实际上语言都进步很大了。这事情发生在他们身上那可是很奇怪的。两个懒蛋为了听懂对方说的话，都在努力学习。据说大卫现在每天睡醒了还要先唱中国国歌：起来……起来……起来……前几天，两个人去香港玩。大卫先去了，婷婷后走。她说："我还不知道他在哪里，他给我发了两张照片，说我在这儿……而且一出境我手机就不能通话了……"她带着可爱的帽子围巾，拖着一只小拖箱，另一只手上居然拎着一个保温饭盒，说是要带去给他吃的热饭菜。就这样只收到两张"我在这儿"的照片，电话也会打不通，语言也会通得很有限，就噔噔噔拎着装在保温饭盒里的菜，去香港找他。

……从厦门坐小巴载去大巴车，坐 8 小时，早上五点半到深圳罗湖，找了个地方坐下来吃了些自带的奶和蛋糕，到六点半打车去火车站，找往香港的通道，找一家旅行社帮忙过关，经过两次漫长的排队安检，从罗湖到九龙转去旺角，再从旺角转中环然后走路到码头登船，到达南丫岛，然后开始掏手机看照片，凭感觉一路找，一路找，一直找到门口，敲门……

所以说，某些兴趣，如果一直觉得没时间，没精力，没那么想学，归根结底是因为还不需要它，它还不够重要。真的需要时，自然会轻松愉快地做起来，并且在享受中进步。

现在他俩一起开了一个自酿啤酒吧。我上一次见到婷婷，她正在用一卷宽胶带，仔仔细细地把家里每样东西上的猫毛清理干净。神情专注，体态恬静，真想象不出那曾经是一位自称黑狗的少女。为什么要清理家里的猫毛呢？因为，他们准备要小孩啦！

Kyra 曾教我一些重要的事情

我的朋友 Kyra 曾经教给我一些重要的事情。比如说，当我问她：你好吗？她会真的想一会儿，然后告诉我"非常好"，或者"不，我不好"。

Kyra 的头发金色偏红，像还没有被晒干的麦秆。眼睛和眉毛也是那样的颜色。皮肤很白，就算在白人里也很白。她笑起来眼角向下，并且发出真正的"哈哈"声，使她的笑非常充分。

我最近一次见到她是在今年十月。在这之前，她离开中国两年了，这次和新男朋友一起回中国旅行，顺便在厦门过她的 42 岁生日。

对于她和男朋友一起旅行这件事，我特别高兴。便问她：他有钱吗？她说，很有钱。我就更高兴了。

我原本以为这辈子再也见不到她。有这个念头时，她就在离我只有一公里的地方开告别 party。但我不想参加 party。

2014 年，中国政府对旅居大陆的外国人办签证要求越来越严格，原本她每三个月去一趟香港办签证，还可以勉强支撑，后来成了一个月去一趟，再后来变成了半个月。除了商务签，几乎没有办法再呆在中国。Kyra 不想当英语老师，当设计艺术课老师的工作没有那么好找。所以终于到了那样的时刻，仅仅是签证的旅费，就让当时的 Kyra 难以为继了。于是她决定离开中国，把她当时的男朋友帮她做的写字台和收养的土狗"魔鬼"一起托运回荷兰。办完这些事，再过一天就要启程那个晚上，她开了一个告别 party，请来了在中国的所有朋友。可我没有去，我不想喝酒和跳舞，并且没法在巨大的音乐声中和她真的聊上几句。有可能今晚一过我就再也见不到她了，而她是我非常重要的朋友，她教会了我许多重要的事。这样，难道不应该再见一面吗？

不过，如果 Kyra 的 party 我也可以不去，那以后很多人很多事我都可以拒绝了，那时我对自己应该会非常满意。如果我因此对自己非常满意，Kyra 也会高兴吧。于是，我没有去。

Kyra 的 40 岁生日也是在中国过的，也开了一场 party。party 在晚上开始，那天傍晚我问她：你感觉怎么样？

她说：不好，我非常害怕。我 40 岁了。

我很意外，我以为生日 party 是用来庆祝的，也以为她是因为高兴才请来这么多朋友。

那你打算怎么办呢？我问。

她说：Dance。

42 岁的这天晚上，她照例又开了 party。这次我去了。Kyra 见到我，张开双臂喊出她讲得最好的一个中文词："阿春！"然后紧紧拥抱着我。这也是她教给我的一件事：久而深的拥抱，可以传达很多情意。最开始被她拥抱时，我还不明白心中生起的那种陌生的感觉是什么。后来才渐渐明白，那就是贴近一个人的感觉，她用身体告诉你：我喜欢你。

我去之前，Kyra 和她的男朋友坐在那里喝酒。他说：你觉得阿春还会来吗？已经 11 点了。Kyra 说，我不知道。随后我就到了。Kyra 拉着我进了酒吧，我们面对面站着，她开始跳舞。Kyra 教我：每个人都会跳舞。她个子很高，有

175 厘米以上，但据说在荷兰她只是个矮子。她的手脚都很长，当她跳舞时，就完全地打开胳膊，包括大臂，上肢像展翅的大鸟一样，然后弓着背，弯下腰，屈膝，随着音乐的节奏，大幅度地前后左右地摇摆。这是 Kyra 的舞蹈，当她把这称为跳舞时，我就没那么害羞，也跳了起来。我看不见自己，但晃动总是让人开心。

我以为这一天的 Kyra 是非常快乐的。回到了她的中国朋友中间，并且和新男朋友一起。这个男朋友比以前那个好多了。Kyra 告诉我，只有我一个人曾经对她说："我觉得你的男朋友不好。"

Kyra 的前任和她 19 岁就在一起，直到他们 40 岁。他们都不曾交往过别人。有一次，我和 Kyra 一起回她的家，她的男朋友躺阳台的吊床上在看书，我们可以望见。Kyra 停下脚步，走到一个更容易看见他的角度，微笑着站在那里看了他一分钟，或者有两分钟。最后她朝向我，脸上还留有盈盈爱意的光辉。毕竟是四层楼那么高，能在这么远的地方看着他，就爱起来吗？我也再看了看，确实有一点英俊，但是这也许和他无关。这一刻发生的主要是 Kyra 深深爱着他，并且在恋爱了 20 年后仍然觉得他英俊无比，值得在大街上驻足凝视。而我又怎么能在这样的情况下，跟 Kyra 说他不好。

上楼以后，Kyra 用钥匙开门，我们打了招呼。Kyra 的前男友瘦削修长，眼神明亮，声音沉静而动听。他是一位制作电子音乐的音乐家。可我不明白为什么两个人要长期天各一方。那是真的天各一方，经常在地球的两端。Kyra 在老挝的三年，他在欧洲旅行。Kyra 在厦门的两年，他也一度在中国，是在北京，上海，广州，四川。就是不在一起。Kyra 说希望有比较多的时候相聚，可无论是他来还是她去，他都不太同意。

"那你觉得他爱你吗？"我问。

"是的。"Kyra 很肯定。

"你们不结婚是谁的意思呢？"

"我们都不喜欢结婚。"

从 19 岁开始，持续了漫长 20 年的两个艺术家的恋情，大家默认这就是他们合理的生活，也许只是因为因为文明，大家彬彬有礼，保持理性，不过问，或者也不关心。我却说：K，我觉得他太冷漠了，他不好。我还觉得他有些无聊。另外，我觉得如果换个人在一起，你会更快乐。

那是我们在一个咖啡店说的。Kyra 只用了很短的时间就使得我有勇气在公共场所说英语。当我发微信拼错单词时，她照样会意，当我念错时，她会纠正一下。如果我的语法乱七八糟，她根本就充耳不闻。如果我实在连错的都说不出来，她就掏出手机打开汉译英的软件，叫我打在上面给她看。她说，朋友不需要把每句话都说对。

那次见面，我们还在一张餐巾纸上画图示意。因为那天我们谈的事情太复杂，太真实了。我不热心于结交朋友，尤其是语言上还有障碍就更无所谓。但她总是极力告诉我一些事情，并且把手摆在膝盖上，看着我，端端正正地准备听取我的回应。就好像我们之间的联系十分重要。她是一个连 How are you 都认真答复的人，这让我不可妄言。在一次聚会里我喝醉了，她扶着我要我起来走动。我天旋地转说不出话，却被架着走路。她在我耳边小声说：我知道你现在在骂我是一个 bitch 。当她谈起家乡，要翻墙把她的 blog 打开给我看那些风景照片。说起爸爸的狗，也要在纸上画出来，告诉我它的尾巴很短。她还把我们对话的涂鸦拍下来，并举着手机看上一会儿，似乎打算一直留着这些照片。每当我帮她拍了一张照片，她就说别忘记传给我。在这时，言谈有了不同寻常的分量。

生活难道不是本来就应该需要经历无数敷衍和毫无意义吗？一个人如果并不敷衍，总在把这些东西拾掇好，会成为一个什么样的人呢？难道不是一个被充塞到爆炸的人吗？她的手机里有多少照片？花多少时间和别人沟通？心中沉积了多少感情？我一想起就觉得无力。但 K 不会。我看到了那样做的结果，就是一个 Kyra 这样的人。她拥有宁静和纯真，并且依然内向。

42 岁生日快结束时，她没有像我想象的那样快乐。深呼吸，要对我说话了。像所有不高兴的时候一样，她深深低着头，嘴角向下，背弯着。我听到轻轻吸鼻子的声音，她随时会哭出来。

她说：阿春，来中国在任何时候都很难，我不知道还会不会再来中国。但是 David、Zied 我知道会再见面，你，我却不知道。你哪里都不喜欢去，不喜欢动，我不知道还能不能再见到你。

我说：我不喜欢旅行但是我喜欢你。我会去欧洲，去荷兰的。

她不敢置信地说：真的吗？

真的。

你是我在中国最好的朋友你知道吗？

在我心里 K 也是最重要的朋友，她竟然也一样，这太巧了。我也不敢置信，不知道这是怎么发生的。原来她是来看我，不只是旅行。

Kyra 的新男朋友说：我和 Kyra 的房子里，有一个卧室是为你准备的，等你去了，我就带你看看荷兰是一个多么操蛋的国家。你一定要来。

Kyra 举起酒瓶和他碰了一下。

我觉得他真的很棒。K 的前任，那个优雅而疏远的男人是不会说这种话的。

又要告别了，我问 K：

你好吗？

她说：好，我现在很快乐。

　　蔡小乐是我的好朋友，有一种奇异的特长，就是把很low的事情变得很高级，又能把很高级的事情变得很low。

　　有一天，我们几个姑娘，决定要认真计划一个Lady Night，要好好梳妆，要"着礼服"，要好好享受一个女朋友们在一起玩耍的夜晚。衣服商量好了，妆容也设计好了，连狗的造型也想好了，却想不出该去哪儿。

　　去哪儿？！这个问题把大家卡得死死的。这一身隆重的装扮，在火锅店是不行的，去酒吧太黑了也是看不见的，去逛街也是嫌太累的。最后，还是乐乐沉吟半晌后一锤定音：

　　这样吧！我们找一个电影首映场……

　　大家都笑爆了，从那以后，但凡去看首映，必定要"着礼服"，以首映礼的心情前往。"礼服"和"首映"也变成了蔡乐乐的专属梗。

　　乐乐这个人，不是一般的爱玩，为了玩她什么都干得出来。

　　她曾在工作日的中午，提议带上干粮、水和墨镜，去沙滩搞一个"忽然的晒太阳之旅",于是大家中午跑去沙滩,吃得饱饱的,晒得暖暖的,抖抖沙子,下午各自怀着愉快的心情去工作。她会在知乎刷到"黄继新上了《非诚勿扰》",提议买点鸭脖子和小蛋糕,穿上睡衣,乱七八糟躺在她家地板上看节目重播,笑,吐槽,喝茶,吃东西,把一个普通的主题搞成一个欢乐祥和的夜晚。她为了好玩还在网上连载"奇幻穿越人畜恋色情小说",也为街头小报撰稿。(另:我从来不知道,那些不孕不育专科医院边上分发的小报,上面那些悲怆而不失黄色萌点的故事都是谁写的,原来就是蔡乐乐这种人。)她还参加了一个话剧社,学习和表演实验戏剧,长达一个半小时的戏里她要讲一个小时的台词,忘了她就即兴编。此外,最近又迷上了看星盘。

她为了白富美朋友的加长凯迪拉克豪华派对,身穿淘宝爆款赶赴帝都 hold 住全场。她在最豪华的场合也不会露怯,也能把金碧辉煌的场子笼罩上旱烟老汉的气场。

她调酒,制作各种各样的饮料,做各种各样的菜,不屈不挠,兴致勃勃,灵感无限。爱吃爱喝爱玩的人很多,但为此担起麻烦去不断进步的人就很罕见了。并且她热爱分享,作为被她喜欢的朋友,实在是受用不尽。比如说我本人,讨厌牛奶,喝咖啡会醉,觉得抹茶很奇怪。她却用这三样我很不愿意尝试的东西,调出了一杯非常美味的饮料。以至于连续好多天,我都心心念念去找她,请她帮我做一杯那样的东西喝。

她会说流利的四川话,粤语,北京话,东北话,台湾腔。考完雅思以后又自己兼修了加利福尼亚口音、加拿大口音、ABC 口音、外企国人口音——作为一个湖南人。对,她还教我用湖南各地口音划拳。

乐乐全家都是神厨,而她自己也是一位即将有本"言情美食混搭书"面世的作家,我还没有看到她的书,不知道那些她精心创造和收集的小秘方是不是也藏在了里面:糯米肉丸的肉糜里放点苹果,炸丸子的肉馅里放点荸荠,啤酒煮鱼不加水，牛肉排骨出锅前再放盐使盐加倍增鲜，等等。

乐乐还在厦门时，每天都能跟她蹭顿好吃的饭。有多好吃呢？就是吃到所有人都寂静无声，怀着对眼前好吃东西的感动，以及担心再也吃不到的、类似于韶华易逝的慌张。

像这样用生命去玩耍的一个人，难道不应该是一个脑袋空空的文盲吗？我却察觉她看过海量的书和电影，并听过同样多的音乐。不管是我与她交谈，还是看到她与别人交谈，她随口提起的艺术作品总是让很多人（包括我）不得不回答"没看过，我去看看"。而这种时候乐乐往往有点窘迫，因为她不是故意的，而且她有点担心让别人尴尬了。与此同时，不管什么样的超长剧、超烂书，她却也都了若指掌。她简直是个神经病。

这个神经病，虽然伶牙俐齿，思路敏捷，我却从未见过她用这些技能刻薄他人。即使是她非常生气的时候，居然也只是骂别人"连狗都不会爱你"。这算是骂人吗？我觉得那人也惊了。最焦虑的时候就大喊一声"啊！"把裙子举到头顶然后又放下来，若无其事地去忙别的。有时我觉得乐乐要是可以不那么体贴就好了，把对世界的善意再多留点给自己。

我想乐乐要么智商很高，要么非常勤奋，也或者两个都有。即使她遭遇癌症，顶着一个光头，仍然一边拍手唱歌玩着杯子歌，一边在网上扯淡，一边读书，并且大把大把地吞着止痛药，完成了她的书稿，真是挺牛×的。

如果她的好无法被一眼看到，那都是因为她对世界爱得太多了。虽然她总是很和善，又很捧场地对待身边的环境，但是我认为，总的来说，综上所述，她心灵深处有一腔"万物皆有灵，万物皆狗逼"的雄壮呐喊，只是她自己并没有都察觉到。我对她唯一的期望，就是把后一句喊得再大声一点。剩下的都几乎完美了。

作家阿紫

阿紫未来应该会成为一个很牛逼的作家。

首先，她是爱吹牛逼的人很好的聊天对象。

她完全不介意显得无知，真诚地提出问题，并为任何答案高兴。她这个人没什么观点，所以任何平庸或夸张的看法都可以在她那里驰骋得意。

重要的是，她很喜欢听人吹牛逼，觉得吹牛逼很有趣。不含讥讽或刺探，只是为人间有那种人高兴：那种对吹牛逼怀有巨大热情的人。所以，爱吹牛的人为阿紫提供了很多高兴。我觉得中国文学市场很缺一个高兴的作家。只有高兴的作家可以写出最高兴和最悲伤的作品啊。

她是一个语言风格完全不在现当代语境里的人，非常善于使用大白话，以至于使和她对话的人感到非常新鲜。但她的这种语言风格完全出于天性流露，而非刻意为之。然后常常会让人猛然意识到平日围绕着流行话题，使用着流行词汇的交谈显得很贫乏。

比如，一起烤肉，我不断教导她该翻面儿了，该抹油了，该吃了。她突然郁闷地大喊："让我和我的肉自己待会儿！"这个情景我想起来就要笑好几分钟。

我认为这种奇怪而自然的语言，来自于她敏锐并且热爱思考。比如有一次，她问我多重。我说："虽然很多人觉得我不到80斤，实际上我有90多斤呢。"阿紫说："什么？我只比你重三十斤？相当于一只小黑（她家的狗）！"当时我正在扫地，没有理她。她继续喃喃自语："我一手抄起小黑（左手一划拉），一手抄起阿春（右手一划拉），就相当于……抄起了我自己。"接着她陷入了久久的沉思。

　　前些时候有个很有趣的新闻：奥巴马讲话，身边有位哑语翻译，好几回了。但是美国那些懂哑语的人说那个人根本就不懂哑语，他只是在瞎比划，而且没人知道他哪来的。我和阿紫看这个新闻笑得皮开肉绽。第二天我又去刷这个新闻，真的有后续，就讲给阿紫听：这人被逮捕。阿紫不笑了，震惊地向空气询问："什么？一个人，爱比划……他只是比划了几下，就要抓他……"她显得很茫然，简直有点悲伤。

　　比这种事更叫阿紫悲伤的，是没钱。阿紫非常地爱钱。

　　比如，昨天她和我一起打扫卫生。两个人干得大汗淋漓，她问我："你知道用拖把可以擦桌子吗？"我说："知道，只要把桌子上的东西清理干净。"

　　她又说："不，即使桌子上有东西，也可以用拖把扫下去。"我无言以对。她又接着喊："所以，不会打扫卫生，归根结底就是因为没有钱。"默然过了半晌，她又说："我突然想到一封情书的标题，叫做——像心疼我的钱一样心疼你的钱。"我问："那为什么不是'像心疼我的钱一样心疼你'？"她说："那怎么行，一定要表明对方有钱啊。"

　　有段时间住在她家，我的狗撕烂了她的沙发垫。她说："不要紧张，我家所有的事情都可以用钱解决，所以来谈个价格吧。"如果我有什么事情得罪了她，她就会开个价格："这个伤害很难弥补，只能给我钱了，起码五十块。"和阿紫做朋友真的很省事，有时候真是很庆幸自己这么有钱，起码够得罪她100次。

听说巴尔扎克当年被无数债主逼着还债，于是只能拼命写作还钱。阿紫如果再穷一点，没准会勤奋一些。

但是这种事也难说，还是要讲时运的。去年阿紫生平头回收到约稿。阿紫和那位编辑谈稿费的时候说："建议你长期向我约稿，因为我很缺钱。"编辑欣然应允。

那本文学期刊名字叫《青年作家》。又有稿费，又叫"青年作家"，阿紫对此很满意。经常问我们："知道吗？现在要叫我青年作家。"可惜，这个杂志出完刊载阿紫的那期，就不见了。不知道是不是倒闭了。

作为两个有着写作梦想的人，我们经常一起谈论写作的计划。那些没写出来的故事已经够好几本书了。

比如她前些时候构思的一个故事：两个老人，平平静静生活着。突然，他们想要一个孩子。于是他们就向人打听，哪里可以弄一个孩子。人家告诉他们，那边有个香蕉树林，长了很多孩子。于是他们就去。那里的孩子都成熟了，晃来晃去的，时不时掉一个下来。他们就去接。不过毕竟老了，动作很慢，那些孩子没接住就掉在地上，死了。他们玩了一个下午，玩得很开心，最后终于接到一个，高高兴兴地捧着回家了。

我觉得这个故事挺不错，不过她讲完就懒得写了。倒也没什么，反正我也已经听得很高兴了。

有段时间她打算进军童话写作，说她在构思一部媲美《哈利·波特》的大型童话。但是她性格叛逆，为了反叛现有的文学规则，这部童话的主角设定，不会是一个小男孩。她，是一个大女孩。她不漂亮，也不丑，家里不是很穷，也不是很富。她没有魔法——这个故事里没有魔法，也没有坏人。这个大女孩，没有什么磨难，没有什么创伤，她是一个普普通通、幸幸福福的人。

我觉得这个故事非常棒，赶紧追问她："然后呢？"

"然后我就陷入了困境啊。"她淡淡地说。

作为一个作家，有时候她这个人真的很不负责。写出来的远远少于想出来的，人类心灵史因此缺少了浓墨重彩的一笔。

其实她即使作为读者，也不怎么负责。有一次她问我："你能不能写一个关于骨灰的故事来看看，要很悲伤。"

我思考了好几天，想出了一个很悲伤的故事：有一个人，他很喜欢一个公园，但是他没有办法住在那里，他住在那个公园后面的后面，和公园之间隔了一幢高楼。为了能在家里看到那个公园，他只好悄悄把那个楼炸了。为此他坐了20年牢。出狱后他很开心，常常去那个公园里玩。毕竟他家里可以直接看到那个公园了，他心情很好。虽然他没有老婆也没有小孩，但他仍然是一个和善的人。虽然孩子们不被允许接近他，他也不恼火。还经常喂鸽子，还给公园的花施肥。

后来，他的秘密被"我"发现了。他用来喂鸽子和施肥的那种东西，都是他自己的骨灰。这个轮椅上的人，早早就火化了自己的双腿。这样，他可以亲眼、亲手，将自己的骨灰撒在那个公园里。

阿紫听到这里，倒在椅子上哈哈大笑，边笑边擦笑出来的眼泪："哎呀，真是太悲伤！太悲伤了！只要出现骨灰两个字我就会潸然泪下！哎呀，其实你只要写出骨灰两个字我就会哭的啦！"

那我还费那么大劲儿干吗。真是太不负责了！

我觉得阿紫这个人可称耆老。她最爱泡茶、吃酥糖和饼、抽烟。一个人总是端坐在那里慢悠悠地泡茶抽烟，就算是个年轻姑娘也会平添威严。

她听老陈讲他父亲的故事，非常向往崇敬。老陈的爸爸，是一位历经坎坷心怀博雅的老式文人。家里来客人，还遵循着抱拳鞠躬、一送再送的礼节。阿紫求老陈转达敬意。陈伯送了她一本自己编写的《闽南话漳腔辞典》，这本中华书局出版的书，扉页上题着"陈紫莲学兄指正"。

阿紫对学兄的称呼不知道多得意，后来又老气横秋了一些。

她手也大，脚也大，有时候看她搂着她可爱的男朋友，总觉得画面有哪里不对。有一天我终于明白了：别的女孩子恋爱都嗲嗲的，阿紫爹爹的。时不时"爹爹"不休地抱怨世界上不懂礼的年轻人太多，好像她出生于1888年，而不是1988年。

不久的将来，我们的友谊就要面临重大考验：我要比她先出书了，乐乐也要比她先出书了。阿紫说："原谅你。"我松了一口气。她接着说："我会去参加你的新书发布会。"

"在我的发布会上'坚持释怀'吗？"

她说："在任何人的发布会上'坚持释怀'……乐乐的新书发布会我也会去……原谅所有人……说我真的不生气了，'谢谢大家能来参加张春的发布会，我顺道带了三千本我自己印的书，我待会儿就站在门口，不买没事……你们的椅子下面也有……你们的车厢里也塞满了……拿回去送亲戚朋友也蛮好，就说是特产……这么多年了，都是你们一路相伴，我才能走到今天……真的很感谢你们，我真的不生气了'。"

我们俩一边脑补着愕然的观众，一边笑得眼泪横飞。我发现自己并没有对这事真的有什么紧张，如果我能发财，就可以送阿紫最喜欢的钱给她。如果一起穷下去，就这么一起穷开心也挺好的。

有一次阿紫来找我玩，我做了一个噩梦刚哭醒。她说："你怎么啦？"我说："做噩梦。"她说："真可怜。"然后什么都没有问，就陪我一起哭了起来。

前些时候，阿紫终于写完了一个故事，那个故事棒极了，我想把它全文放在这里：

海星大麻烦

森林里住着一只叫大麻烦的海星。大麻烦喜欢趴在人家背上。

一开始，大麻烦悄悄趴到动物们背上。有时是皮毛油厚的鬣狗，有时是欢快蹦跳的兔子，幸运点甚至能从树干直接落到长鼻子大象的背上。

时间久了，森林里所有动物都知道了有一只喜欢趴到人家背上的海星，叫大麻烦。

动物们对大麻烦不耐烦起来。

鬣狗疯跑，全身抖动，把大麻烦甩到了草叶子上。

小兔子原地蹦跳，快速地重重地一下一下踏着地，终于，大麻烦掉了下来。

大象用鼻子，轻轻夹住了大麻烦，把它放回树皮上。

大麻烦一直趴在树皮上。有一次，它看到一只狗熊从树旁走过，它转头，想飞贴到熊背上，狗熊却有感应似的，马上回头，瞪着大麻烦。

狗熊双掌挡在胸前，向后一步一步退着走远了。

树顶上的叶子被风吹得哗哗响，大麻烦抬起头，叫在枝头唱歌的小鸟。

"你飞下来一点，让我趴到你的背上。"

小鸟昂着头，从这个枝头跳到那个枝头，它的同伴们在隔壁那棵树上嘻嘻笑。

海星大麻烦紧紧抱着大树，它的脸轻轻贴在树皮上。

一个早上，大麻烦醒来的时候吓了一跳，一只蜥蜴的脸凑得很近，正看着它。

它有很多层的双眼皮，褐色的眼珠，黑色的瞳孔外有一个细细的金黄色的圈。蜥蜴鼓着下巴，脖颈上竖着一排小匕首似的鳞片，它弓着背，一副严肃的样子，盯着大麻烦。

海星大麻烦被它看到有些害怕，蜥蜴忽然开口："你挺酷的。"

大麻烦傻傻看着蜥蜴。

"你到我背上来。"

大麻烦还没完全搞清楚状况时，就被蜥蜴托在背上，带回家了。

从此，蜥蜴整天在外面走来走去。

它看到一个动物就要叫住人家："嘿，快看我。"

它亮出背上的海星大麻烦，问："酷不酷？"

蜥蜴的脸冷冰冰的，又掩饰不住有一丝得意。

蜥蜴叫住狮子，问："我酷不酷？"

狮子看他一眼："不酷！"

蜥蜴叫住熊："我酷不酷？"

熊一副无所谓："不酷。"

蜥蜴对长颈鹿喊："大个子，我酷不酷？"

长颈鹿头伸出了树顶，在半空中根本听不到蜥蜴说话。

蜥蜴又爬到一群坐在石头上互相挠痒的狒狒身边，问他们："我酷不酷？"

狒狒拉长了脸，嘴里嚼着不知道什么东西，下巴动来动去，嗓音低沉："不——酷！"

蜥蜴嘟囔了几句。

又跑去蚂蚁的洞穴旁："喂，我酷不酷？"

蚂蚁们低头赶着回家。

蜥蜴问叶子上的毛毛虫："我酷不酷？"

毛毛虫慢吞吞地挪动着。

蜥蜴在一朵花的根茎下，抬头问大黄蜂："看我，酷不酷！"

大黄蜂飞来飞去忙得连瞥它一眼都没空。

海星大麻烦一直安静地趴在蜥蜴背上。

蜥蜴回到家里，侧着身，站在镜子前，满意地左看右看。

蜥蜴觉得自己超酷的。

我一遍遍重复着："酷不酷？我们超酷的。"心中涌起万千柔情。不管阿紫成为大作家也好，发大财也好，或者这辈子就写了这一个《海星大麻烦》的故事也好，我都觉得认识她、做她的朋友，很幸运。因为爹爹的阿紫，真的超酷的。

野小蛮

我第一次见到她时，她穿着白色的大毛衣，眼珠漆黑，神情伶俐，行动敏捷，满头黑发乱蓬蓬的，迈着长长的腿走来走去。她的举止充满了小鹿般的活力，眼睛透着机灵和敏感的神采。

我一看就被迷倒了，也没敢和她说话，立刻去给我的好朋友写信：我今天认识一个闽南姑娘，太震撼了……我惊呆了。

后来她告诉我，她一直觉得自己又黑，又瘦，没有胸，不起眼，在我之前从来没有人说过她漂亮。但在那之后她迅速地自信起来，成了一个公认的大美人。现在我们已经认识14年了，她叫野小蛮。

上大学以前，我就在北京晃了几年，那会儿跟我一块儿的就是小蛮。那时候我们都在北京学画画。

看到别人减肥她就会叉着腰殷勤地关照说：是啊是啊，要减出这样的"小蛮"腰。我就要忍不住嘲笑她平胸，她就会摸摸我的肚子说：富士山。

事实胜于雄辩，后来我们排《灰姑娘》，竟然公推她演王子。

我俩最爱干的事情之一就是比美。我痛心疾首地说：你看你头发枯干成这个样子，应该多用护发素。她就择出我一根头发亲切地望着我说：那就可以像你这样分八个叉了吗？

其实她好看极了，第一次见到她的时候我竟然忍不住跑去写信给别人。

她身手敏捷，上树爬墙干脆利落，还敢把毛毛虫放在手心里玩。

她有个理论，就是比较两个人的嘴谁大谁小，只要数数她们笑到最开的时候露几颗牙。她很自豪地露了11颗。我是8颗，差远了。她刷牙的时候会嘟囔说：我刷牙好累啊！有时候真苦恼自己长了这么多颗牙齿。

她特别擅长成语活用。有一次举着晾衣服，水老是流到她袖子里，努力了半天她说：我晾得死去活来。

还有一次不知为何她猛拍我的马屁，我就大大夸奖她。

然后她就接着说：这些马屁的心得都是脑海里的一叶泛光的小舟，你就是那灯塔，马屁总是往你的方向拍。

我说：你的马屁真妙啊！

她说：那也是因为马好啊！

我说：真棒，我已经记在本子上了。

她说：嗯，请用楷体。

我对着她哈哈大笑，她说：你干吗笑得皮开肉绽的？

有一天我们沿着一条小路大笑和疯跑，北京的那种长长的两边生长着高高直直的大杨树的小路。突然她停下来，目光湿湿地对我说：阿春，要是有一天我们不能这样了怎么办？

记忆像突然倒带的电影一样飞速地掠过那以后的孤单岁月，直接回到那一格停下来，又开始慢慢放映。然后我们就牵着手，绕过易碎的阳光小心翼翼地走。

有一天我们的同学问我，昨天晚上你给小蛮在电台点歌了吗？她们说昨天晚上有个叫阿春的给一个叫小蛮的点歌，点的是小蛮最喜欢的也是她唯一会唱的歌：《红河谷》。

……我没有。

所以，我还相信一些神奇的事。比如在世界的另一个地方，还生活着这么亲爱的一对小蛮和阿春。我心里在后来磨出的层层老茧上还有那么一块脆弱的地方，或许就是那个阿春为我留下的，或者是这个小蛮悄悄叮咛的。

后来我们各自成长，遇见各自的生活。那些记忆全都被藏了起来。无数的事情就真的忘记了。

不敢随便说起悲伤或幸福，写信的时候我们互相称呼"人中之龙，人中之凤"。但是我们写得很少。从来不说近况，不诉离伤。有一个奇怪的默契，就是我遇见了什么，我的心情怎样，她一定也是。眼神都不用交流，就好像在用一条气管呼吸、一个心脏造血。

我知道她曾经有一段非常困难的日子，一个美貌的姑娘，没有钱，没有学历，没有一技之长，在没有任何支持的情况下在厦门谋生，身体还受了重伤。面对陌生的人和恶意的人，剔透的水晶混在糙粝的砖石中生存，还要保护自己。但是她从来不跟我说。

我甚至不愿意和她联系。我要假装什么都不知道。她以为我不知道，她就会感到幸福。

我有段时间陷入绝境，面临全身瘫痪或是衰竭而死的威胁。她突兀地从福建寄来上百斤最好的龙眼，包裹单上什么都没有写。

而有年春天去看她的时候，我在机场门口等她。她一把乱发束着厦门美味的海风，麦色的光滑的皮肤，乌黑的眼珠闪闪发光，穿着一红一白两块布别成的短裙，破布的须跟乱七八糟的阳光掺和着轻轻荡在修长的腿上，天仙一样惊心动魄地向我走来。

看见我的时候她咧嘴笑了，11 颗牙。

我也笑了，8 颗牙。

还是那个和我一起，穿着大棉袄在天安门广场上卖画被城管一股脑带去，骗到警察叔叔的呼机号欢欢喜喜坐警车回来的小蛮。

还是那个逃课上树找个树杈晒太阳的小蛮。

还是那个化个少妇妆吓唬我的小蛮。

还是那个我帮她整理床铺就会抱怨半天说她不敢在上面打呼噜放屁的小蛮。

还是那个和我一起在雍和宫地铁卖唱，一共收到 12 元 4 毛 9 分钱给我买麦当劳的小蛮。

还是那些永远不合时宜的浪漫情怀。

还是那枝迎风招展的烂漫春花。

像气球皮一样皱巴巴的心，忽然被抚平。

深夜也睡不着。黑暗里我说：我从来没跟我周围的人说过我没有爸爸了。我怕他们安慰我。

比我更早没有爸爸的她，动也没有动，甚至没有来握住我的手，只是用世界上最温柔的声音说：

是啊，他们只会那样。

然后我们没有一句话，看着对方，成长的委屈一泻千里。

住了四天要走的时候，她房门都没有出，也不跟我说再见。

我也只在拐弯的地方，偷偷回头看一眼那幢灰色的小楼，在厦门美丽的蓝天下格外孤单。我知道她在门后边悄悄望着我，悄悄唱那首她唯一会唱的《红河谷》，没有吉他没有风，歌声猎猎，撕开层层年华。

人们说你就要离开村庄

我们将怀念你的微笑

你的眼睛比太阳更明亮

照耀在我们心上

走过来坐在我的身旁

不要离别得这样匆忙

要记住红河谷你的故乡

还有那热爱你的姑娘

爱要帅的少年都行好人生

:: 1

小树和我认识 15 年了，对她家里的事我也了如指掌，比如她的弟弟阿东。

我一直看不懂阿东这个人。他和小树一个妈妈生，一个家庭长大，做人的区别怎么会这么大。小树高中毕业去找工作，想成为一个设计师，就径直找到一家设计公司，走进去，问人家要不要人。她跟人家说，我什么都不会，但是你给我活儿，给我一个星期去学，行不行你又不吃亏。然后人家交给她一个报纸广告画面的活儿，她开始第一次摸电脑，并且扎下去现学 PS，一个星期以后，她做的那个画面直接被公司拿去出街，于是就应聘成了一个美工。后来，她跳槽到了另一家公司，又过了四年，以主管的身份，给顺利考上 211 大学的高中同学面试。

阿东呢？先是考上了一个大专，读了一个学期，说学校是混蛋，不念了，要出去闯世界。接着到餐厅做服务员，在宠物店做美容师，在工地守夜。别误会，他之所以换了这么多工作，是因为每一份工作他都干不下去。不是他立刻辞职走人，就是老板把他开掉。

小树在那几年也不容易，因为想自己做作品，在家宅了几年。做一些零星的事情，收入和生活状况也很不稳定，却常常要面对蹭吃蹭住还伸手要钱的弟弟。不管怎么帮他，劝他，他都不愿意好好读书，也不想做任何工作，还吹嘘自己已历尽沧桑。不就是一份工作都做不下去吗！小树那时还正要婚配，在寻找未来老公，一个干啥啥不行，吃嘛嘛都香的弟弟，没事就跑来住着不走。住就住，还要钱，还吹牛，真是烦到极点了。小树跟我抱怨弟弟的时候，我们就一起想象怎么暗杀不会被发现，怎么虐他会解恨。小树最爱看各种志怪小说，奇闻异事。她有一天神秘地跟我说，最完美的谋杀方案找到了：金刚石，弄成粉末，放到阿东吃的东西里面，那个会消化不了也不能排出，然后就死了。

我说金刚石怎么弄成粉末？她说不知道，可能砸一砸吧。我觉得有道理。但是金刚石呢？她说，等有了金刚石要试一下。反正这个方案除了贵，一切完美。更多的时候我们想的是把20个阿东排成一排，拿机关枪全突突了。

不过，我们当时毕竟也很年轻，也还不知道人生有多少可能。

∷ 2

又有一天，阿东开始健身。说要在家当健身教练。他们的家在一个县城，名字我不能说，且叫大头堡吧。

大头堡是我心目中的惊奇重镇，有很多叫人惊奇的事。比如一堆人打赌，说谁能喝下去一桶水，谁就赢一条猪腿。有一个人想要那个猪腿，就跑回家试试自己能不能喝一桶水。他喝下去了。于是他回到打赌的地方说，我可以。然后他就开始喝另一桶水，撑死了。

又比如说，那里过去很穷，农忙的时候夫妇下地干活，农闲的时候就打发老婆去卖春。这还不算什么。有一回，一个货郎挑着一些日杂路过大头堡，一个农妇跟他说，我陪你睡一次，你给我一个那个塑料盆。结果，货郎不同意。然后这个农妇就把货郎揪住打了一顿。

又比如小树的外公是一个唱戏的江湖艺人，她外婆是个大家的小姐，看了戏，跟她外公私奔了。我想她肯定长得很美。因为据说小树长得像她外婆，小树是很美的。

关于大头堡的这些故事，都是小树给我讲的。她淡淡地随便讲讲，我捶打着自己的大腿，揪着自己的头发听。所以我说，大头堡是一个惊奇重镇。

这几年大头堡又有一个新传奇：一个本地小伙子在健身房当教练，遇到一位台湾女会员，这个会员爱上了他，关键是，她非常非常的有钱。她在大头堡城中心买了六个联排的店面给自己做嫁妆，嫁给了这个本地小伙。

一时间这个小伙成了全大头堡的偶像，所有的小伙都开始健身了——健身，当教练，娶白富美会员，买店面结婚，当上人生赢家——成为大头堡小伙子的康庄大道。

我原本以为阿东也是受到这个故事的激励奋起健身。别的不说，阿东也是很想要女朋友的。但是，后来我发现，他倒是没怎么提那个人生赢家，在朋友圈里常说的是：

"昨天又喝多了，以后真的要戒酒。"

"酒不是好东西，我跟兄弟们都是这么说的。以后真的要少喝一点，毕竟要对家里的人负责。"

"以后谁再叫我喝酒，就当我不是兄弟。"

"应酬上的酒真的不好喝。以后真的要戒酒了。"

我问小树：阿东有在这样天天喝酒吗？我怎么记得他不会喝酒？小树说：这样显得很大人啊，你感觉一下，又有应酬啦，酒喝太多对家人不负责啦——是不是场面上的事情很多的样子？

我说噢噢，是啊。

所以他只是为了耍帅而已。明明还在家里住，也并没有在工作，其实真的没有什么应酬。

过了一些时候，阿东真的练出了肌肉。发了一张自拍在 QQ 空间里。构图是从地上往上拍的，拖着一个行李箱，大步流星向前走的样子，旁边配了一句话：呵呵，又被人街拍了。

我问小树："为什么会有人街拍阿东？他这是要去哪？"

小树说：他自己用 iPad 放在地上拍视频，拖了一个空箱子来回走，然后在视频里挑好看的画面截图下来，当自拍发。你没看画质那么差吗？呵呵。

我真的要笑死了。阿东为了耍帅，好努力啊。

阿东还发了一系列在世界各地的地标前地自拍，埃菲尔铁塔，巴黎圣母院，金字塔，之类的。配的话是"最近出去玩得比较多，有点累了。该回来陪陪家里人了。"

那些照片我看着也不大对劲，再说了，他的黑富美姐姐还没去过巴黎呢。他怎么就周游世界起来了。小树又告诉我说，那是他们大头堡一个新楼盘前面搞了一系列名胜的灯箱，他在灯箱前面拍的。

我真的蛮爱看阿东的朋友圈和 QQ 空间。很少有人这么认真对待帅的追求了，东哥从不开玩笑。

对，阿东有一个群，叫"东哥天下"。我没能加进去，但是小树加了。小树其实很纠结，一方面，阿东一有动静，她脑海里就会出现 20 个阿东排成一排，被她手持机关枪扫射的情景，另一方面，她见到喜欢的女孩都想介绍给弟弟当女朋友。

有一天，小树拿手机给我看一个超级漂亮，超级洋气的美女照片，她跟我说：阿东交女朋友了。

我一看，感觉实在难以置信：怎么可能呢？这个漂亮得像明星一样的女孩，这一身贵的要死的名牌，这个发达资本主义国家 shopping mall 的背景，这样日常生活中根本就很少见的白富美，怎么可能做阿东的女朋友呢？！

我说："她喜欢阿东什么？！"

小树淡淡地说："她觉得阿东人很好啊，天真单纯，对她好。"

"那也说不过去啊！"我又揪起了自己的头发。

小树一摊手，说："就是这样啰。"

小树的老公正好走进屋，我不揪自己的头发了，冲过去揪住他胸口的衣服："你知道阿东有女朋友了吗？你看到照片了吗？！"

他说："看到啦，我立刻就跟小树说是骗子，她不信啊。"

这个提法打开了我的思路：原来是骗子，这就说得过去了。

小树嘴上是一百个不信阿东遇到了骗子，但还是立刻开始发挥双子座的侦探天才，搜出照片上的女孩是一个在欧洲读艺术学院，并且做代购的姑娘。还搜出了她的淘宝店地址。照片是她发在自己淘宝店里的卖家秀。她把这个消息告诉了阿东，阿东说："对啊，她有说她在淘宝上做一点生意。"小树又把这句话转述给了我："阿东说她确实有在淘宝做生意啦。"

事已至此，我隐约对阿东为何长成这样一个中二的他的背景，多理解了一点。

这对年轻的情侣，一直抵抗着来自世俗的怀疑。我问东哥，"她说她喜欢你什么？"他说，"人家女孩子单亲啦，从小就寄养在亲戚家，人家对她不好，从小就颠沛流离的，她喜欢和我一起的安全感。我就想说，能照顾一下就照顾一下啦。"

我认识阿东以后，就重新理解了"忍俊不禁"的含义。忍俊不禁，就是"忍不住英俊地笑了"的意思。一定是这样，我常常在阿东脸上看到这样的笑容。

东哥一直给她买零食寄去。但对方怎么都不肯见面，要么有事，要么生病，就是不见面。他姐夫，另一个世俗的代表，就跟东哥说："只有骗子才会一直不肯见面。"

东哥终究起了疑心。他对那个女孩说，其实我真的没有很在乎你长什么样子，我喜欢的是你这个人。

对方在被识破后依然和东哥保持着联系，并且感情越来越亲密。有一天，她竟然答应见面了。我们喟叹不已，这骗子看来是不想干了。一个骗子，怎么能见面呢？多不安全啊。做骗子做到对客户动情，职业生涯也差不多走到头了吧？另外，阿东，你是真的喜欢这个姑娘了啊？

阿东甜蜜地说：我想看看她，不用照片上那么漂亮，差一点点也是可以的。然后他喊了一个朋友，跟他一起去见这个骗子。

当天的情景据阿龙的朋友小亮描述是这样的："那个女的远远地走过来，我一看，拔腿就跑了！"

阿东的描述是这样的："哇靠那个女的有两个我姐姐那么宽，真的！可能还不止！"

这次见面以后，阿东开始改口叫这个女孩子老婆。原因是他突然下定了决心要把之前亏的钱要回来。

具体大概是这样的。阿东每一天早中晚的给她发短信：老婆，起床没有，

好好吃饭哦，吃饱了才好去赚钱还给我。^_^

老婆，午饭吃饱了吗？我其实没有要你的钱，我就是想要你好好的，^_^

老婆，别人说你是骗子，但是你是我老婆啊。今天有没有好好赚钱还我啦。^_^

这个令人毛骨悚然的『^_^』就一直充斥在阿东的聊天记录里。

阿东说，他以前帮人讨过债，他去人家家里吃饭，陪人家的妈妈喝茶，跟人家的家人问好，看到人家家里养的兔子，还会喂一喂。非常客气，非常和气。其中有一次，他带着拖鞋牙刷和哑铃住在人家客厅里，住了三天。

我真不知道阿东还有这么凶狠泼皮的一面！原来他是这样一个人！我问他，所以最多的一次，你帮人家老板讨多少钱？

他说：500。

喷了。所以我说大头堡是一个惊奇重镇。

那个女孩很害怕，摸不清他要干嘛。要是我大概也很害怕。毕竟阿东寄去的零食也就不到两百块钱的东西，但是看这架势，好像不是钱的事儿啊。

阿东说，我给你寄了那么多东西，你宿舍的地址我可都是知道的噢。

阿东用早安晚安和甜甜的笑脸发起进攻，问人家要钱，总计要精神损失费2000。骗子输了，给阿东打了2000块钱。

但是，这还没完。

阿东左思右想，这个骗子是在百合网认识的。他决定向百合网维权。过了一段时间，百合网也赔了他两千。

得知这个消息，我仰天长啸。

后来，这个骗子为了防止阿东骚扰，想换掉电话卡，进城来换卡。

但是她换完了电话卡以后，又给阿东打了个电话，说，这是她的新电话。

我们哀叹说，骗子动了情，真是太惨了啊！他姐夫说，你信吗？阿东现在要是吊着她，她会继续当骗子，然后给阿东钱花。阿东呆立当场，然后忍不住英俊地笑了。

::5

阿东恋爱未果，但是弄到了一笔钱，似乎也很快从失恋的打击中振作起来，也没有走上玩弄骗子感情的犯罪道路。他背着一个巨型背包坐车到厦门来看他姐。

那个包放在地上，我踢了一脚纹丝未动，阿东呵呵地笑了。我问里面是什么？他英俊地说：有一对哑铃，下面是一个拳击沙袋。

出来旅行也要背上沙袋和哑铃啊。

后来，阿东考到了教练证，到厦门来找健身教练的工作。和以前所有的工作一样，都没有干多久。干不下去的具体原因我已经不问了，我估计小树也不问了。又过了些时候，阿东在朋友圈里说要开一个烤鱼店。转型幅度还蛮大。呆在大头堡自己开店挺好啊，不用东一榔头西一榔头地让妈妈姐姐操心，觉得阿东懂事了呢。小树又开始高兴地给认识的女孩介绍弟弟，问人家要不要做弟弟的女朋友。

不过我想错了，阿东并没有转型，他的店名叫："男子汉烤鱼"。

logo 的原型，是他裸背的肌肉照，头拧过来邪魅一笑的样子。阿东要求在背上画一条龙，还要逆光效果。小树为了广告效果，把背上的龙换成了鱼，效果不错。虽然比龙是要差那么一点点。

所以阿东并不是为了卖烤鱼才开烤鱼店的，是为了耍帅开烤鱼店的。他不是个随便的人，这个人认真起来，连自己都怕。

其实，阿东原本可以成为一个游手好闲的小地主，靠祖产收收租过生活的，娶一个本地女孩当老婆，要么非常泼辣厉害，要么非常崇拜他。也许喝点酒（但酒量依然很差），跟老婆孩子吹吹牛，或者在大排档上和老伙计们对吹。不过那样一眼到头的人生看来是不够啊。放着帅不耍，人生就失去努力的方向了。

又过了些时候，小树气急败坏的跟我说，她又要端机关枪去扫射阿东。原因是这样：阿东突然又不想干烤鱼店了，说有个哥们约他一起去学云南烤肉。所以他要关了店去云南考察半个月，学烤肉。店开了还不到两个月，小树也出了一万块钱，妈妈也给了钱给阿东做本，突然又说不开就不开，还振振有词烤肉更有前途。

小树伤心地说，"他说做什么我都相信他，开店我又出钱，又帮他设计店面，又帮他宣传。这不就是又做得不耐烦想出去玩吗？不又是吃嘛嘛没够，做啥啥不行吗？"她说气自己蠢，每次都当这个弟弟真的有点踏实的心，还有些心疼家里人的意思，其实全是放屁，一辈子没出息没长进！"他到哪里吃什么屎我都不会再管他了！"

我突然冒出一个想法，要是开烤肉，还要叫男子汉烤肉吗？那个 logo 怎么办？难道画一个烤肉串儿纹身在背上？

小树听我这样说，灵机一动，给阿东画了另外一张男子汉烤肉的 logo。没错，就是背上三串烤肉纹身的东哥肖像。

又过了两天阿东发了条朋友圈：

『烤鱼店继续经营，欢迎新老朋友前来。汤料烤鱼我一人，男人不怕寂寞，男子汉烤鱼店！』配图照例是他忍俊不禁的自拍和肌肉 logo。

我给阿东打钱订一条鱼，他帅气地说："不用啦！来了我请你！"

我也很想你

好多年前，一个周末的晚上，我交不起房租，却在天台跟一大堆人喝酒，小蛮担心得要死，怕明天房东来把我轰走。我不停地向她重复一个人的语录。我说：有什么大不了的呢？最多就是把我赶走。除非她来打我，用武力制服我。否则有什么好怕的？

她说这叫非暴力不合作。

她是 F，一个非常不靠谱的人，她好像人缘还蛮差的，但是我很爱她。

她讨厌内衣，经常不穿内衣。经常抱怨："为什么那些男的总是一副被猥亵了的样子？！"

她经常把盛着水的烟灰缸放在床上抽烟，不出所料经常打翻。一次她室友闻到异味，四处寻找，最后从她靴子里倒出一碗泡面。

有一次去和她住，被子怎么样都盖不好。她说"这个被子很奇怪，刚买来的时候它可以盖到脚的，后来不知道为什么就不行了。"我起来检查，发现被套的长装到了宽里面。她目瞪口呆："原来是这样，你又帮我解决了一个生活中非常神秘的事情啊！"

交道口一带的狗都跟她很熟，我们在街上晃荡的时候经常会遇见狗，这时就见她猛扑上去，蹲下来把狗搂在怀里使劲蹂躏，又摸又亲。最狠的是她叫得上所有狗的名字。她自己还有两只狗一只猫，但是她一次只买一种粮食，要么狗粮要么猫粮，然后就丢到地上，随便它们吃。

要是以为她热爱小动物，那就错了。她养的狗和猫，死的死，病的病，送人的送人，最好的一个是得了抑郁症，阴沉沉地谁也不理。用她自己的话来说就是："唉！我每次只能爱它们十分钟！"然后不得不由宿舍其他的人轮番养活。

她经常致力于使生活变得更容易，为此进行着孜孜不倦的思考。例如：

半夜要喝水，忘记买水了怎么办？——喝自来水。

在家里，半夜抽烟没有火怎么办？——用炉头点火。（为此燎了好几次刘海）

半夜没有烟怎么办？——每次烟头丢到同一个地方，实在缺烟的时候就把它们翻出来拆剩余的烟丝重新卷一根。当然烟纸也不一定总有准备，就用打印纸，自然是烧得很狼狈……

半夜蚊子咬又没有蚊香怎么办？——那天她非常神秘地告诉我，终于想出了好办法：我跟你说，就是忍着。不要打，也不要挠，不要怕。让！它！咬！然后过一会儿就又可以睡着了。

每次当她解决了一个新的难题时，她都由衷地高兴：你看，我的生活更牛逼了。

她有一天心血来潮，把长发染成了金黄色，但是因为人本身美，变得更漂亮了。染过的头发更容易打理，干脆都不怎么需要梳。我们两个，一个齐腰的黄头发，一个齐腰的黑头发，步伐一致，说话手舞足蹈口沫四溅，还经常齐刷刷地仰天大笑一番。在学校里晃的时候，我们一个拎着二锅头、一个拎着半只烤鸭的造型，自然有点拉风。不过这事我们本来不知道，有天我们在路边摊吃早餐，一个来凑桌的陌生男人深沉地说：我认识你们俩，到处都看见你们俩……

那时候每天晚上，她都拎瓶啤酒到宿舍来找我，然后一块儿到处找烟。我们找只杯子一起喝，但是这个杯子也经常顺便就成了烟灰缸。然后，我们一块儿猛掏心窝子，抨击不公正的现实，谈论艺术，畅想未来。我们管这叫艺术交流，我宿舍和她宿舍的人管这叫话痨，我们经常被活生生轰出去，到宿舍背后的一条死胡同里，铺张破床单在地上躺着接着交流到下半夜。我们俩著名的眼袋比眼眶大、眼圈比眼珠黑的特征，就是这种艺术活动的恶果。

对了，她还有一口招牌的黑烟牙。

我从来没有见过她喝醉，虽然有一年夏天的傍晚我们每天都在一个大排档喝酒。其他的人换了又换，只有我们俩屹立不动。但是我总是比她提前好几轮就大了……当我醉了抱住椅子靠背哀号时，她总是对那些试图劝阻我挪动我的人说：人家想喝就让她喝啊，为什么要拦她？我喝大了回宿舍睡觉，在床头摆一个盆准备吐。半夜她也会摇摇晃晃绕过公共卫生间，摸索到我床头蹲着吐一会儿。

当我们分开后，就再也没有人那样陪我喝酒了。

有时候我两一起鱼肉乡里刻薄他人。比如有一回我两说一个同学：

我说："BB啊，你买的衣服可真都是高档的价格啊！"

她心领神会："是啊，不过都是低档的品质。"

我连忙圆场："但你还是穿出了中档的效果。"

这样说话是非常贱的。幸好我们的同学心胸宽广，至今还不计前嫌，保持着亲密无间的友谊。

还有一回我两说三个讨厌的马屁精。这三个人一个比一个谄媚。

我说：A就是跟在人家后头吃屎。

她说：那B是趴在人家裤子上吃屎。

我说：那C呢？

她略一沉思，用她的江西普通话字正腔圆地说：吃人家吃剩下的屎。

这个是绝对不敢公开传播的。因为实在太毒辣了。要是被当事人知道就死无全尸。不过——丧心病狂的讽刺挖苦实在是太开心了！

我倒是没有公开羞辱过她，我不想自投罗网。所以遇见她羞辱我的机会我就要尽量避开。

比如说英语考试。考试前我俩一块做小抄贴在裙子里面，她运气片刻，旁若无人气贯长虹唾面自干地十几分钟以内就做完了。我神情猥琐欲擒故纵欲罢不能地写完了。结果是我接到通知要补考。

我羞愤难当，低眉落眼不敢多走一步不敢多说一句唯恐被人耻笑了去在椅子上只坐四分之一个屁股。正当我如丧考妣寂寞难耐的时候，一个奇怪的人走进教室，如果那披头盖脸的长黑发换成金黄卷发倒是很像我很熟悉的某人。这时候她默默地走到我前面的位子坐下，拨开头发回头对我说："别叫我的名字，我戴了假发，你都认不出我吧？"

F早就放出狂言，要把帅哥当做消费品。比如说在食堂里她会假装拼命躲起来，然后幅度很大地狂喊来了来了来了！！哎呀我怎么办！一边喊一边猛烈地摇晃我的躯体。那个被看的人都会红了脸在背着我们的地方坐，一动不动，看上去死也不会转身。有时候我简直恨透了这个女色狼让我丢脸，看着她觉得自己真的应该斯文一点。如果我带个陌生男子给她看见，不管我介绍说"这是我哥们"还是"这是我老乡"，她眼皮都不抬就说：网友吧？

她经常抱怨自己穷，有个超有钱的富二代追她，送她无数名贵的礼物。她跟人家说，这些东西我喜欢但是我好讨厌你就是没办法喜欢你啊我也很苦恼啊！人家说看你高兴就好了。她也就高兴地收下了。后来那个富二代娶了一个欧洲某音乐学院毕业拉提琴的白富美，经常秀恩爱。

我失恋后，到她宿舍聊天，12点钟被她们宿舍的人赶走，转到我的宿舍，一点钟又被我们宿舍的人赶走。她卷起自己的床单和枕头铺到院子里的地上，两个人躺在上面。她说：失恋有什么的，我们一直找爱、一直找爱，你看有多美！然后我们就忘了这茬，聊起了别的事情，高高兴兴地看着天一点点亮起来。

毕业后她和别人合租，被两个室友合伙赶到客厅住。我去找她，半夜我俩哈哈哈哈哈，我说声音会不会太大？她说："不然她们就来打我，否则我是不在乎的，住客厅不隔音就是这样啊。我这叫'非暴力，不合作'。"我就又哈哈哈哈哈。

我们分开这许多年，她每次给我打电话都是在凌晨3点以后。一次说："要不要和那个人分手？他打死了我的兔子！"我说："这很可怕啊他以后会不会打你啊？！"她说对要分手。然后想了一会儿又说："还是不分吧我觉得他生气的样子好好笑，我每次都笑场！我一笑场他就更生气！哈哈哈！"我就也，哈哈哈！

和F混在一起的日子，我们过着令人发指的糜烂生活，抽烟喝酒到天亮，半夜三更走家串户，然后乱七八糟一口气睡到第二天，迎着夕阳吃早饭。

梁实秋也说："不为无益之事何以遣有涯之生？"那时候仗着年轻，认为生活不过是一坨稀屎，要是去除无聊、啰嗦、臭烘烘的那些事物，就什么也不剩下，所以和F理直气壮地混着日子。

她擅长享受世俗的欢乐。例如胡乱生活——有钱就大吃大喝，没钱就饿着；排开约会，一个都不能少；褥子掉到地上了过几天再捡，睡在床板上；能躺着决不坐着，必须坐着的时候就像小混混一样蹲着；对不喜欢的男人拒之千里，不眼馋敷衍他们的各种好处；喝酒就喝醉，渴了喝自来水；不高兴就瞎叫唤，高兴了就胡扯淡；养一只狗两只猫，猫食扔在地上想吃就吃，不训练人家作揖，不用洗澡，屎随便拉，跑来跑去，上房揭瓦，让它们过自由自在的快活日子。

她说："这件衣服一般是不能穿的，装逼的时候可以穿。"

她说："我什么痛苦都可以忍受，就是不能忍受没有钱的痛苦。"

她说："找个男朋友好过冬。"

看起来有点不可思议，好像她是个疯子。其实不然。她让我想起了那个著名的犬儒主义者——耳朵上夹着三片叶子，赶走挡住阳光的国王，躺在桶里晒太阳。谁敢说这不是一种追求？你嗤之以鼻，说，我靠！只要死皮赖脸、胡吃瞎混地过不就行了？你错了。你做不到，你崇高但是微薄的良心会不断叩问你：你在干什么！你是不是在浪费青春！辜负了父母期望！你还想不想好啦！没有三天，你就会捂着胸口，回头过你同样空洞但是可以用来自欺欺人的日子。

F可不一样，她的人生经验，总结起来就是一句话——"到时候再说。"

我的大学时光就是这样的一个人陪我过的。

F啊，我很想你。

我记得我们骑着单车在顺义的公路上唱歌，你系着红领巾，穿着绿裙子，颜色鲜艳，表情愉快，皮肤光滑，神采飞扬。

我记得你把你的床单铺到宿舍背后的地上，躺着和我说话，失恋的一夜过得好容易。

我记得你一头柠檬黄的卷发，绑成麻花辫子。

我记得我们每天在东北美女的排档喝酒，其他的人换了又换，我们两个泰山压顶不弯腰。他们要我少喝点，你总是说，阿春想喝嘛，不用拦她。那个夏天多么好。

我最爱和你喝酒，虽然我其实不怎么喝。

你说，我们就找啊找啊找啊，一直找爱有多美！

你知不知道这句话说得有多美？

你为什么总能保持年轻呢?

为什么那时候每天和你混到天亮,我们还能精神抖擞地逛早市、看朝阳。

如今我混到天亮只感到心中无比空虚,在那种空虚的时刻想念你。

我把我给你拍的照片给朋友看,你有点佝偻,但我喜欢你那个样子。

你是一个爱吃肉的江西八婆和说话语法经常不对的大朋克。

有一些偶然
的瞬间

有一些偶然的瞬间，以及在这些时刻里生活着的人们，让我心生眷恋。

一

我的好朋友媛媛，我第一次见到她，她穿着一件粉红色的小衫，高高挽着裤腿跪在水井边洗衣服。我说找某某，她直起身来向里面喊：某某！有人找你哦。声音愉快而甜美。我坐到一边等那个朋友出来，她向我点头示意，然后拧起那件衣服，并且又打了一桶水冲脚，她神情舒畅地笑着看清凉的井水从小腿冲到脚，脸颊也是粉红的。

后来她告诉我，当时她跪在地上觉得挺狼狈，但是看到我冲她微笑，就放松下来。我们现在仍然是最好的朋友。

二

还有一次，我在火车上遇见一个女孩，她坐在我对面整理车窗的窗帘。她身形很挺拔，把它们一片一片分别互相叠好，然后用了一个非常优雅的小云手的动作，将窗帘挂在了挂钩上。火车肮脏嘈杂，也没有值得表演的异性盯着她看，那样用心细致去做这件小事，我想她就是一个那样喜爱优美的女孩吧。

三

以前在一个村子里带当地的小朋友画画，有个叫阿绿的女孩子在网上看到了，她在自己的学校组织了一次小募捐，把要毕业的同学们不要的颜料、画笔、画板画架全部收集起来，然后坐了两个小时的车，送来给我。我第一次见到她时她满头大汗，又黑，也胖，还戴着牙套。我跟她道谢，她羞涩地笑笑，甚至没有坐下来喝杯水，就走了。她不是那么外向活泼和耀眼的美丽，但自有沉静的气质，惹人喜爱。

后来她从学校毕业，成了一个园艺师。当看到她穿着简单宽大的衣服，散散地扎着头发，用手把泥块捏碎，挑出里面的石子时，也觉得她非常美。又然后她来到我的店里工作，再然后和我一起为"犀牛故事"APP工作，朝夕相处。

四

有一回店里装修，我自己在工地。一个男人径直走进来，放肆地四下查看。我有点害怕，只好问他你有什么事吗？但是他根本没理我，继续无礼地看来看去。

在帮我装修的小王闻声噌的一步冲到我面前，伸出胳膊把我往后一挡，然后厉声问那个人：你想干什么？！那个人看了他一眼什么都没说就转身走了。

因为是女人，又不够泼辣，常常被人欺负，也忍耐习惯了。当时差点热泪盈眶。小王也很瘦小，要是打架也说不定会输，但我觉得他根本就没想，直接就这么反应的。虽然这不是初次见面，但在那之前其实很少交谈。在那之后也还是很少交谈，但我心里一直很感激他。

五

另外一回去一个朋友家串门。他有了一个新室友，不过我还不认识。但我注意到他家墙上多了一包烟，用一把匕首扎在墙上……下面还画了一些血……我指着问：那是干吗？这时冒出来一个脸色苍白眼圈乌黑的年轻人，一脸死相地说：我在戒烟。

有人问戒成了没有——肯定没有，因为没过一会儿他就骂骂咧咧地从墙上摘了一根烟下来。

六

还有一次，很多人在一个老院子玩。弹琴唱歌什么的。其中有熟悉我的，要我唱首歌。我就唱了一首。唱完以后，一个人坐到我身边小声说："你刚才唱得太好了，我觉得非常感动，特别是最后一段。可不可以再唱一遍？小声唱就好了。"

我就小声又唱了一遍。他侧耳细听，然后仔细地问了一下这首歌为什么写的，什么情况下写的，等等。被这样认真倾听和真诚赞扬，我也觉得很开心。那个人是连岳。我觉得他真的是一个善于倾听的，细腻的，富有感受力的人。

七

　　我的朋友老林是一个小学老师，他看起来就是一个普通小学老师的样子，小平头，嗓子因为经常大声说话有点哑。一眼看不出很有意思的地方。

　　但是有一回看到他的公交卡，被削得只剩芯片。他解释说，这样他上车刷卡，就可以把这一丁点芯片夹在手心上，然后挥手潇洒地"滴——"，"别人刷卡我刷手，是不是很有未来感！很科幻吧！"他非常得意地说。我也不禁因为他的得意和这种寂寞玩耍的小心机哈哈大笑。

八

　　我好朋友的未婚夫，平时看当然也都很好，但也没有特别特别出众的地方。

　　但是有一次，她的家里人因为争执打了起来，两个亲人都打到住院。出了这种事，她作为家里的主心骨，不得已要在凌晨三点，让他开车送她回老家去处理。

　　其实当时他们还处于正在确定关系的阶段。我想有许多男人，会因为女方有这样复杂混乱的家庭而默默打退堂鼓。如果很爱，就下个决心，陪伴她一起承受，这已经是难得的情况了。

　　然而后来他两眼放光跟我说：你不知道，她昨天多么有大将风度，临危不乱，一件一件事摆平，真是太酷了！

　　因为这件事，他不但没有给她减分，还给她大大加分了。

　　我听到这个答案，除了为我的好友感到欣慰，甚至我自己也很感激：这才是在这样的事件中，对这样一个女孩子正确的评价啊——我原来的那种担心，这样一比较都卑鄙了起来。

　　而他用自己的豁达和智慧，不仅选对了人，我相信他还会有能力一直推进这种爱的深和广。我真替他们高兴。

时间之外的人

　　我认识一个叫 F 的人。第一次见到他，他受我朋友之托到机场接我。出了机场我正在东张西望，转过头，一张脸正对着我，笑嘻嘻地说：我的爱人来了。这就是我们认识时的第一句话。

　　那时候他只是听朋友说起我，看过一两篇我的文章就笃定地说这是我的爱人。但其实他从头到尾也没有追过我。

　　他就是那种彻头彻尾不切实际不思上进的人，我们共同的那位好友，喜欢上一条漂亮的裙子买不起，回来哭，他当时是她的邻居。知道事由以后，他就去她逛过的那一片商场，一家一家去问：有没有那样那样的一个女孩子，试了那样那样一条裙子。最后花光了自己当时所有的钱，把那条昂贵的裙子买了回来送给她。他说，为了钱的事情难过太不值得了。

　　我常常想，这个世界上会有几个成年的穷人，有那种看不得女孩子为漂亮衣服哭泣的侠骨柔肠呢？

　　多年来他一直都很穷，没有一点应付突发事件的积蓄。他常常借钱，那些突发事件，常常是"某女孩堕胎家人不知男友不管"。在他周围都是十五六岁的男孩女孩。开始是八五、八六年的，后来是九〇、九一年的，再后来是

九六、九七年的。这么多年以来，总有一两个问题少年，经年累月地和他一起生活，只是人总在换。他们一批一批地长大不知去向，F 却不知从什么时候停了下来，许多年如一日地住在一个小平房里，门上挂着的硬纸牌子一直在风干脱落：

教鼓　F：139×××××××

有时候他收到短信，抬起头来说：

"是女儿。"

我跟 F 待着基本都是这样的情形：他连续几个小时不停地说话，我像哑巴一样沉默。

我们吃饭，我差不多都只说一句话：你吃饱了吗？

他会看看桌上想很久，然后说："应该饱了。"

口若悬河戛然而止。

他大多数时候都是在东张西望自言自语。路过地下通道他一定进去看看有没有流浪汉住在里面，没有就惋惜不已："你看这里多好啊！又暖和又安全又没有城管，怎么会没有人住呢？怎么会呢？"

"你看那个小孩跟她爸爸简直一模一样！"

"你看那个人手靠背是左手抓右手，我是右手抓左手，真不懂为什么。"

"你知道地上这些疙瘩是什么吗？上次有个傻逼说是盲道。"

我终于疑惑了："盲道会在路中间吗？是急转弯的缓冲带吧？"

"对呀！其实那个傻逼就是我！"

然后嘿嘿地笑很久。

F 从来都不用傻逼这个词说别人。从这一点上看他挺不文艺。但是他大学毕业前两周自己退了学，从未上过一天班，学的是油画，却靠教人打鼓为生，他在哪里，哪里就会有蟑螂一样多的鼓手。他也搭顺路的卡车旅行，这些又都是挺地道的文艺青年范儿。

这么多年过去了，他就住在那间小平房里，混成那个片区第一地保，知道这一带所有八卦和所有野狗的住处。认识不认识的问题少年家长会千里迢迢赶来抓这根救命稻草，请他帮忙照顾自己那些让人操心的孩子。一直是那张除了笑就是不笑的，不老也没年轻过的脸。

他总是说昨天又喝醉了，但是我从来没见过他喝醉的样子。他总是温顺地坐在那里，站在那里。

有回他跟我和他的小朋友一起。

先对着我："她今天心情不好。"

然后对着小女孩："全班同学都不理你，你会不会觉得不开心？"

"哪有！不是全班人都不理我，是我平时当成朋友的那几个！"小女孩白了他一眼，"神经病！"

他就"哦"，往后一靠，嘻嘻地笑。

我没什么耐心听小朋友的心思，特别是那些穿着校服烫头发文身一天三包烟逃课砍人堕胎的孩子。我没办法理解他们，他们也不屑和我交流，会定定地打量我："你干吗不说话你很酷哎？"

F却会用无限的耐心和天真的办法帮助他们，比如为了一个问题少女的快乐，请求一个问题少年可不可以好好爱她……

有那么一天，他的一个小朋友沉静地跟我说：阿春姐姐你要常常去看F，我觉得 F 很孤独啊。

看起来，他们在一批一批地长大成熟，开始面对更复杂的人生，F 不长大，在原地等待自己从孩子变成一个死人。

我不了解他们之间是什么样的感情，但是这种感情占据了 F 的大部分。他常常跟我抱怨说，我就是他们的垃圾桶！他们总是有事情就来找我！还会哭！他们不知道我自己都搞不懂自己的生活！

然后悄悄看我的反应，立刻转脸笑嘻嘻地说：你不愿意听这种无聊的事哦！

我是这样理解他的抱怨的：在我这样一个成人面前，装出懂世故的立场。但是很吃力。

他总是不停地说话。

他说害怕："心里怕得直发抖啊！"

拍拍胸口："停下来就会疯掉！"

想起那些对时间流逝无动于衷的人我总是心惊。他们究竟是非常天真还是非常怯懦还是非常智慧，还是另一个比人类更善良温柔的物种？

我不知道答案，也没有深入他们生活和内心的欲望。但是对于那样的人来说，是否被人理解，答案不答案，不一定是个问题。至于究竟应该对自己提出什么样的问题，也许他们愿意花很长很长的时间去想，对其他事情不太在意吧。

小城市

::酒仙桥的"兰州拉面"

很多年以前，我在北京四环以外一个叫酒仙桥的地方学画画，那个学校边上有一家非常小的拉面店，一间低矮的平房孤零零在路边，只有两张半桌子，那半张靠墙，只能坐一边，老板和他老婆是北方人。刚开始的时候门脸儿上面没有招牌，一个同学弄了硬纸板，用水粉笔写上"兰州拉面"挂在门边。到了冬天北风呼啸，北京的店家都挂上帆布夹棉花的厚门帘。门洞特别低，所以进屋要用力推开那棉被帘子，弯腰，进门。

房子里烧了煤球取暖，长长的烟囱从屋子的正中间支到顶上，得侧身让开。一帮鼻子发红又说又笑的学生进来，加上壮壮的老板和胖胖的老板娘，有五六个客人就动不了了。大家像一个火锅里煮四只板鸭一样直直坐着。一碗刀削面！一碗拉面！多放点青菜！此起彼伏的。老板招呼完了转个身就是案台，擦擦手就开始忙活，寒暄着，下课啦？今天冷吧！他抓着一把面将锅盖揭开，水汽四溢，小屋子瞬时就变得热气腾腾，欢声笑语。

老板说他们刚来的时候在北师大旁边开，房租贵，又不太会做。那时候每一锅面都要问客人味道如何，夜里躺着还商量怎么调味。着急啊，都准备回老家了。搬到这儿来以后就都挺好。

他们家的面真的很好吃，汤很浓，肉丁是红烧过的，蔬菜又脆又甜。还可以免费加汤和白菜。遇见他们自己在吃饭，就坐一张桌子上，去夹大海碗装的拍黄瓜，比我们吃的那种更辣。

几个月后他们的小女儿从甘肃老家来了，五六岁的小孩子，大眼睛，脸蛋红红的，跟她爸妈一样，张嘴就是甘肃口音。不跟我们说话，但是逗她就偷偷地笑。我捏她结实的小脸蛋，叫她小苹果。过了几天发现墙上不知谁画的速写，捏着手，内八字站在门边，旁边写"小苹果小像 2000 年 × 月某某"，过几天又贴了另一张。老板娘笑眯眯地说现在大家都叫她小苹果啦！说的大家，其实主要就是我们这些学生吧。老板不大的眼睛更眯在了一起，盯着小苹果"嘿嘿、嘿嘿"。

到了下课的时间或是半夜，小馆里面全都是饥肠辘辘的我们，大家说这就是咱们的食堂。

附近做事的民工也常来这里，三三两两的，一只脚架在椅子上，一瓶燕京、一盘拍黄瓜、一碟花生米，最后再吃一大碗牛肉拉面。吃得高兴，结账时也很豪爽，便宜呀。燕京啤酒一块二，小碗面两块五大碗三块，拍黄瓜两块。

几年后再去酒仙桥，连胡同都变得很宽，整个北京的房子都粉刷一新，那破房子自然是消失了，我自然永远不会再见到那一家人，吃不到那一碗很有滋味的刀削面了。这个城市如果不用那么漂亮，也许幸福的人还更多吧。

前些时候，莱爸发现一个 360 度实景地图的网站，他说看看我在北京生活过的地方。我第一个想到的竟不是美院，不是甘家口万寿路八角游乐园的家，而是那家兰州拉面所在的地方。但是，我甚至找不到那条胡同了。

莱爸说：你真的住过北京？

是啊。我到底有没有住过北京呢?

::爱聊天的司机

以前工作,我每天晚上都要打车回家。夜班司机一般都很疲惫。比起日班司机他们比较不喜欢说话。但是前几天遇到一个很爱聊天的司机,这个故事是他给我说的。

在我之前上车的客人,是他撮合的。

上一车客人里那个女人,也是他以前载过的客人。那个女人结婚10年,老公在结婚两年后受了伤,成了 ED。那次她上了车就开始哭,当时她从一个酒店出来,刚参加完同学会。老同学们都几乎没有注意到她,她自己认为,那是因为她比其他人老得都快。8 年的活寡,又不忍离婚,老公因为无能为力反而更加冷漠,让她非常绝望。上车的时候同学会还没有结束,也没有人发现她已经走了。她坐上车就开始哭。

那个司机师傅说,他还没来得及问她去哪儿,她就哭得没停过。他也没问只好慢慢地向前开。结果发现其实方向是反的。所以他们绕了一大圈。

而且由于那个女人终于开始说话,而那个司机也没有打断她,他们绕了不止一圈。那次的的士费是 87 块。

那个女人要了这个师傅的电话,其他的时候也会叫他的车,坐他的车她每次都哭。听到这里,我想起麦兜的妈妈对麦兜说的话:像我们这样的女人,哪一个不能随时掉下眼泪来呢?

说到车上那个男人的时候,师傅就说得很简单,就说有那么个男的,情况也一样。那个男的老婆有性冷淡,11 年。这师傅当场就把那个女人的电话给了他。

后来那两人都离婚并结婚了。离这个师傅第一次载到那个女人时过去了两年多。他们办了一个只有一桌的婚礼，其中一个客人是这个师傅。

不过他没去，没空！

那个师傅牙齿很黑，特别爱笑，满脸褶，说话很响亮很快。在我之前他刚送他们俩回家。他们家就在我离开的那个地点附近的一栋楼里。没准我已经遇见过他们。

::娜娜小姑娘

遇见他的时候我正坐在图书大厦冰凉的地上看书，一抬头，一个干干净净的男孩笑眯眯地说："我女朋友要过生日了，你可不可以在这个本子上帮我写个生日快乐？我要收集一百个这样的签名。"

我大惊，这样的事情只在《读者》上见过，可算叫我给遇上了。

他微微皱着眉头问我："这样坐在地上腿会不会麻？"

我赶快说："不会，要盘腿坐，不担心弄脏裤子，就可以坐得很舒服。"

于是他就坐在我身边。我不用抬头看他了。看到他自然而然地坐到地上来，心里觉得很高兴，像老朋友一样。他穿的是一件格子外套，翻出来雪白的衬衫领子。

故事是这样的，他的女朋友娜娜5月8号生日，他会回到苏州去陪她过。在这之前他打算收集一百个陌生人的祝福作为她的20岁礼物，到我这已经有60多了。他的姓很奇怪，念"妙"。我问是哪个字，他从满满一纸口袋各种各样的笔里拿出一支紫金色的，写在我的手掌上："缪"。

卖力地写了一整面。其中有一句不知道会不会扫兴："如果明年生日没有这么豪华，也不要抱怨啊，幸运的娜娜姑娘。"不过我就是有点担心。

画了一个笑脸的符号，我不好意思地说虽然我是个画画的，却不知道怎么在这么短的时间创作一幅祝福的画，你看我只会画大家都会画的一个笑脸。

他说："但是大家都画的不一样啊！"

我说："你请人写这些顺利吗？"

他说："也有拒绝的，不过都还好。"

然后慢慢说，比如有一次在星巴克，瑞典的一家人给他签名，和他聊天，服务员却过来干涉。还有遇见的老美都会夸他"Good idea！"

我说你第一句说"你好，打搅一下"，不好。

他说那你觉得呢？

我想了半天，发现想不出来。于是摇摇头，然后相视一笑。

意外地发现我今天带了个小本子，本子上都是我以前的一些小画，撕下来一张送给了他。他高高兴兴地谢了几遍。

那个叫娜娜的姑娘一定会很高兴的。20 岁，多好的年纪呀。到了我这么大，这样的礼物不会让我感到幸福了，我会忧心忡忡地想：等这个男人长大不知道还要过多久。所以也不会有人为我做这些。

说真的，我发自内心地喜欢这样的孩子，遏制不住地羡慕。他们从来没有被挫折伤害过。眼神清澈温柔，似乎会有这样过一生的福气。

我想，这件事情挺有意思的，我应该记住，等哪天随意地跟某个人一说，就显得我遇见过很多这样的事，也是个蛮有福的人。

不过我没忍住，还是写了下来，因为我很少会遇见，并且很快就会忘掉的。

20 岁的小情侣们，你们都好吗？

我始终还
是不信
人生艰难

我有过一个叫做发条的朋友，我们是网友，最初他约我见面的时候，我非常鸡贼地约在书店见，这样要是实在别扭的话，大家还可以各自去逛不至于太尴尬。结果见了面，他热切地掏出了一叠破烂的稿纸，说那是他最近在写的剧本要给我看。我正要看，他又按住，说：但是，你看之前，我要先告诉你我的一生……

他这句话被我笑了半辈子。

后来和他的友谊里，也反复证明了他就是那样真诚的一个人。他说："每当我对一个女孩好一点，人家就要问我'你是不是想追我？'觉得太难堪了。"我大点其头。

他还说："其实我是一个分享狂。"我又大点其头。

他还说："我俩这样太好了，我不喜欢暧昧，我对你一点性欲都没有。"

二百多斤的死胖子凭什么这样说老子你大爷的！

跟他相处我一贯骂他。骂他伪小资，骂他假伤感，骂他整天得儿呵的不知道乐啥。其实真正让我受不了的是他干吗要这么纯情。

他的博客栏目分为：闲谈、小说、剧本、照片、诗歌，很装蛋。每次有"作品"就屁颠给我发地址，我基本没认真看过，滚动条30秒拖到底。我受不了这样感情强烈又狂滥的字眼：沉痛、绝望、感伤、害怕……

不过最叫人烦躁的是这样的：真好玩儿、真棒、可好了、嗯嗯。以及：我喜欢穿白裙子的长发的会撒娇的听摇滚的女孩。

我每次听他第一万遍说这些话的时候，所做的只有默默从一数到一百。

我的女哥们儿看了他的博客说：没见过这么像女孩的男人了。

我无奈地说："是啊，十分纯情又装得很色。"

"傻逼呗，怪不得泡不到妞。"

不过他不怪我。还是找我说话，请我吃饭，借钱给我。因为他实在太想要朋友了，他只有我这一个见面就骂他的朋友，如果我算的话。他的一生，简单一点就是小学没念完，中学没念完，大学没念完的，一路开除的混混的日子。

详细来说，我就不知道该怎么说——

三流电视里一样的酗酒揍人的父亲，母亲改嫁组成新家庭又生了弟弟，从小一个人在另一所房子生活，有几年甚至没出过门，打个电话有饭店服务员送饭来。没有吃过谁为他专门做的饭，没过过正常作息的生活，没学会抽烟喝酒泡马子，也没有学到任何安身立命的本领。没有人告诉他人生应该怎么走，哪怕是可以用来反抗的道路。

有时候我想，一根草，掉到地上就会生长的。人也一样。

他不时吹嘘在老家如何如何有许多哥们儿，如何混成小混混里最大的混混，成了混混世界里一个传奇，因为真的够土，真的全身名牌，金利来西装领带加阿迪达斯运动鞋外加裘皮黑大衣，在大街小巷一呼百应。

某天他回到遥远记忆里朋友遍地的家乡，会不会看到大家都在挣钱，买车，娶老婆，洗脚，上床，看韩剧，生孩子，没有人想念他？

这一生他只叙述过一次，以后就是兴致勃勃地反复说那个蹩脚剧本描写的爱情，他蹩脚的初恋，手都没牵过的初恋，那个女孩已经忘记喜欢过他的初恋，翻来覆去的初恋。所谓剧本也写这个，小说也写这个，随笔也写这个，诗歌也写这个。自那个初恋开始，往后的日子不管怎么过，过来过去还总是"十几岁那年的疼痛"。

也许那是唯一一次有人认真喜欢他，并且伤害他，像其他每个恋爱的少年一样。他很感激这种正常。这也是他认为这辈子干过的唯一的一件正经事。正经在，他在这个不怎么值得的世界，做了一件所有人都做过的事。以微不足道的初恋的名义，插了生活一脚。

我从来都不喜欢看他那些狗屁文学。因为他真正的伤感和他写下的那些不一样。真正的那种，我更加不愿意看。

谁会愚蠢地对区区初恋念念不忘？除非这是唯一敢提起来的疼痛。谁不敢提自己疼痛的爱情呢？那些不曾知道更痛的事情的人。

我一看他那些低级的爱情诗歌就嘲笑他：不自恋就会死吗？不敢想这件事：谁的生活少不了他？

网是他赖以生存的地方。所以他所有的 ID 都是"发条"或者"我叫发条"。我想是为了大家能记住这个名字，还有这个名字背后的这个人。需要这样做，因为网不是家。家里的人可能从来不叫你的名字，他直接叫你："我的心，我的命。"

但是那时候有时间，他还是会横贯八通线和一号线，在地铁上，晃过北京东边到西边的最大直径来找我。那个网，能不上，就不上。

"明年我的愿望是有个女朋友——还是有个女朋友。"

"听说混黑社会就有女朋友，我就去混黑社会，结果没成功。"

"听说搞艺术就有女朋友，我就去搞艺术，结果没成功。"

"现在听说有钱就有女朋友，我正在挣钱，不知道会不会行。"

我说："你现在挣多少钱？"

他说："我是月薪 800 广告打杂男白领。"

我说："哦，那我是底薪 800+ 提成记者实习女白领。"

"哈哈哈哈哈……"

我说："你为什么就这么想要女朋友？"

他说："我就怕我这么漂来漂去，哪天哗的一下全散了，谁也不知道。"

还有一些事我不会问他。我早就下决心不同情弱小。这个 183 厘米，180 斤的弱小大汉。

后来他终于交了一个异地的女朋友，当天凌晨一点给我发了个短信"春春！我恋爱了！"但是他没钱去看她，一直问我借钱，并不是隔了很久才去一次，是隔几天就要去。

我说，你们俩这热恋的激情要不要省着点用？

他说，就是要趁着热恋，有多爱就要多爱。

后来我就想，劝热恋的人冷静是不对的，因为能够热恋本身就很幸运，而且那是每个人的生活里为数不多的特别闪亮的日子。

他不但没还我钱，而且我离开北京后，在南方收入高一点了，跟他吹嘘我现在很牛逼，他高兴地说，不然我和我女朋友去找你吧！你拿一半工资养我们好不好！我把他骂了一顿然后同意了。……当然他们并没有来。

而这一段爱情的结局，也并不美好。我收到他的邮件时无言以对，不知道该对遭遇背叛的人说些什么。

他说："我始终还是不信人生艰难。"

其实我们早已经从彼此的生活中彻底消失了，我也不想他。因为我也始终不信人生会那么艰难。

最喜欢脆皮

　　脆皮是我这辈子养的第一只猫。小时候家里其实曾经养过一只小猫，它很柔弱，没有半个月就病死了，我们都不太记得它。妈妈于是就更不喜欢猫了，她说猫很冷漠，眼神也很怪，总像是在打量着你，不讨喜，又那么娇气。我也一直是那么觉得。

　　后来芙蓉把脆皮捡了回来。原本只是她出差，脆皮放在我家寄养几天，自己吃饭拉屎睡觉玩，路过桌子的时候，脚都抬得高高的，从来不碰到东西，养它和没养一样简单，就硬把脆皮要来了。芙蓉很舍不得，但是又觉得它更喜欢这能爬树的地方吧。一开始就是这样。

　　虽然又捡到和送走了许多猫，也喜欢看一些非常可爱的猫相册，但是回头想想我发现其实我还是不太喜欢猫，我只是喜欢脆皮。

　　它一到我家，立刻就自行找到猫砂和食盆，一点也没费心。大概只有四五天的时间，喊"脆皮"，它就会从某处伸头出来回应了。即使是刚刚流浪过，第一次被喂食的时候，它吃东西也是不快不慢的，从不护食。院子周围有几只流浪猫。一旦喂食它们来抢，脆皮就会让开。莱爸经常说，脆皮里通外国。我并不这么觉得。我觉得它也有点看不上它们。我敢肯定脆皮要是去流浪，它会自己打猎,不会去人家家里偷吃。我们家吃的也不算好,就是最便宜的那种猫粮。每天莱爸吃完饭换我回家吃,都是无人看管的满桌菜在它面前,它连闻都不去闻。

虽然不缺食物,可是它一直在打猎,抓鸟抓虫抓老鼠。身手敏捷,体态轻盈,像个真正的猫的样子。它到我们家个把月后,院子前后就再看不到老鼠了。

我后来捡了两只脐带都没掉干净的小猫,还不会拉屎。脆皮天天把它们抓过来搂在怀里舔,帮助我把它们养到活过来了。以为它当然是一只母猫。最近它完全长大了,才惊奇地发现其实它是公的。

每天晚上回家,门一响,它就从客厅的窗户跳出来,跑到门口看到我们了,再伸个大懒腰。也有些时候,它就直接坐在门口,好像在等我们的样子。

它并不喜欢被抱,但是实在要抱它也会义气地忍到底。从来不曾跳到我怀里撒娇,但当我在沙发上睡着时它就用一只手搭着我,一起睡。如果我坐在写字台前或者是别的什么地方,它就在附近趴着待上一会儿,然后自己去玩。我觉得那样像两个朋友,并不怎么需要对方,却愿意彼此陪伴。甚至它比我花费的耐心还要多一点。

我没给它买过玩具,但是它自己找到很多玩具。例如院子里的轮胎、树桩,还有墙上的壁虎和玻璃上的飞蛾。它从小啃到大的那一根最喜欢的草被我不小心拔掉了,它找了三四天,把那盆仙人掌的每个手掌都尝了一遍,最后改吃车前草了。实在所求甚少。

虽然它没有一个可爱的大头,可是它有特别长和硬的胡子,一看就知道是有用的。它也没有可爱的白白的爪子,但是它的指甲锋利有力,也很明显是一样兵器。它的尾巴特别修长灵活,含义丰富。总之,自从它长大后,就再也没有为萌而生的部位了。

有一回它在玩一个布袋。钻进钻出的,我觉得很有趣,就把布袋的提手绕在它脖子上戏弄它。它大概花了 3 分钟的时间挣脱后，缓缓地，深深地，看了我一眼，长长的尾巴像旗杆一样竖着，然后迈着猫最骄傲的步伐，慢慢地走开。那一眼看得我很惭愧。

它睡着的时候也常露出很天真的样子。比如露出一丝舌头，或者四仰八叉胡睡一气。让我觉得它很相信我。虽然它一刻也没懒惰和放弃自我，但其实它还是很相信我，这也让我更喜欢它。

我不太能接受自称是猫或狗的"麻麻""粑粑"的做法，甚至不能把"它"改成"他"，无法把它当成孩子，也没有把它当成人。我喜欢脆皮，因为它是一只好猫。

不知道如果我第一次养的，是那种眼睛圆圆憨态可掬会撒娇的猫，是不是就觉得那样的猫最好，已经无从验证。现在这样就是我和脆皮的命运了。

多比不爱吃东西

多比总是胃口很差的样子。只要和多比一起吃饭，我都基本上吃不着肉，都挑给它了。哪怕没和它一起，只要碗里有肉，都会觉得内疚，因为没有留给它。它把我训练得真够可以的。

今天我把牛肉面里的牛肉挑出来给它吃，它也不吃。脚边许多牛肉，它闻一闻，不吃了，还是站起来扒我的胳膊，使得我被扒拉得筷子经常伸不进嘴里。

如果我把它抱到腿上，它也不会去嗅桌子上的东西，而是乖乖趴在腿上睡觉。因为这样，不管去光顾什么样的餐厅，即使是不欢迎狗的餐厅，我都可以把它藏在自己怀里。因为它一动都不会动，更别提去为难餐厅的经营者，或惊吓其他担心狗的顾客。

多比几乎不吃狗粮。但如果我也假装一起吃，舔一舔，一颗一颗地喂它，它也会吃一些。不需要工作的休息日，我在家宅着不吃不喝一整天，多比也不吃不喝睡上一整天。狗盆里的狗粮，照样不吃。饿了一天再出门，我都眼冒金星摇摇晃晃了，它还是欢蹦乱跳的。

我总是隐隐觉得，多比似乎不需要吃饭。之所以我吃饭的时候它总是在旁边张罗，是因为它害怕孤独。比起吃东西，它对趴到我腿上睡觉更有兴趣。随时，随地,哪怕是出去打架这么大的诱惑,打完了也会马上回来找我,扒拉我的胳膊,发出各种各样的呜呜声,要求趴到我腿上睡觉。

我们一起在路上走,去沙滩,去山上,遇到别的狗,每一只都会冲过来和多比打闹,它虽然总是个头最小的,却以为自己很厉害呢,勇猛迎战。但是多比从来不会和别的狗越追越远,而是像个卫星一样盘旋在我脚边。这样,别人的狗就会跟着多比越跑越远。如果恰逢是跟着我去跑步,那我的脚边就会盘旋着多比,多比身边盘旋着一串狗,一串狗后面又跟着一串主人。形成一个短暂的、以我在最前列的、跑动的阵列。作为许多狗主人中的一个,这样的形势在尴尬呵斥之余,也不由得暗自得意。出门是多比最开心的时候。一只狗,居然表情那么丰富,笑得那么高兴。看到多比笑哈哈的样子,虽然爬山下海会把我累得像条死狗,为了让它高兴,偶尔也会强打精神,拼老命带它出去玩,然后就觉得自己还是挺有用的。

但它沮丧时是那么沮丧,耳朵、眼睛、嘴巴和尾巴都会垂下来。那往往也是我很沮丧的时候。如果我也是一只狗,那就是两只垂着尾巴、噙着眼泪的狗。

因为总是要带着多比,我的活动范围缩小了很多,尽量只在店里和家里之间来回,平时吃饭就固定在家门口这一条小街上喜欢多比的几家小吃店。牛排店,麦当劳,饭局或城里的大饭店基本都不去了。

也因为多比的原因,我的活动范围也扩大了一些,去海边,去爬山,去公园,甚至朋友开车去远郊玩,也因为觉得多比会喜欢,而多一点动力前往。

阿紫教育我,狗是一种天生应该在床上睡觉的动物。我以前无法想象别人让狗上床睡,是怎么克服卫生问题上的恐惧的。后来我自己也克服了。呼,其实就是变成三四天换一次床单被套。而且,早上,狗一脚深一脚浅,踏着我的身体走到枕头上,探头探脑来看我有没有醒,闻到它的狗味也不觉得难受了。好像那本来就是我生活中的一部分。我在床上它就要在床上,我起床在屋子里活动，它就到沙发上接着睡。因为察觉盖我羽绒服时它睡得最好，所以羽绒服脱下来就是它的了，变成了它最喜欢的被子。

因为它亦步亦趋，我有时候都感觉被它关在了一个无形的笼子里，我不能随便出门，不能随时起身，连伸手去够水杯，或者去上厕所都要费一点踌躇，怕吵醒它。而多比就是那个看管我的狱卒。

它依赖着我又看管着我，有时候也感到很累。尤其是有车从我们旁边擦过时，我无论如何也不能忍住感到心脏被重击的尖叫。它已经又撒欢儿向前跑了，我还按着胸口努力平息惊悸的情绪。我总是担心没有照顾好它。有时候希望它能像我以前那只猫"脆皮"一样离我而去，生死有命，自由自在。有时候看到它在我腿上转几圈，趴下，满意地叹口气然后渐渐睡着。看到它被人训斥，睫毛上亮晶晶的眼泪，把脑袋扎到我胳膊弯里一动不动，又决心无论如何要陪着它、保护它，直到它健康快乐地老死。有时候从外地回来，因为之前把它交托给朋友照顾几天，到家时所有的情景都没变，只是少了一只狗。在那样的情景里坐下来细想，它真的走了我会怎样，就觉得难以忍受。看到它在沙滩上使劲儿刨个坑跳进去，然后抬头对我笑的样子，又觉得时间静止，心中感激。

可是，我不会永远爱你的，多比，你只是一只狗啊。

我应该还有许多别的生活不是吗？我是人类。

我们人类和狗不一样，要操心的事情很多。有时候，没有那么多精力爱别的东西。

那时候，你可要坚强一点啊，多比。

那天晚上，一只摇摇晃晃的小萨摩，像个脏雪球一样滚到我脚边，睡着了。

店门开着，就是这样。天天也是这样来的。

天天那时候很小，和我的鞋子差不多大，身上没有几根毛，又很脏，浑身都是泥土和涂料。它不知道从哪儿跑来，在我的店门口，我开门，它就进来，关门的时候就在门口的长椅下睡觉。黑黑的眼睛盯着我看。

我想：再过三天吧，如果你还不走，就收养你。

结果第二天早上下雨了。我睁开眼睛就想：那只小狗不知道怎么样了？

赶紧跑到店里去看。长椅下没有它了。觉得很不是滋味：会去哪儿呢，那么小，可能会生病，也许这还是它第一次见到下雨，因为下雨打雷而惊慌失措，被车轧了——我干吗非要等三天呢？

这样想着我就叫了两声：天天！天天！这只是个随口乱取的名字，叫过它一两次而已。没想到它就跑出来了！咧着嘴欢蹦乱跳地扑我。我赶紧蹲下一把抱起它，紧紧搂着，绕过许多水洼走回家。

给它洗完澡放在腿上擦，擦完背和脑袋，又翻过来擦肚皮。肚皮是粉红色的，上面有些褐色的斑点。擦着擦着它就那样仰面朝着天，沉沉睡着了。一只小狗，热乎乎地压在我腿上，小脑袋也沉甸甸地垂在我手上。我没敢动，心想，就这么叫天天了呀？还没来得及好好起个更酷的名字呢。

那只小萨摩在我脚边打蔫儿，毛很蓬，抱起来很轻，逗它也一副睁不开眼睛的样子。我打电话请村里的宠物医生小杨来看看。杨医生把它抱回去，一查，是犬瘟，体温40°。我就没在网上继续找它的主人，主人大概是知道的。

星期二，店里休息。中午吃完饭我就骑车去医院看看小萨摩。这时候我心里又给它起了个很挫的名字"Lucky"，希望它有好运气渡过难关。天天也高兴地跟着我，跑得很欢。

这条路其实天天常走，因为那个宠物医院就在菜市场旁边。它差不多每天早上跟着婆婆去买菜。婆婆骑小电动车，它鞍前马后地跑。有时候不称职，自己半路先跑回家。有时候在菜市场不耐烦了，也自己跑回家。有时候它还自己走另外一条路。不管怎么样，它会自己回家，趴在门口等着家里人回来开门。

去超市买东西，跟它说："不许进去哦！在这里等着吧。"它就趴在车子旁边等。中秋节大家一起去采购博饼的奖品，在超市里逛了一个钟头，买了七八大袋的东西，它也没跑开，就在车子旁边等。

有人指责我：你遛狗不牵狗绳，活该你丢！但是这样的狗，谁会愿意拿狗绳拴着它呢。

平时开店，差不多时间到了，它就站在门口等着开门去上班。天气变凉了，它到店里追着太阳光挪地方睡觉，去街上和别的狗打架，打不过就跑进屋，几只狗徘徊在门口堵它，它就缩在屋里装死认怂。不过从来没有因为打架受过伤，大概也并没有什么大矛盾，就跟小孩子斗鸡一样吧。住在乡下不就这点好吗——养只土得不能再土的狗，让它尽情玩耍。

晚上要打烊回家，它一看我们在收拾就明白了。远远跑出去，前前后后地

红叶石楠 (叶)

Photiniaxfraseri

常绿小乔木。叶革质，长椭圆形至倒卵披针形,春季新叶红艳,夏季转绿,秋、冬、春三季呈现红色,霜重色逾浓。低温更佳。

红叶石楠（叶）

Photiniaxfraseri

肿柄菊

Tithonia diversifolia A. Gray

一年生草本植物。茎直立，有粗壮的分
枝。叶卵形或卵状三角形或近圆形，叶
柄长头状花序顶生，花舌状或管状，黄色。
不耐霜冻。

肿柄菊
Tithonia diversifolia A. Gray

重瓣扶桑
Hibiscus rosa-sinensis var.rubro-plenus

落叶(常绿)灌木或小乔木。直立多分枝，
叶互生，先端渐尖，边缘有锯齿。花腋生，
花瓣倒卵形。性喜温暖。

重瓣扶桑
Hibiscus rosa-sinensis var.rubro-plenus

菠菜
Spinacia oleracea L.

一年生草本植物。主根发达,肉质根红色,味甜可食;基部叶和茎下部叶较大,深绿色;茎上部叶渐次变小,戟形或三角状卵形。不好吃。

菠菜
Spinacia oleracea L.

藤本月季
Morden cvs.of Chlimbers and Ramblers

落叶藤性灌木。以茎上的钩刺或蔓靠他
物攀缘。单数羽状复叶,小而薄,托叶
附着于叶柄上,互生。花单生、聚生或
簇生。全身开花。

藤本月季
Morden cvs.of Chlimbers and Ramblers

鸡矢藤
Paederia scandens (Lour.) Merr.

多年生草质藤本植物。基部木质，多分枝。
叶对生，纸质或近革质，果球形，成熟
时近黄色，有光泽，平滑。揉碎有恶臭。

鸡矢藤
Paederia scandens (Lour.) Merr.

奔跑。每条巷子都进去看看，开着门的院子都跑进去和每只狗打个招呼。一直听到它被别家的家长呵斥：出去！不要打架！但是每个拐弯它都停下来，扭头望着我来的方向，等看见我了再继续往前跑。

要是下雨，村子里的地都泡成了狗屎汤。泥泞的地它不喜欢，绕着走。绕不过去的地方，居然还站起来让我抱。一只越长越大的土狗，脏兮兮的，还要让我抱，不抱就不走。第一次抱它回家是个下雨天，难道每个雨天都要这样吗？一个又矮又瘦的妇女，一只手打伞一只手抱着只脏兮兮的大土狗走在泥泞的狗屎汤里，真是狼狈啊。

但是这种狼狈还比不上遇见了它的宿敌小黄，或者那只大哈士奇。小黄也是只土狗，小时候比天天大只，长大后比天天小了。以前天天很怕它，也要抱着才能路过小黄家门口。后来天天会冲它狂吼：你又打不过我了你干吗还烦我！小黄有个保镖是只金毛，后来金毛怀孕，不跟它们小孩子玩了，天天就更不怕小黄。

但遇上那只大哈士奇就真的惨了。我只能在后面撕心裂肺地喊：天！天！快！跑！我……也……打……不……过……它……路人纷纷向两边闪躲，哈士奇的主人跑得也没有狗子们快，在后面气喘吁吁地骂。而且厦门的人总是穿拖鞋……啪啪啦啪啦啦……听说哈士奇有"撒手没"的美名，确实名不虚传。

在家里看电影的话就把脚放在它身上，在店里坐在门口一起晒太阳，给它挠肚皮挠下巴摸狗头，帮它洗澡梳狗毛被它舔到脸，这些都很开心。最开心的还是一起去海边，看它刨沙坑，把头扎进坑里，或骄傲地卧在沙堆上。如果是深夜去散步，有它在也很安心。在海边散步的每一个人风景看腻了，都会招呼那只高高摇着白色尾巴的土狗过来玩。

给天天做绝育是最痛苦的时候。把它送去医院，回到家痛哭流涕。手术很顺利，刀口也恢复到了完全找不到的程度。只是天天的腰细了一圈，显得腿更长。人们都说狗对绝育没有感觉，我却总觉得天天从此变得有点忧郁，也不知道是不是自己瞎想。

后来我观察了一下，满街的母狗大都生育过，夹着尾巴低着头匆匆跑过，很少见到像天天那样抬头挺胸，闲庭信步，精力充沛，尾巴高高翘着的母狗。我猜对母狗来说，生育并不是一件很愉快的事，才会那样小心。这样想着安慰自己，但每次总要咬咬牙，跟天天再说一遍对不起。如果生出一窝又一窝的土狗，我没办法养，也很难找到人要的，天天。

我觉得每一个养过狗的人都有体会：不管你是不是只出去了 20 分钟，再见到它时，它都像失而复得一样快乐和委屈。我的心里也有些隐约的不安，不知这一切何时会结束。

我骑车去宠物诊所看 Lucky，天天摇晃着蓬松的白色大尾巴跟在后面。我停好自行车，附近两只狗立刻冲过来和天天打闹在旁边玩。小杨医生出来和我说话。我们站在门口说了大概三句话，我转头去看它，就不见了。

想过很多次，天天是不是以为我有了小萨摩不要它了？否则它怎么会瞬间就消失，而且再也不回来呢。这是个误会啊，就不能给我一个机会，解释一下吗？

现在想想，我并没有尽全力找它，我没有印带照片的寻狗启事全世界去贴，没有悬赏，更没有登电视广告。我只是骑着车在我知道它会去的街上喊，天天……天天……希望它能再像那个下雨天一样，欢蹦乱跳地迎向我。一次也没有。当时忘了告诉你，每次都要那样。

Lucky 在诊所里治了一个星期，小杨医生说它不行了。狗瘟本来就很难治。这时 Lucky 的主人找到了我，是个年轻女孩。小杨医生打电话问我要不要让

Lucky 安乐死，它已经很痛苦了。我把这个决定交给它真正的主人去做。她勇敢地去送了 Lucky 最后一程，我没有去。天天离开我也没有送，Lucky 也没有送。

总有个印象，好像某天深夜我在电脑前，有个女孩在 QQ 还是什么地方问了我一句：天天在干吗呢？

我不记得我怎么回答的了，也不记得问我的是谁，也不记得到底在什么软件上问我，甚至不知道是不是真的有人问过。相关的信息一个都想不起来，只记得那个问题冷不丁冒了出来，而我的心为之一颤。那个情景反复发生，背景模糊而那个问题清清楚楚：我深夜坐在电脑前，四周都是夜晚，我不知道在看着什么做着什么，也许是半梦半醒。突然，从某处冒出一个清晰的问题，那是一个似曾相识的女孩的声音，她清脆地说：天天在干吗呢？

梦境仓库

　　我坐上火车式样的公交车，发现车下有个小女孩，她被列车疾驰带起的风吹得摇摇欲倒，看起来很危险。我就跑下了车，扶起她、搂着她，和她一起等车走掉。但这样一来，我就赶不上这班车了。

　　既然赶不上，就随意去逛逛。我在一片绿地遇见一只猫。我伸手去逗它，它却跑开，跑到了一只老虎身旁。

　　绿地上远远近近，还有几只猫和老虎在散步和交谈。我想：我一定是又迷路了，不然怎么叫我找到这么好玩的地方。好可惜，我下次一定找不到来的路。

　　这时有一只最美丽、最黄澄澄的老虎跑来和我说话。他还向我说起他的女朋友。突然我有一种感觉，他女朋友应该是只很漂亮毛很厚还有点妩媚的狮子。这时她来了，和我想的一样。那个英俊的黄老虎笑眯眯地问：是不是觉得见过她？我盯着她看，她歪着头一笑！

　　"啊！我都想起来了！"我喊道，"那边有一些树屋，这块地底下是一个教室！你！就是'梦境仓库'名片上的那只狮子！"

　　我掏出了那张名片，是的，就是她！我觉得可高兴了。我问他们，是不是已经梦见过你们了？他们高兴地点着头。我环顾四周，一切都熟悉起来。是的，这至少是我第二次梦见梦境仓库的事情，所以这个地方我早就来过了。

接下来我加入了组织的活动。

有一个女孩子身手很矫健，从来不在地上好好走路，总是在树上跳来跳去。老虎头领批评她，你不要总是躲在树里偷看人家的梦！这样不礼貌！

我觉得确实不礼貌，但是我也很想看。我很崇拜那个女孩子，但是她的工作做得不好，她分出去的名片，不是被丢到了水里，就是在人们醒来时被忘记。人们常常随手扔掉一些名片，当他们看到这张，联想到那个树上跳下来的女孩，就以为遇见过一个魔术师，就随手扔掉了。

云上也有我们组织的人。他们其实不太关心组织的事情。那里大都是我以为已经过世的人。原来他们只是重新找了个工作。在梦里什么都有，想要什么都可以变出来，所以大家反而不想要什么了，组织里的人都没有什么财产。但那个树上的女孩子每天都换不同的衣服，都是猎装的式样，非常好看。

我一直没太弄清应该做些什么，但是有很多事情可以干。我陆续地参观了我以前的梦，还有别人自愿捐献的一些梦。非常愉快。比现实中的电影要好看多了。

人们不怎么把噩梦捐出来，因为往往都和现实太接近。

在梦境仓库我学会了飞，是跟另一个人的梦学会的。其实飞很简单，轻轻一跳就可以。

黄澄澄的英俊老虎告诉我，每次人们感到"这件事我梦见过"，就有我们组织里的人在附近，等着他们再想起一些事情来。但人们总是随便想一想就算了。

"一定要使劲儿想！我就会来见他们，然后带他们来梦境仓库！"他对我说的最后一句话是这样的。

然后我就醒了。这是我下午睡懒觉时做的梦。

我和她

我还记得那是个暖洋洋的春天，我坐在窗户边，老师在上面念，我趴在桌子上笑个不停，脸烫烫的。窗外长着矮矮的小树影投在玻璃窗上，绿色的油漆窗框和绿色的树……我心里想，多么快乐的童年啊！多么伟大的友谊啊！那时候我可能还不明白，但那就是想念吧。

家里人

::妈　妈

我妈不是一个普通的妈妈。

隔壁的蓉蓉吃饭很不乖，到处跑，她妈妈总是拿着碗和勺子跟着她，趁她不注意就塞一口，有时候也会气得打她。我家从来没有过这个问题。小时候，我有一次赌气不吃饭，我妈劝说无果，就收了碗筷，并把家里吃的全部藏了起来，从此我就不赌气了。我妈说这招她是跟我外婆学的，我外婆曾经饿过她两天。眼都绿了。

小表侄的成长经历也可以印证我妈的非凡。他一到两岁在乡下长大，被当成心尖上的肉一样疼着，他半夜哭闹，他外婆就开电视给他看，一个一岁的小孩，居然养成了半夜一点看电视的习惯，谁都拦不了。别人看他长得可爱，就来摸他头捏他脸，他就仰着头骂：孬逼孬逼孬逼孬逼孬逼孬逼孬逼孬逼。大人们都丢人丢崩溃了。

后来，他落入了我妈妈的魔掌。在他还只和桌子一样高的时候。有一回他又大哭大闹，我妈妈抓住他的手脚就把他扔到屋外去了，关上门，一次就治好

156

了任性的毛病。

我妈说："奇怪，他自己居然都记得，他还很来劲地说——还剩一只鞋子在屋里，也给我扔出来啦！"

我想讨论一下技术细节，问："要背朝下扔吗？怎么扔才能不受伤呢？"

我妈说："没有什么要注意的！扔出去就行了！"

我冒了一头汗："那扔坏了可怎么办！"

"坏了就算了！"

我又冒了一头汗，说："那么倔，哭坏了怎么办？"

我妈又说："又不是没整病过！"

我于是又听说一件让我满头汗的事：小表侄的嗓子天生就不好，扁桃体特别容易发炎，偏偏特别喜欢吃辣椒，一吃就病，也拦不住。终于有一回家里买了些特别辣的辣椒，大人吃一个就得喝冰水才受得了的辣椒，他一定要吃！我妈说，那你吃。他一口气吃了五个，然后辣得伸着自己的舌头，两只手轮流挥。这一回病得厉害了，扁桃体发炎，又引起发烧，一共病了半个月。

我说："那姐和姐夫随你整他？"

她说："是啊，他们都看着呢，不做声！"

"那他们可真是太信任你了。"

我妈得意地说："我现在太会带小孩了。"

从那以后，小表侄一吃饭，就问："这个菜里有辣椒没有？少放一点辣椒啊！"也从那一次以后，再也没得过扁桃体炎。但我不禁又冒了一头汗。我妈可真是个暴君。

我妈说起她年轻时候的女友，都说：我们那些青年妇女。伴随着这个称呼后面的故事，是愉快的团体劳动，青年时代的往事、红润的脸，还有朗朗大笑。

说她们去做清明，要经过挡路的小溪，一人扛起一块石头，扔进河滩涉水而过。说她们带着锄头，有说有笑地路过爷爷家门口的土路。我后来再去爷爷家，还是会看到那样的景象：一些"青年妇女"背着锄头或骑着自行车，大声说笑着路过中学对面的那个池塘。

说佩珍阿姨年轻的时候有两条又粗又长的大辫子，跳皮筋上下翻飞。佩珍阿姨最会玩那些女孩的玩意儿，抓子，踢毽子，跳橡皮筋。

我妈妈小时候就迷上看小说，整天闷在书里，剥玉米这样的活计都不会。但妈妈会给她的朋友们讲书，哄一大帮人到家里来，听她讲书，不知不觉地帮她剥完所有的玉米。

她年轻的时候成为一名会计，在食品站工作。那个年代的屠夫看不起坐办公室的臭老九，男人看不起女人，双重歧视。我妈妈一个不服，就学会了杀猪。一个20来岁的女孩，穿着黑色的皮围裙，按倒一头猪，干脆利落地手起刀落，想想真是很酷。后来我妈走到哪儿，那帮屠夫叔叔们就跟到哪儿，拜她是老大。后来我妈妈结婚生孩子，叔叔们也都很疼我。

她常哀叹为什么我长得这样弱不禁风。"我像你这么大的时候，一只手能拎半边猪。"她总是这样说。既杀猪，也去屠凳上卖肉。后来念书读到北京某某百货有个全国模范售货员，卖糖果不用称，一掂就知道多重。我还想，这很稀奇吗？我妈下刀的时候就知道这一刀要割下多重的肉了。

她本职的业务也顶呱呱，到现在已经60多岁，对数字依然非常敏感，家里每月每年的收支，都能心算精确到个位数。

我们小孩子吃手指，把手指甲都啃坏了。她就给我和哥哥在胸前吊了一粒甘草片。因为甘草比手指头好吃，所以我们就不吃手指头了。我4岁的时候，看到我和其他小孩子在高楼外的屋檐上追跑嬉闹，极度危险。她也没有打我骂我，去买了个大西瓜，带我们站到那个楼顶，然后把西瓜扔下去。叫我看：你看，摔下去就是那个样子。

我小时候身体不好，上了小学还会尿床尿裤子。妈妈怕我自卑，往床上泼了点水，说，你看，大人有时候也会尿床。

还有一次，在家里看《哪吒闹海》，看到哪吒自杀的时候时间到了，我只好一边伤心地大哭，一边去上学。然后远远传来我妈妈的声音，她在后面边跑边喊："哪吒没有死——被他师傅救活了——不要哭了！"她追了起码二百米。

可能还只有不到10岁的时候，妈妈就和我说，不要让男人和你太亲密，更不要让男人碰你。洗澡上厕所，就算是爸爸和哥哥也不能看。读到小学四年级，一次我和另外两个小女孩看天上的飞机，追着它一直跑到了一个没有人的山头。一个20多岁的男人来和我们说话，然后挨个儿抱我们，说要看看有多重。我看到他抱起一个女孩，撩起了她的衣服，突然觉得不对，灵光一闪，大喊一声：我们快跑！我们就这样跑掉了。很难想象如果妈妈没有早早地告诉我那些重要的东西，当时会发生什么事。

她缝袜子，发明了天衣无缝针法，从里面缝，用针把线横横竖竖，顺着袜子的纹路，硬是把线织成一块布，线头藏到看不见也摸不着的地方。不管多大的洞，补过以后不仅穿着不会硌脚，连看都不太看得出来。

在阳台上种东西，她觉得需要比较肥的土，就用铁钉、肉皮、鸡蛋壳、烂菜叶，各种各样的东西沤烂，来分别制作她要的土。一尺高的一株茉莉，开出几百朵花数都数不清。一株茄子秧结八个大茄子，阳台上种的菜而已，长的菜居然全家人吃不完。后来去大院里开荒种菜，她觉得挑水麻烦，一个人敲敲看看，竟然自己在菜地里挖出了一口井。

我初中的时候第一次收到情书，非常忧心。试探地拿给妈妈看。妈妈仔细看完，然后喜滋滋地叠起来还给我说：青春真好，还有人写情书哪。我后来听说很多女孩子不再对妈妈说心事，就是从第一封情书开始。而我却松了口气，好像也没有什么事是不能和她说的了。

我 14 岁第一次出家门，要去外地念书，惶惶不安。自己收拾行李也不知道收拾得好不好，请她来看，她随便看了一眼说：很好！我都收不了这么好！这是我的成长里很重要的一件事。她和 3 岁的小表弟一起看《天堂电影院》，少年在少女窗下苦等而窗户不开。弟弟问我妈：她为什么不开窗户啊？我妈懒得解释，说：她怕他用弹弓打她！到最后那个许多拥吻串起来的镜头时，她也和我一样热泪盈眶。

我们之间，也不都是美好时光。青春期叛逆时，我跟她争吵，说出操蛋的话："等我长大了，还了你们的钱，我就再也不欠你们了！"

她沉默良久，叹了口气，说："我们大人有时候也心情不好，你看看还珠格格里的小燕子，她总是逗皇阿玛高兴，你就不能也哄哄我吗？"

当时十几岁的我，拼尽全力准备跟妈妈大干一场，她却在盛怒之时，告诉我她的软弱，她需要我。那个不懂事的少年，终于意识到了一点自己该为成长负起的责任。

她也曾经很粗心，小时候上学，爸妈很少接送我，下雨也一样不接。但是家里的伞都是长柄的大黑伞，我个子很矮，不喜欢带那种大伞，所以经常淋雨。过了十几年，我随便抱怨了一下这件事，她后来几次跟我说："那时候我怎么就那么蠢，不知道给你买把小伞呢？也是第一次做父母，你也要原谅我们啊。"又一次回家，她给我买了把最轻便的小花伞，叠起来像个小棍子。这时我已经 30 岁了。

疯狂辗转在全国各地考美院的那些年，她曾经来到北京看我。后来爸爸病倒了，妈妈去陪护，我却并不知道这些事。在我最后考试前后、爸爸大手术的时候，不眠不休地陪护四十天回来，她竟然还胖了些。她说虽然没怎么睡觉，但是爸爸吃剩下的东西，不管是什么，她都搅一搅全部吃掉。受不了的时候，就自己跑到厕所里去哭一场。她说：要疯掉还不容易吗？我要是撒手疯了，还有谁能像这样照顾他，我两个孩子又怎么办？

爸爸终究还是因为癌症去世了。她规定自己每天痛哭一个小时，剩下的时间就要振作起来。因为她的两个孩子都还小，她不能倒。

命运是猜想不透的。爸爸去世一年后，我刚考上大学，突然也卧床不起。我生病已经一个月了，但我不知道有多么严重，一直跟她说没事没事。妈妈还是来了，等她推门走进我宿舍的时候，我已经躺在床上不能动了。

她一进来站在门口，我说，妈。就哭了。

她说莫哭莫哭，我说你先等一下，我还想再哭一会儿。

我不知道自己还能不能好，也许会瘫痪或者死掉。她就背着我，一家一家医院去看。

当时在北京看病太难了，中日友好医院 80 多岁的老专家，半个月出诊一次。每次排队要排四五个小时。我连躺着都没有力气，还要坐在人山人海的地方候诊。妈妈的心应该已经被烧焦了吧。她摸着我因为打了很多针而布满淤青的手轻轻说：不知道有没有那种神仙，能把你的病摘下来放我身上。

病久久没有确诊，我除了不能走，连手指都没有力气了，喝水都握不住杯子。医生也没建议住院，现在想想，当时家里也没有钱可能也是个原因。爸爸才刚病逝一年，当时为了给爸爸看病已经卖掉了家里的一处房子。

那些日子，宿舍里有六个女生，我俩就睡在我们宿舍的小床上。上铺的女孩一米七六，上上下下晃得很厉害。我又很疼，只在凌晨能睡一小会儿。妈妈为了让我睡好一点，总是蜷在最小最小的角落里，而且很早就起床，我到现在都不知道她到底几点起床的。

我的同学告诉我，遇见妈妈在空旷的操场上独自痛哭。那是爸爸刚去世一年，这个家庭还没从沉重的打击里恢复，就接踵而至灭顶之灾。这一切又落到了妈妈的身上。若换个人做我妈妈，也许我们就都活不下来了。

在北京治疗三个月后，连医生都不怎么搭理我了，说住院也没有什么意义。我一步路也不能走，她就背着我，从北京跋涉两千公里，的士、火车、小巴、大巴、三轮摩托车、板车，把我弄回家。她到处寻访奇怪的方子和疗法，又把我背去各种奇怪的地方治疗。最后，她自己研究医书，研究疗法，自己试药开药，在自己身上试针，给我打针。她甚至琢磨出了一套按摩的手法，能准确地摸出我任何地方的疼痛，并说出疼痛的程度。

半年后，我站了起来，回到北京去读书。

这是个什么样的女人啊。

有些事后来我知道了，有些事，可能我永远也不知道。

有一年我写了两篇小说。在一个挺糟糕的情况下，这些小说是个发泄，灰暗消极。十几年后，我妈妈突然提起那两篇小说。她说，"当时我想，这孩子应该活不成了。"就停住，然后眼睛红了。

我又回忆了一下当时她看到的反应，她当时笑笑开了个玩笑："你们小艺术家啊，还是少写这种东西。"后来就再也没提过。

我还自以为是一个很敏感的人，当时觉得她也没怎么当回事。

她在觉得"这孩子大概活不成了"的心情中，说出那种话，是怎么做到的呢？她是怎样看着我吃饭，睡觉，坐在电脑前。我说话的时候她该怎么应对，沉默的时候她怎么和我相处？她是不是不眠不休地留意着我的一举一动，在忍受着即将失去我的巨大惊慌时，仍然在工作，煮饭，吃饭，保持健康和镇静。她是不是也做好了失去我的准备，在她的身躯里，心是不是已经碎成了渣。

我竟然让妈妈经受过那样的煎熬，忍了十年之后，终于在我面前红了一下眼睛。在那之前我没有写过小说，在那之后也不再写了。

还能说什么呢，自责都是一种虚荣而已。

有这样的榜样在前，善待生命的决定也越来越清晰。我只能说，愿我不虚此行，所有的期待都有回音。更愿她承受的，疼痛的，爱着的我，让她的生活更有意义。

妈渐渐老了，成为一个可爱的老人。

我总觉得她是个很有智慧很大气的女人，爸爸去世后她并没有沉溺于悲伤，使我更加彷徨，却告诉我生命是自己的，不管遇见什么事情都要活得快快乐乐。她六十多了，还在忙来忙去，觉得自己还能做很多事情，还希望能为我们创造更好的条件。

她有一回跟我的好朋友提到，我从来不当她的面为爸爸的去世哭，她很不放心。我有时会想，不知道她充实和快乐的样子，会不会是做给我看的。那一年我回家，破例起了个早，发现她在阳台上对她养的鸡说话：你看看你，吃你自己的那些啊，干吗要抢她的啊。

我想自言自语的人心里是不是很孤寂。对于她的忙碌，我不敢心酸，怕辜负她的聪明和心意。

从小到大，她从来没有像很多妈妈那样，说她怀我的时候吃了什么什么苦、落下什么什么病之类。她总说我是她不惜一切代价一定要的宝贝孩子。她轻巧地说：生命是瓜熟蒂落的事。给了我很深切的安慰。我想也许我没有什么问题，也许我不是个麻烦，我只是太年轻了有些事情还没搞明白，也许我的孩子会快乐。

和妈妈分开的日子里，我常常想到她。种的薄荷也想她，只要妈妈在，它们就都卖力地发着新叶，很快就长成绿绿的一丛，妈妈一走，它们就在很快的时间内枯萎下去。我为它们翻土、浇水、施肥，希望它们恢复生机。做这样的事情时，每一步都好像听见妈妈就在旁边，叮嘱这个，叮嘱那个。好像我做这些也不是为了种薄荷，只是为了想一会儿妈妈。

今年3月，她到厦门来看我，我们去海边散步。妈妈说，她以前不是很会走路，现在因为腿脚没有以前好，反而领悟到一些事情，变得很会走路了，她说："要把手甩开，专心致志，不要突然的快，也不要突然的慢，好好的呼吸。要这样，一脚一脚地走，走多远也不会累。一脚一脚地走就可以了。"

她平静地望着前方，均匀地走着路，因为那样认真而仔细，显出协调而动人的姿态。我望着她，因为发觉自己突然涌出的热泪，不得不把头转向海的方向。

她一直喜欢看我写的作文。要出一本书了，我想对她说的话，想了很久终于想好。

千言万语变成两个字：幸会。

::爸　爸

我妈说我本来应该生得更泼皮些。

一岁的时候刚断奶，爸爸要跟着跑船的四叔出去玩，妈妈不同意。就威胁他：去玩要把女儿带着。本想着带一个刚断奶的娃娃，爸爸肯定就放弃了。但我那夏天四点钟溜起床、穿棉袄偷学滑旱冰的贪玩爸爸，当场就答应了。

那是一个漆黑的夏夜，我们先上竹筏，渡到小船上，再经过一片更黑的护堤柳林，上到驳壳船。1983年长江发大水，江水荡漾，深不可测，几艘孤单的船停在柳林边。妈妈在后面喊：毛，毛，妈妈走了啊？毛，毛，漆黑啊。她已经后悔了，希望我稍作反抗，就把我抱回家。我却沉默着，沉默着，一言不发头也不回地任我爸带我踏上叵测的旅途。

苏州杭州上海，乘一艘很小的驳壳船。爸爸在舱里睡觉，我自己到处爬。爬到船舱外，船沿只有一尺来宽。大江上风浪阴沉，不知道渺小的我趴在船边，望着漆黑浩渺的江水在想些什么？

总之，我爸爸从午觉中醒来，第一件事就是找了根麻绳把我拴在船舱上。船上的人们只有锅巴吃，我吃用锅巴泡的水，一共二十天。（所以养孩子也不难，系个绳子拴阳台上，撒点米就行了。）

我当时的样子，用妈妈的话说，是"三根筋挑着一个头"。那是一个夏天，到上海时天气热，爸爸在树荫下把衬衫垫着我放地上，用手给我扇风。许多人来围观，指指点点，啧啧叹息：这个瘦子男的，带着孩子来逃荒。

这二十天的时间，没有电话没有通讯，妈妈联系不到我们，人在哪里，是死是活都不知道，急得半疯了。

某一天，妈妈慌慌张张地丢下手里的活计飞跑到门外：果然，我和爸爸出现在家门口。我见到她就搂着她，发了三天高烧不松手，不许她躺下不许坐下，那几天她抱着我，只能斜倚在床边打个瞌睡，哪怕搂得不够紧我也会没命地哭。

"你爸害你一生。但你也是活该。"她愤愤地这样总结道。

很多年很多年以后，我看看我爸的相片，跟他会心一笑：妈不懂。

记忆总是温暖的。

小时候大便都是爸爸帮我擦屁股：屁股翘起来，抱着我的腿。那时候我特别爱尿床，有一次一晚上尿了七回。我打一枪换个地方，直到最后整张床都尿湿了，他就睡在尿的沼泽里，我睡在他暖和干燥的胸口上。

他很爱玩，会用二胡学人说话：张春，你吃饭了吗？我一直笑：我吃了！他又用二胡问：你吃什么啦？他还带整个大院儿的小孩上山野炊，一起挖灶，捡柴，烧火，煮饭。

上学后很害怕爸爸帮我削铅笔，因为他会把短短的铅笔芯削出四个角！他说这样一个角写钝了，还有三个可以用。他这样说的时候都很得意。我只好带着这写几个字，铅芯就会变得很圆很圆、写出来的字一团糊的铅笔去上学，怀着大难临头的预感，心里很痛苦。妈妈帮我削铅笔那就好多了，她会削成比较正常的模样。

他管妈妈叫：胡同志，妈妈管他叫：大老张。

爸爸以前很健壮，会把妈妈扛在肩头在屋子里打转转玩。他年轻的时候，人人都说他长得像《乌龙山剿匪记》里的小马，我长大了以后电视里放那部电影，已经微微老了的他，还有一点不好意思地，叫我去看像不像。

哥哥离家16岁，我离家14岁，再回家，发现爸爸和妈妈熟知了电视上所有明星的名字和各种电视剧的播出时间。他们一定有些寂寞。

后来我出去念书，他给我写的信开头都是这样的：张春我的好孩子，好朋友……然后爸爸八页纸，妈妈八页纸。每次都超重要多一两倍的邮票才寄得出去。爸爸跟我讨论我的学习，说明一下他对我最近表现的看法和建议，最后都要重复一下他认为我是他的骄傲，安徽人民的骄傲；妈妈说一些家里的琐事，叮嘱我注意身体。我一向粗略看一遍就收起来，这种信是不能多看的。

爸爸去世很久了，至今我不知道这些信收在哪里。我不敢寻找，不敢回顾，藏在心底碰都不能碰。

很久之后的某一年，去餐馆吃饭，看到有张桌子上有一个老头，坐得很端正挺拔，两腿分开，衣裳整洁。一定是当过军人的，像我爸爸一样。

他吃得很快，不停地在进行。虽然眼光也会向四周看，但是显然注意力是在食物上的。动作简洁肯定，不发呆，不犹豫，不会掏出手机发短信。他的头发很干净，两鬓的地方有些白了，梳得很好。不过我爸爸的头发要软一些，有光泽一些，而且他死的时候也没有这么多白发。

妈最喜欢看我爸吃鱼，一块鱼头进去，一会儿干干净净的鱼骨头就从他很有型的嘴里抿出来，看得赏心悦目。这个老头吃鸡翅也很有这种明快的风格，不过嘴没我爸长得好看。

那个老头真好笑，端端正正地坐着，一只手拿着鸡翅，另一只手端正地放在端正分开的腿上。他肯定是当过军人的，这个姿势我太熟悉了。以前我也笑过他。

我转头，到另一边趴着笑了笑，只是不能走过去扶他的肩膀了。在以前我也会转头不看，嫌弃他的。不过这次，是怕被人看到我流泪。

他眼角也有鱼尾纹，一定也是笑得多。男人长点鱼尾纹还蛮好看的。我一向觉得我爸是个英俊的男人，尽管他个子不高，皮肤黑黑的。我经常得意地向别人说："你看见我妈以为我像我妈吧？你要是看见我爸了就知道我更像我爸啦！"继续得意地说，"你们以为我唱的这歌就叫好听了？那是因为你没听过我爸唱歌！"接着举出他年轻时候在校会上唱歌哭倒全场师生的表现。别人就要恍然大悟——遗传啊遗传！

每次我听蒋大为唱"在那桃花盛开的地——方"，那个"地"字的时候，心就空得像被贼洗了一样。只有这一个字像我爸唱得那么好，像根刺。

他很会唱歌，还会很多种乐器，毛笔硬笔字都写得好，经常有人来拜托写请帖春联，乒乓球也打得好。个子不高，篮球打不好，就去吹规，吹得像舞蹈，有他自成一套的优美风格，是球场上运动明星以外的风景。还有交谊舞，他是我们县城最好的交谊舞老师。如果是我爸带，国标探戈我全都会跳，如果是别人带，三步四步我都跳不好。但是他的这些本领我一样也没学会。不知道过去的时间里我都干什么去了。很小的时候，他教过我扬琴，后来他说要把琴音校准再弹，于是就撂下了，直到他再也不可能教我。

没有经历过至爱死去的人，不会知道生命有多脆弱。之前只觉得来日方长、来日方长。我那时上课的窗口望出去可以看见火葬场的大烟囱，每当冒烟的时候，我同桌的男生看见了就嬉笑说"又死了人啦"。我只想到在火焰里灰飞烟灭的人，还有在烟囱下的尘土中哭倒一地的亲人。

追悼会要由成了年的儿子致辞，不知道22岁的哥哥怎么撑住的。他也许觉得家里最大的男人没有了，他要拿出坚强的样子。他穿着麻布的孝衣，僵直平静地念一份答谢亲友的东西，我只记得最后一句："爸爸，你走好。"

在玻璃棺里的爸爸我只看到一眼，他们就把我拖得远远的了，大概是怕我会扑上去。其实我不想再看，那里面的人瘦得可怕，穿着可笑的唐装显得脑袋格外小，颧骨上还涂了红色的胭脂。这一眼使得痛苦突然炸开了，实在太大太剧烈以至于奇怪地模糊成一团。于是我就呆在那里，远远望着他。

我怀着侥幸，希望他能睁开眼睛，朝我会心地无奈地笑笑。

我希望我可以慢慢地定时地回忆起一些事情。在回忆里回到过去的时光。那种思念、遗憾、无法描述的痛楚如果没有出口，一直在我心里孤独地膨胀，就会像毒一样蔓延。他的死把我分成了两个部分，一部分是有他的，一部分是没有他的。

我一直没有勇气写一写他，因为我一直没有好好哭过一场。就算跟妈妈谈论的时候也会一起笑着，猜猜对于最近发生的事情他会是什么反应。我希望我有一天能坚强一些，有一天把失了伴、承担太多责任的孤独的妈妈搂在怀里，一起痛痛快快哭一场。把再也不提爸爸的哥哥也劝哭，让他像在被医生确定他已经死了的那个时候一样，仰头对着天空疯了一样号啕大哭。我那时没怎么哭，就是泪水迷了眼睛，我看不清他的样子。我只是不断把盖在他脸上的黄表纸拿开，把他的手扶在我脸上努力焐暖一点。

就算妈妈哭的时候我也不敢动，我都是不动声色地坐在一边，抓着椅子的扶手，无情无义地说：别多想了。

我谈起他的时候眉飞色舞就像他从来都在我身边，还会在每次我回家的时候把我端起来看看轻了还是重了，端完以后自然要捏捏我胳膊说："都是肉，都是肉。"

我怀疑人真的是有灵魂的，医生翻开他的眼皮，用一个手电照了一下，然后说瞳孔散开了，已经死了。过了不知道多久，哥哥拉我跪在床前说他保证会好好照顾家人，保证他和妹妹会有出息。这时候我爸眼角的鱼尾纹明显皱起来了，神情很愉快。我赶快跟妈妈说：你看！爸爸笑了。她说是，是笑了。

那时候我心里很奇怪，突然感到这一切不是真的，是不是在拍电影？我哥哥很可笑，讲着像三流电影里滥俗的台词。我是那个还没怎么入戏的差劲的小女儿的演员。

我想那大概是痛木了，木得很厉害，许多年后那种痛才慢慢反应过来。但还是痛得不太真切。我记得的最后一个笑容，是和他两个人在家里的小方桌前安安静静地吃饭，小桌子上方挂着的他的挂着白花的遗像。他忽然停下来，望向我很久，慢慢展开一个笑容，像放慢的电影一样慢，又像石子投入湖心的涟漪一样自然。慢慢伸出手，弯起食指在我下巴左边轻轻蹭了一下，那一点余温还很真切。这是时空错乱的记忆。真相是什么样子，我不知道。

他对我说的最后一句话是不要怕。当时他吐了血，我拿了一个杯子过来接他吐出的血。他费力地支撑起他的头，一点也没有吐到杯子外面。然后再躺下，手利索地一挥，沙哑地说：

不要怕。

那时候他已经很多天没有说过话。

当时只有我一个人坐在他床边，妈妈熬了无数夜那一天正好回家休息片刻，叔叔趴在病房的另一张床边睡着了。

我并不怕，我知道他和平时一样很难受，可能比平时更难受，但是我往下想不下去，因为我从来没有见识过死亡。我认为我可以安慰他。我用一根沾湿的棉棒擦擦他的牙齿，润一下他的嘴唇，还摸了摸他的脸。就那么坐着。病房很安静，阳光不错，一切正常。

后来医生过来例行询查，看了他一眼，摇摇头说："通知家属吧。"

我非常疑惑，给妈妈打电话。妈妈像飞来的，看了一眼，就冲进了卫生间拼命呜咽。我很怪她，这样哭是很不吉利的。然后哥哥来了，我在那以前以后都没有见过那种惊恐的表情，眼珠凸起得要掉出来，张着嘴像一条被扔在沙滩上的鱼。他眼珠乱转，完全听不出是他的嘶哑声音，说：爸爸要死了吗？

然后很多人都来了，乱哄哄的。叔叔们、亲戚们、同事们，我只是坐在角落的椅子里瞪着妈妈。

如果不是他死了，我也会记得很多伤心的事情。不失去就不懂珍惜，这是常理。我隐约记得他也曾让我伤心，但他也是第一次做爸爸呀，第一次做的事情哪能什么错误都不犯呢？

我听说有的人，磨了半辈子的刀想要对付自己的爸爸，父亲是他们这一辈子最大的阴影。我很少看到一个男人和他们的爸爸相处得很好。他们对自己在父亲的阴影下成长的童年、少年，乃至现在，无法彻底原谅，长大以后变得温柔谦卑的父亲突然间不是对手了。这个事实被接受很难，失去抗争的生活变得更难。

我哥哥再也不提爸爸，甚至不爱提这个词。刚知道爸爸得了癌症的时候，他在江西一家电台做主持人，那天的节目他做不下去，放了一首张学友的《想和你去吹吹风》，然后关掉话筒在直播间里痛哭。我不清楚那是什么样的情景，但我知道他不再听这首歌。他做电台主持前还做过电视主持。但是因为太瘦，大家都觉得哥哥不上镜。有一回我和爸爸一起看到了电视上的何炅。爸爸突然说：这个小伙子，不是比张飞还瘦吗？哥哥在江西的时候，我们家偶尔能收到那个台。爸爸常拿着收音机，把天线拉到最长，走到阳台上向各个方向对来对去，寻找那个波段。

我身边没有什么人知道我没有爸爸了。我说不出口，我还是很难接受这个事实，而且我不能忍受不理解死亡的人那种反应。

他去世前还能说话那段时间，每天都叫我拿着本子，他口述一些文章叫我记下来。当时我竟然不耐烦。我怎么会蠢成那样呢？

他刚开始检查出癌症，到上海做手术，他们瞒着我和哥哥。但是一直哄我去上海考试。我不想考上海的学校，死活不去。后来妈妈告诉我，有一天她回到病房，爸爸一见她就落下泪来，指指隔壁的病床说：他女儿来了。

有一回他说，如果我还有 60 天能支配自己就好了，我有很多腹稿。

他跟我说：知遇之恩不可忘。

他还说：我家有女初长成。

他还说：老胡，这个女儿你没白给我生，就是我疼得太少了。

你让我说什么好呢。爸爸。

曾经，当我取得一点点小得可笑的进步，就会立刻跟家人吹嘘一番。因为我可以想象我爸笑得鱼尾纹全都皱起来，指着我的信对我妈说："小东西，小东西，还有点用是吧……"而我在遥远的地方心花怒放。

不知道你现在在哪里，还能不能收到这些消息。而我只能像这样没有开头也没有结尾地谈论你。

::哥哥和我

哥哥和我，不算是非常亲密的兄妹。

小时候他不喜欢我，常常揍我，寒暑假更是难过，因为大人都去上班了，只有我们俩在家。我还记得大概七八岁的时候，我拿着一把杀猪刀走到他面前跟他说：我要杀了你。他机敏过人，瞬间就明白什么是我最害怕的反应：他突然活泼地摇头晃脑起来，嬉笑着说，你来呀，你来呀！我气得手脚发软，刀也拿不动了。为数不多的几次反抗，再次以失败告终。

但其实我小时候非常崇拜他，小3岁的妹妹，天生就崇拜哥哥。他是镇子里远近闻名的神童和小大人。4岁直接上二年级，二年级就当大队长，开校会要站上小板凳，他才能够得着桌子上的话筒。4岁就和爸爸一起上台说相声，6岁在陌生的大城市里迷路，他冷静沉着地问着路自己找到妈妈。

我非常希望他带我一起玩。他发明了一个游戏，叫"妈妈接旨"，就是举着一块搓衣板喊妈妈接旨，然后说一大段半文半白、表扬妈妈的话。我就是那个跟在传圣旨的大官后面的、笑得前仰后合的小太监。

爸爸和妈妈吵架，问我们说，他们要离婚我们要跟谁？我顿时脑子一片空白，哥哥说：我们谁也不跟！我带着妹妹去流浪！我立刻应和：对！我跟哥哥去流浪！心里隐隐觉得，如果爸爸妈妈都不要我们了，可以和哥哥一起流浪好像也不错。

他还发明了制作粉笔的方法，把大院儿里一种紫色的黏土挖出来，砸碎，用一块破蚊帐筛出最细的粉末用水和匀，然后搓成粉笔形状的泥条，放在煤球炉子下面掏灰的洞里面烘干，就会变成可以写字的粉笔。他把这些麻烦的工作交给我，我一个人兢兢业业地做了一大堆，去向他讨好，他却已经不玩了。

他还发明了"录音机"的游戏。妈妈给我们俩一人一筒圆饼干。我舍不得吃，一直在舔第一块。他则立刻就吃光了，然后跟我说我们来玩录音机吧！怎么玩呢？就是假装他是一个录音机，饼干就假装是磁带。只要把饼干塞在他弄得扁扁的嘴里，按一下假装是开关的鼻子，他就会哼哼唧唧地唱歌。如果再塞一块，表示磁带翻面儿，他还会倒着唱呢！等我把自己的饼干全部都塞完，还在遗憾没有更多的磁带可以玩了。

就算是他用烟盒里的锡纸包着自己的屁，然后用胳膊夹住我的头，逼我闻他的屁时，我一边哭着挣扎，一边还是觉得用锡纸包屁，真是好聪明。

他还用废灯泡里面的玻璃芯加上鞭炮拆出来的火药做了一些小炮弹，用铁夹子固定，轰一只大蚂蚱。引信一点，那个炮弹玻璃四溅，蚂蚱还没死，我们俩脸上手上全都是血口子。数了数他的比我的多，就想，他还是很爱我的，他的位置比我的更危险。他威胁我说不许告诉爸妈，不然打死。简直好笑，怎么可能跟爸妈讲，讲了，你以后就不跟我玩了。

他对我的折磨罄竹难书。莫名其妙地挨打就不说了，叫我张狗，死狗，也不说了。我有一个橡胶的洋娃娃，是当成亲生孩子来照顾的。坐着怕她累，冬天怕她冷。为她梳头做衣服，还为她做了摇篮。上学的时候把她放在我的被窝里，被子掖得好好的，生怕我不在家的时候她会着凉感冒。但是他想折磨我的时候，就把她的头拧下来，哈哈大笑着一脚踢飞。我知道求他没有用，也哭不出来，那个情景对我来说，是无法言喻的惊悚和残酷。那个时候我真的恨透了他。

长大以后才知道，因为我一出生，妈妈顾不上照看他，而爸爸又很贪玩，带小孩的事情做得很少。也不管他了。神童就是能很快明白，灾难的根源就是那个不知道从哪里来的臭烘烘的小孩。

我小时候曾经到大院儿的墙上写粉笔字骂他：张飞大王八。因为实在太害怕被他知道是我写的，不惜又在旁边写上"张春大王八"。我真是太机智，他果然一直没有发现。

我到底爱不爱他呢，这个问题很早就有了答案。大概不到10岁时，我得知一个传说：吃耳屎会把人毒哑。我收集了一些耳屎，准备给他下毒，但经过长时间的、反复的、审慎的思考，并没有那样做。

做这个决定的时刻，我大大地松了一口气。尽管前几年我知道了那是扯淡，但还是很想回到那个时候，拍拍小时候的自己，对她说：你做得对，为你骄傲，你在不到10岁时，就为自己的人生做出了一个至关重要的正确选择。每当我为自己的冷漠而惊心时，我就想起自己可以这样爱那个用整个童年憎恨和畏惧的人，就有所放松。

人们都说金色童年，但我的童年和少年大都笼罩于忧虑、恐惧和察言观色中。谁也不能说那是无忧无虑的。我初中他高中时，我们在同一个学校，我非常怕他，在学校里远远看到他就汗毛倒竖地躲起来，暗叫：完了完了！我哥来了！

而整个过去的人生中，第一个最为灿烂，专注，像一个小孩的时间，是在我初中毕业去外地读书，那是我第一次离开他。出生于节俭家庭的小孩，第一次手上有了一些零花钱，课业又很轻松，独立地交了一些自己的朋友。我终于有了一些空间自己成长，对自己是一个什么样的人得以稍作思考了。虽然他也在那个地方读大学，但由于分离他似乎变得喜欢我多了一点。他听说宿舍的人欺负我了（我就是一直被同学欺负的那一类人），脸色阴沉地来找我，眼睛里面血红。我跟他讲，事情已经过去了。他点点头回去。一共只说了两三句话。后来我才知道，他是怀里揣着刀子去的。

还有一天宿舍快锁门了他来找我，带我去学校后面吃小龙虾。违反校规我有点害怕，他说：没有逃过学的学生不是好学生！就是那一回，他问我：妹妹你希望我成为一个什么样的人？我说都可以吧。他说：不管我是亿万富翁还是要饭的，你都是我妹妹对吧！

我还非常清楚地记得，周围的人喝酒猜拳，BB机的声音此起彼伏，路上的霓虹灯闪个不停。那是多年来屈指可数的几个煽情的瞬间。

有那么几次，他骑车载我一起去学校，在后座他看不见我的地方，我神气活现地仰着头希望每个人都能看见。但，一跳下车，我立刻拉长脸，装出漫不经心的样子。怕被他知道我喜欢这样，就再也不让我坐他的自行车。

十多岁的某一年，我偷偷喜欢一个男孩，怀着"早恋"巨大的罪恶感，跟哥哥讲。可能是深夜两三点吧？他把我搂在怀里说：要是真喜欢就谈个恋爱嘛。我大哭，上气不接下气地哭吼着成长的委屈。但这个故事的后来，并没有电影里那么棒。过了几天，他打听了一番这个男孩的来龙去脉，怒气冲冲地对我说：你是什么眼光，人人都说他名声很差！我想，你为什么要听别人说呢，为什么不听我说呢。但我不敢说出口，不能忍受让他更加失望的假设。

他最后一次揍我，是在我16岁那年。在一个人很多的场合下，一言不合，仍然是劈头盖脸的一个大耳光。羞辱甚至退到了其次，被失望淹没了。已经处于青春期少女的我，对于自己是否值得被爱，有了巨大的失望。我不明白为什么自己可以被轻易侮辱，却毫无反抗的能力。无从证明，为何仍然不放弃要他爱我，接受我的希望。

这无数次试探和无数次失望，对我产生了很坏的影响。尤其在与异性相处中，在我感到不适时，很难做出有力的反抗，而是被害怕笼罩，让我在抗拒和争取之间，轻易地选择逃避。而在逃避的同时，将底线降得非常非常低：只要不引起注意就可以了，我不需要尊重。我有把握了解女孩，我知道女孩能感受到的，所有类型的失败，却感觉异性是一种极为巨测，并且本性残忍的物种。

又过了几年，这个恐惧得到印证。我和一个混黑社会的男孩子谈恋爱（是的，我青春期有黑社会情结，喜欢头脑简单四肢发达的小混混），那个男孩傻逼兮兮的居然给我哥写了封狗屁不通的邮件，大意是我要跟你妹妹谈恋爱，要打要杀请随便。

我哥没有回复他，而是直接给我发了几个字：

你不配做我的妹妹。

为什么他会知道我哥的邮箱呢，肯定是我告诉他的。收到这个答案后，我为自己曾怀有希望感到厌恶。真的应当以我为耻，脱离关系吗？我再次决心要远离他。

我不知道他爱不爱我，不知道自己是个什么样的人。我们一起坐火车出门，车站临时宣布要改车。也就是说原来买的坐票都不算数，要座位就要抢了。他听完一言不发，抓起所有的行李拔腿就跑，仗着腿长，像跨栏一样跨过候车室的椅子。我想也没想立刻跟着跑，虽然跨不过椅子，却可以跨过椅子之间的缝隙。我们已经上了火车坐到了座位，所有候车的人都还沿着通道的长队往门口挤。他说他本来想自己先跑上去占座再来叫我，回头一看，我居然紧紧跟在他身后。他为此大感快慰，说再也不担心我在外面会有事。在那之前我甚至不知道他会担心我。我想，原来自己也是有一些能力的！和他有着一样的敏捷沉着，都对危机保持着警惕。更让人振奋的是，原来他是担心我的。

在那之后的很长时间里，我突然变成了一个不向往恋爱的少女。甚至不太像个女孩。我和朋友路过篮球场，一只篮球从她所在的左边向我们飞来。我不假思索，左手将她一把搂到一边，并伸出右拳把篮球打飞。她被我帅得惊呆了。我也惊呆了。我剪着很短的头发，拖着比自己还重的行李到处跑，跟骗子流氓斗智斗勇，认真读书学习，交朋友变漂亮，努力去经历果断勇敢的人生，挥舞着双手赶走害怕的东西，假装头顶上只有一大片望不到边际的蓝天。

我渐渐长大，暗暗计划着做一个有力的人。一次，因为一个记不清的争执，我气得浑身发抖，尽管已经过去了几个小时，仍然鼓起勇气，端起一锅粥走到他面前，泼到他身上，然后赶紧跑了。这时我已经快30岁。

奇怪，小时候怎么从来没想到这么做呢？知道要挨打，怎么不赶紧跑呢？打不过总可以跑，就算跑不过，也总可以逃掉几次吧？是因为懦弱而愚蠢呢，还是因为愚蠢而懦弱？

在我还没有现在这样，开始尽可能诚实生活的时候，似乎一直在尽量远离他。童年时总想离家出走，幻想等他老了我才回来，接受他悔恨的泪。后来我果然走了，越走越远，千里迢迢。我所选择的生活、结交的朋友、恋爱的对象，都尽可能地和他的标准不同。我们一年只见一两次面，甚至连网上也几乎不联系。某年端午节他突然打电话祝我节日快乐。我吓得不轻，一直盘问是不是家里出了什么事？最后挂电话时，我们俩都精疲力尽，狼狈不堪。

在事业方面，我似乎在尽量地接近他的希望。中专毕业要面临就业和考学，我问他：如果考上美院会怎么样？当时我们那个市还没有上央美的人。他神情震撼，望着地面说：考上美院，那你就是画家了啊。于是我被那个让他震撼的目标激励着，就去考美院了。

中间吃了很多苦头，终于收到美院通知书时，他攥着我的通知书，准备上街去裸奔。虽然后来被阻止了，但他还是在那天喝得酩酊大醉。醉到不带一丝烟火气地出溜到桌子底下躺着，桌子上面那些我宴请的老师们，还没怎么喝开。

但这一幕我不曾感到动人。我不知道自己对他不带条件的感情，能否反过来想。如果我考不上，或考上了也没当上画家，没有成为有成就的人，他会收回给我的赞扬吗？

又过了很多年，我算了算其间有六年的时间，我根本就没画过，一直在和美术毫无关系的行当里工作。在最低落的时期我甚至告诉自己：你根本就不喜欢画画，你没有做过一件诚实的事，你只是在反抗着一些虚无的东西。

直到去年我患上抑郁症，回家休息并渐渐康复，又重新开始画画了，我意识到，自己是喜欢画画的。他端着我的画，由衷地说，画得真好。是的，我知道那是由衷的。因为我相信了自己，就相信了他。临走头一天晚上，他拍拍我说：张狗，保住狗命，无所畏惧。

有一个时期，我觉得他就像家里的阎王。特别是喊他起床。他以前可以一口气睡几十个小时，并且睡得六亲不认，如果强行喊他，就会像疯狗一样暴跳如雷。我无法理解一个人怎么会因为起床这种事，日复一日年复一年地和亲人搏斗，并且不惜对着家人瞪着血红的眼睛发狂嘶吼。等后来我患上抑郁症时才理解。当你抑郁时生无可恋，全世界都是敌人。不能躺在床上就只能去死了。只是他少年时我们都不知道抑郁症这个东西，一直在用散漫任性来责备他，让他的日子加倍难过。他的暴躁在某种程度上其实保护了他，在他对自己无可奈何时，用彻底的自私抵抗所有不能接受的东西，无论对错。我猜想他有过一段很长时间的抑郁症。直到我亲自经历时，这些疑惑才慢慢解开。

我和妈妈还有哥哥说起这童年阴影，就要埋怨一会儿爸爸。生活里有这样的遗憾，总得怪点谁。我们互相责怪过以后，就一起怪爸爸。爸爸已经去世了，"谁不在就说谁坏话"，这就是八卦的真谛吧。

爸爸去世那一年，他在另一个省份的某个电台做电台主持人。他在节目里放了一首《想和你去吹吹风》，然后关掉麦克风在直播间痛哭。我正在考大学，猛然间觉得命运之轮朝我滚滚而来，碾轧着我全部的精神。除了立在原地茫然等待，不知道该作何反应。两个敏感的年轻人张口结舌，仿佛被捞上岸扔在沙堆里的鱼，眼珠乱转，空洞无物。他问我：爸爸死了吗？你才19岁，你真可怜。

该怎么谈论失去父亲的伤痛？这个世界真实的规律是怎么样的？那些神秘的发生，有答案吗？何时，何地，才能被我们找到。所幸我们有两个人，即使我们仍然无法互相陈述，仍然知道世上至少有一个人明白这一切。在被命运一次次碾轧时，才意识到我们的痛苦是交叉的。

有一次我和哥哥说话，然后各自发呆。过了好几分钟，他突然自言自语说"寇珠"。而这个时刻，我竟然也正想到寇珠。我几乎正要开口说出这两个字，他就说出声被我听见。寇珠是电视剧《包青天——狸猫换太子》里的一个宫女。我们之前聊的事情跟这个电视剧没有半点关系。也就是说，我们说了一会儿话，然后思绪乱飞（每个人都会有这样的时候）。但是那一刻我们俩的速度、频率、思路完全一致，然后在同一时刻，想到了寇珠这样一个八竿子打不着的人。这件事让我很震惊，觉得血缘真的很神奇。

还有一次他问我，如果他处于一个受胁迫的情况，不能对我说话，做手势，任何事，我只看他神情眼神，能不能观察出那种状况。我想了想觉得一点问题也没有。尽管我和他在一起生活的时间非常少，但是那种默契似乎是存在于血里，距离和时间无法阻隔。

他为我做的事很少，但想为我做的事情很多。他在我婚礼的前一天拍着新郎的肩膀说：你对我妹好一点……这个妹妹……我很看重……然后号啕大哭，再也说不下去了。

我从没想过，如果妈妈只生了我一个会怎么样，如果我是个独生女会是什么模样。根本没有办法去想象。这件事无法列一个清单，上面写上好处和坏处，对比着去考虑。有一个这样的哥哥，是我命运的一部分，是我生命的一部分。如果剥离他去假设什么事情，就相当于去编造另一个人的故事。理性能说明的事情非常有限，这是我对这种命运的看法。

我从未用年龄，容貌，事业，家庭这些标尺去衡量我的哥哥。他在我眼中永远会是那个挣扎着成长的少年。或许在别人看来，我们很不一样。但实际上深藏于内心的温柔、脆弱、冷漠，是非常接近的。我们远隔千里，各自独立，但是命运交织着从来没有疏远过。有时候在我的里面看见他，有时候在他的里面看见我。如果每个人的生命都是一条河，那我和哥哥的血，就是这两条河里流着的，相同的水。各自奔流，去向难测，但河里生长出来的东西，永远可以轻易辨认出来。甚至连相互失望的时刻，都是这样：那条河，也是我的河；对彼此的厌恶，就是对自己的厌恶；对彼此的爱，就是对自己的爱。

我不肯告诉他，我希望他向我道个歉。我也知道他非常悔恨。悔恨到了无法跟我说一个"对不起"的程度。

可是，命运的河，流淌到了现在。

他刚刚生了一个女儿，他的女儿小名叫张小好。张小好有一半的特征像哥哥，也就有点像我。她好奇地看着我，这个还很陌生的姑姑。我却像早已交谈过似的，将她抱个喜欢的满怀。我突然觉得我和哥哥一下就讲和了，我个人的所有困难都突然隐退，内心深处存放着"永远不会原谅他"的那个空洞，突然被那个粉红色的小宝宝填满。

有一回好好生病，嫂子着急地打电话给哥哥。哥哥在日记里写："好好，我接到你妈妈的电话时，正得意洋洋地骑着电动车去上班。你说这是怎么回事呢？你爸爸我，不是从来都不管别人，别人也管不了我吗？这样浑身是刺的一个小子，怎么突然就成了你们娘儿俩的依靠呢？我以前不知道什么时候才算准备好了要一个小孩。现在我知道，就是当我怕死的时候，就准备好了。"我在千里之外读到这一段，跌在椅子里久久说不出话。这种温柔是那样陌生，但又好像我早就知道它会在那里，一直都在。我明白了一点事情：无论走多少弯路，怎样回旋倒退，有多少深藏在心里的挣扎，但天性始终引领着我们前行。

上次回家，我给张小好唱《摇篮曲》。很奇怪，张小好特别喜欢听那首歌，一边听，一边手乱划，脚乱蹬，咯咯笑个不停。那些婴儿的笑声就像一支无坚不摧的军队，轻易荡平世间的芥蒂，你会突然鼓起勇气，不去担心要承受多少挫折和深情。

我哥拿手机在一边录像。我唱着唱着，就不敢再抬头。因为我知道他在呜咽，不出声地哭得浑身哆嗦。他看着我长大，我也看着他长大。

那个时刻，我隐隐理解了为什么妈妈会生两个孩子，或许比妈妈本人的理解还要多。甚至觉得理解了人类繁衍的意义。也许就是这些存在于普通人之间的，细密的悲欣交集。这个世界，似乎正是因为构成得并不完美，才这样值得一活。而所有的救赎，就是无条件地爱自己，爱别人。爱一个粉红色的婴儿，爱自己曾不断反抗的哥哥，并且无惧地生活下去。

∷ 在杯盖里喝茶

过年去了爷爷家荒废的老屋，外公帮爷爷家打的门窗也都被贼卸下来偷光了。

小时候觉得爷爷家太大了，他们惹我生气，能在各屋之间躲一整天。我缩在某个地方能听见爸爸拉开一个个抽屉和火柴盒，问：在不在这儿？在不在这儿？等我笑出声来他就做出恍然大悟的样子。

爷爷的卧室在一楼，他总是靠在藤椅上，端着一杯茶叫我：唱个茅厕里的姑娘给我听听？我就急得要哭，说：是阿里山的姑娘呀！

想起他总是想起喝茶。

爷爷喜欢喝浓茶，他总是用一个玻璃大杯子泡茶，里面有大半杯都是茶叶。他杯子里的水非常苦。所以我爬上他的大藤椅，坐在他腿上要水喝的时候，他总是用杯子盖给我倒一点，吹一吹。因为水少，就没那么苦。吹一吹，也不烫了。我就摇着脑袋挤眉弄眼地说"好苦好苦"，然后说：还要喝一点茶……他就给我再倒一杯盖。想起来总是觉得：啊，心满意足。

爷爷膝下全是儿子，儿子们又都是生儿子，只有我一个孙女。听过他唱歌的大概只有我一个，那还是首情歌，他教我唱来着，歌词是这样的：对面山上姑娘，你为什么还不回家乡，回家乡……

他是一个小镇的镇长，也并不爱吟诗作赋，舞文弄墨，总是穿着白色的老头背心或蓝色的中山装坐在藤椅上，想必从来不会给人什么浪漫的印象。可是他曾领着我到后院，从十几棵光秃秃的橘子树上，找到唯一的一个小小的青橘子指给我看，说：张春，你看，今年结了一个橘子。

爷爷家的后院其实有快一亩。以前种着橘子树、毛桃树、泡桐树、竹子，还有一片菜地。现在全部长满了细竹子走不进去。

他家院子里还有许多松树，到了夏天就有油脂沿着树干流下来，慢慢凝结成一块。那些是不是就是松香了？或者琥珀？总之，我就把那些黄莹莹香喷喷的东西当成松香了。

淌松香的时候，满院的知了都在叫。泡桐只要两年就长很高，开紫色的花，很香。细竹子是很秀气的，我那时候就知道细竹子生成一丛的样子像烟一样，很好看。

在那些树上除了可以摘到松香，还能摘到整个脱下来的蝉的衣服。有许多个暑假的宁静的中午，大人们都睡了，而我在那些大树的树荫之间，听着蝉鸣寻找宝藏。松香摘了许多，要送给爸爸擦二胡的弓弦，蝉壳也拣了一大堆，在地上摆成各种姿势。玩一中午太累了，就打开吊扇，躺在竹床上睡觉。醒来的时候口水总是流满堆，脸上被竹床压出许多印子，摸上去一楞一楞的。

那时候爷爷也已经睡醒，坐在藤椅上用大蒲扇扇凉风，外面的蝉还在叫个不停。我就爬到他腿上说：爷爷我要喝茶。然后伸手去够他的杯盖。

好像我一生下来他就那么老了，我想不出他年轻时的样子。他有 6 个儿子，听说生到我五叔的时候，我爷爷一听说又是个儿子，扭头就出去哭。我爸爸是老大，所有的弟弟他都带过。有一回他给五叔摇摇篮，哄他睡觉，摇着摇着突然生气，就把摇篮掀翻在地上，走了。（为什么又是五叔呢。）

等我哥哥出生时，叔叔们都来瞧热闹。"又是个男孩！"据说我六叔这么嗤之以鼻。

儿子又生的都是儿子。我是好不容易超生来的。可是作为家里唯一的姑娘，不知道为什么，也不是很会撒娇，我甚至没有乳名。家里人也大都是连名带姓地喊我。爷爷带我去找那个橘子时，说的也是："张春，你看，今年结了一个橘子。"

我奶奶是远近闻名的泼辣妇女，也许就是因为没有生过女儿，她真是个一点也不温柔的奶奶。她会在夏天光着膀子喝啤酒，然后打个很长的嗝，说，我就是喜欢嗝这个气，舒服。我总是觉得很惊悚。爷爷也管不了她，视而不见。奶奶打麻将，打到不耐烦就把牌一推嘴里喊着和了和了！然后把麻将牌揉成一团，伸手要钱。这么说来我奶奶堪称赌王，因为她根本就不会输啊。我看到都是叔叔们和她打麻将，和外人打又不知道是如何。

奶奶她不疼爷爷，也不疼儿子，也不疼孙子。算起来对我算好的了，至少从来没打过我。剩下所有的人都被她打过。我就亲眼见过她把爷爷从堂屋掀到院子里，然后把他的藤椅扔出去。

我爷爷大概都不知道温柔的滋味，幸好他天性大方，从不和我奶奶计较，他并不阴郁，但也不和人亲热。他不是个含饴弄孙的爷爷，不主动伸手抱他的孙子们，也不会向儿子们示弱。只有爬到他腿上说"爷爷，我要喝茶"的时候，就是我和爷爷最亲近的时候。他小心地倒出来，我专心地看着那个杯盖变满，叮嘱说"快要满了"。然后喝一点杯盖里的茶，装模作样地说：呀，好苦的茶啊。他则握住他的杯子，询问地望着我。

妈妈在睡觉前会用保温杯倒一整杯热水，那个杯子保温性能不是特别好，到了第二天早上估计还剩四五十度，有一点点烫口，醒来时全喝下去。她总是说早上喝一杯这样的热水非常舒服，而那个杯子，也不怎么漂亮，但是她走到哪里带到哪里，有快十年了吧。

我很小就离开家了，和妈妈在一起的时间变得很少。睡觉前我跑去妈妈的床边赖一会儿，就会喝一点那个杯子里的水。倒在杯盖里，喝一点。

为什么觉得就那么好喝呢。不烫也不凉，又很干净，杯子的外壁，因为用得太久变得异常光滑，握着觉得特别趁手。她装作生气，叫我再去添上，不要喝光就不管。跟妈妈在一起的时候，我这个非常讨厌喝水的人，似乎会多喝很多水。

有一次去学游泳，加菲教练叮嘱我，天气冷了，要带个保温的杯子喝热水。整个夏天我都没有学游泳，这样一直怨叹到冬天。加菲觉得我有她这样一位游泳教练朋友，却不会游泳，老是瞎扑腾，觉得非常不爽。我都没有交给她学费，她硬是在自己的休息日大清早，开着车到家门口来，接我去游泳馆。我说怕水太冷，她就借给我教练才能用的、能在水里保暖的鲨鱼服。回来的路上，我说正是紫荆花、羊蹄甲盛开的时候，有几条街都开满了呢，她就调转车头送我去可以看花的街。

这样一来，我要是不好好学，太对不起她了。这个压力好可怕。虽然加菲高大美丽长发飘飘像仙女一样漂亮，到了泳池戴上泳镜，她就不笑了，眉头皱得紧紧的，语气也很严肃，显得有些严厉。刚开始我有点儿怕她。主要是怕我自己不争气，怎么也学不会，对不住人家的心意，也许以后她就讨厌我了。可是昨天她问我：你带杯子了吗？我嬉皮笑脸地说，没有，我没有保温杯呀。她就把自己的杯子递给了我。热腾腾的水里还泡了两个红枣。

我冻得浑身哆嗦，赶紧收拾起来去温水里泡汤。她又将杯子添满，把全身浸没在温水里，开始对我啰嗦运动员保养的那一套。她每次都要给我讲点运动的知识，怎样观察自己新陈代谢啊、什么动作改善什么疼痛啊、吃东西注意什么之类的。昨天讲的其中一项，就是叫我喝些红枣泡的水。其实加菲是个很内向的姑娘，她说这些的时候，只是说："我是很不耐烦专门去喝什么东西的，不过这个我自己试了，真是有用的。"

那是一个白色的秀气的保温杯，为了保温有一个中空的透明夹层。因为水热，红枣泡得有一点点烂了。红枣在里面泡过的热水，并没有甜味，但是有点儿香。不烫也不凉，喝下去终于出了一点汗。又觉得：呀！好好喝啊。我又美滋滋地将她的水喝光，突然不怕她了——就是爱我呀，我一定是值得的吧！我应该感到安全才是，又为什么要惶恐呢。

我说，我也要买一个这样可以保温的杯子！泡红枣喝！

回去的路上，洋紫荆的花因为下大雨掉了一地，车和行人都很少，路面虽然湿却异常干净。我捡了两朵，深紫的漂亮花瓣上沾满晶莹剔透的雨水。我们看了一会儿，加菲说：不然你画一张这个花给我，我可以夹在杯子外面那层。我嘴上雀跃地说：好呀，就画这个。心里雀跃地想着：我也爱你！

后来我买了一个蛮好的保温杯，杯盖也可以用来喝水，保温效果也很好，大小也适合我的手，颜色也喜欢。暗自确认道：我是一个有杯子的人了。去吃早饭时，还买了红枣。

我还要确认许多东西：是一个有合适棉衣的人，是一个有合适电脑的人，是一个有合适拖鞋的人。那些东西都必须与自己息息相关，难以替代。总有一天，周围的物品变得正正好，不多也不少。如果每一样东西都可以这样确认，生活会变得渐渐安全，那时一切都将正好。而即使是原先已经破碎的自己，也将被一点点搭建。这时的搭建，不再是大兴土木，而是水滴石穿。

我和她

　　我还记得认识她的情景。那肯定是 5 岁那年秋天里的某一天。天气很好，清风拂面。我拉着爸爸两个手指头，走过一条下坡，她爸爸蹲在地上洗什么东西，她站在旁边，两只手在肚子前面互相捏着，抿着嘴打量着我。

　　我爸爸说：这是竹，你们要当好朋友哦！

　　她爸爸笑眯眯地看着我。

　　我拉着爸爸的手指头，望着她。直到路过他们俩，我就扭头望着她。她也一直望着我。

　　又有很多次我自己路过那个下坡，有时候她爸爸在门口做煤球，有时候在给自行车打气，有时候在洗车。叔叔很勤快，总是忙忙碌碌的。她就站在旁边，两只手在肚子前面互相捏着，抿着嘴打量着我。我们是两个慢热的小孩。

　　那时候我们的妈妈都还没有调到县城来。我的爸爸是政府的秘书。我和哥哥住在爸爸的办公室，爸爸睡桌子，哥哥睡板凳，我睡在抽屉里。爸爸煮饭别有风格，他大喝一声，把所有东西扔到一起，花菜、酱干、肥肉、莴笋，放两大勺猪油，煮一大锅，起了个名字叫"大杂烩"。大杂烩好吃得很！那种新鲜的生活实在是很开心。

她的爸爸是政府的司机，她跟爸爸住在车库。我一直都忘了问问他们睡在哪儿，是不是像我们家一样好玩。

我们俩童年期的友谊都基本建立在金钱关系上。比如我们有一个糖纸金库。糖纸多数是捡来的，有一些是问人要的。捡那些糖纸皮真不容易啊，常常落在路边的泥泞里，有时候上面还有很多奶，并且爬满了蚂蚁。我们发现了，就捡回家，洗得干干净净，夹在字典里压平整，再用皮圈一捆一捆地绑好，摆在一起。有时间的时候我们就满满地铺在地上看。很高兴。

我记得佳佳奶糖和喔喔奶糖一套都是八张。佳佳奶糖上面是猴子，喔喔奶糖是公鸡。猪八戒奶糖似乎一直没有攒齐。大白兔奶糖虽然好吃但是糖纸一共只有两种式样。还有很多玻璃纸的水果糖纸，可以蒙在眼睛上当眼镜。透过那些糖纸看出去，世界就会变一种颜色。

我们的糖纸攒了快两抽屉，算得上是非常富有了。有一天去一个同学家玩，她向我们展示了她的爸爸、妈妈、叔叔、阿姨、姐姐、哥哥等人，从上海、北京、合肥和外国带给她的橡皮收藏。那实在是太豪华、太精美了。我们俩一边啧啧称奇，一边黯然神伤。然后就放弃了攒糖纸。反正攒了那么多，也没怎么吃过。

鲁西西第一次发现罐头小人，不是找出了一块奶糖切成很小块请他们吃吗。我虽然为罐头小人搭了房子，还把一块捡来的破手表倒挂起来，为他们做了秋千，可是我没有奶糖请他们吃，心里一直感到有些不安。大概是这个原因，罐头小人才不来我家吧。这个问题，我一直忘了和她讨论。

不过糖纸之外，我们还有一笔共同的存款，真正的存款哦。它们都是在路上捡来的一分钱、两分钱和五分钱。捡到五分钱就太高兴了。五分钱可以买一袋酸梅粉，半个果丹皮，一个软棒棒糖。但是我们从来都不舍得花，直到终于攒到一块钱，买了一根橡皮筋。

橡皮筋一毛钱一尺，十尺的新橡皮筋非常豪华。别人很多是旧车胎剪出来的橡皮筋，带着沉，弹性也不太好，弹到人还疼。用绑头发的橡皮筋一根一根连起来的那种又很容易断。总之，我们的橡皮筋是全班最好的橡皮筋。

我们俩都不会跳皮筋，都是跳到三框（皮筋框在屁股上）就到顶了，再到四框（齐腰）是无论如何都跳不上去的。我们俩都是可怜巴巴的带家。就是跟着某一家，最后一个跳。跳脱了，那家人也不会像对待自己人一样救我们。我们只能到旁边去看着，眼巴巴地看她们一路跳到天框（把橡皮筋用手举到头顶）。

当我们有了自己的橡皮筋以后，每个跳皮筋高手团伙都来巴结我们，一路救我们了。在头一天放学的时候，还要专程来巴结一遍。如果有人骂我们俩笨蛋，马上就有人站出来维护我们，那可都是个子高、跳得好、身轻如燕的大佬们呢。每次决定要把橡皮筋带到学校去的日子，我们都要对对方点头示意，心中怀着某种神圣庄严的自豪感。

总之那时候的人势利得很。总之因为有了橡皮筋而成为大明星的感觉是很好的。

我自己有个个人银行，是一个猪存钱罐。只能存不能取，虽然也会用发夹拨几个硬币出来花，但还是渐渐地越来越重。后来那个存钱罐被摔碎，钱鸽子滚了一地。我们俩终于得以数清数目，并且望着"一分""两分""五分"的三座小山叹息道：如果都是五分的多好啊！我该多么有钱啊！

摔碎存钱罐这种大事也没有错过，这样想来我们俩在一起的时间实在是太长了。每天手牵手一起去上学，从小学到中学快十年。下课一起写作业，写完作业一起玩。她的家和我的家在楼上楼下，不但可以随时端着碗去夹菜，谁在家里挨揍也都心知肚明。她妈妈是个败家子，居然用自来水冲洗家里的地板（这个后面再说吧），她的抗议和叹息我也听得到。

某个暑假的一天，我午睡睡傻了以为是早上，爬起来就在走廊里刷牙。她正在自家院子里玩，抬头就看到我在刷牙，笑痛了肚子，蹲在地上哎哟哎哟。

小孩子还有一笔很重要且重大的收入，就是卖破烂。比如我家隔壁的妹妹常把芳草牙膏全挤了，卖牙膏皮。我听到她妈妈骂：你还知道啊！还舍不得挤你自己的小白兔牙膏啊！

虽说街上老鼠尾巴拿去卖三步倒老鼠药的摊儿能卖5毛钱一根，也想要那样挣大钱。但想来想去，老鼠真是不敢去抓的，老鼠尾巴是万万不敢去剪的。我们俩不敢卖家里的破烂，卖了钱也不敢留着，要上交。所以我们就在街上捡废铁。

捡来也不能拿回家，谁知道大人会干出什么事。我们在山上找到一个洞，那是我爸爸以前带整个大院的小孩上山野炊挖出的灶洞。我们把捡来的废铁藏在那个洞里，再用很多树叶盖起来。盖完了，装作不知道那个洞，轮流走来走去，远远近近地观察，直到放下心来。

真是捡了很久，很久，很久啊。

上学和放学的路上，我们连一根铁钉都不曾放过。两个少年，根本就没有昂首挺胸，鲜艳的红领巾飘啊飘。我们走路都死死盯着地面。看到疑似废铁的东西就欢呼着扑上去。我们总想着攒了很多很多然后一起卖掉，一次也没有卖成钱。一想起在山上藏了那么一大笔财产，就像一团小小的火焰，在心里发着热，发着光。那不就是阿里巴巴的宝山吗？

可是，后来，有一天！唉！天哪！

那个洞，它，空了。

完全空了！什么，都没了！

洞口的树叶，被乱七八糟地拨到一边，没有了财宝的洞，只有土露在那里，显得非常的醒目。

我感到自己的心也被掏空了。那个空空的洞，那种失望，简直无以言表。如果当时知道崩溃这个词，我们俩肯定崩溃了。我们垂头丧气，唉声叹气，为了体面也不好意思哭起来，但是我们再也不捡废铁了。

当然，这么爱钱的小孩，不会被一两次挫折打败。没过多久我们又发展了一个新的发财计划。起因是向大院里的一个阿姨学了一个新手艺：把绑头发的皮圈缠上毛线，这样皮筋就不会扯住头发了。具体方法是这样的：一只手套上皮圈，毛线打个结系在上面，套皮圈的手一张一合，另一只手拉着毛线，慢慢地就缠上去了。

我们马上用捡来的小金库，买了很多很多皮圈。因为皮圈只要一分钱一根，我们的本钱还是很大的。我们做了很多送妈妈。可是呢，两个妈妈喜滋滋的，需要皮筋就问我们要，从来也没有介绍人来向我们买。定价两分钱一个的皮筋，硬是一个也没有卖出去，都被妈妈们用啦。

不记得过了多久，市面上有那种皮筋卖了。一毛钱一根！拆开里面是一个避孕套皮圈。居然别人一毛钱一根也可以卖，我们两分钱一根的却卖不掉。我们对这个计划感到心灰意冷，妈妈们也忘了我们会做。

有一次，我们的友谊经历了一次非常严峻的考验。我们捡到了一张五块钱！因为这个数目实在太大，都争辩说自己看到的，所以要归自己。两个人又急又气，于是友谊破裂了。整整七天的时间，我俩互相不再说话，不再互相喊着一起去上学，不再一起写作业，在学校也都绕着走。

真不知道那段日子是怎么过的。直到有一天，我从楼梯上下来，她从楼梯上去，终于打上了照面。我们愣了一下，立刻就搂在一起哇哇大哭。

她说：我好想你啊……呜呜呜呜呜呜呜呜呜呜呜呜……

我说：我也好想你啊……呜呜呜呜呜呜呜呜呜呜呜……

那五块钱后来是怎么办的，我现在真的不记得了。

三年级的时候要写日记了。我还记得其中的一节课，因为那节课老师念了我的日记。

那篇日记写的是我和她去抓蝴蝶。白粉蝶不稀罕，黑花翅膀的蝴蝶才难抓。要轻手轻脚，不能碰到附近的草，不能说话，还要屏住呼吸。我们抓了许多蝴蝶。其中的一只，我们给她起名字叫"大翅蝶"，因为它的翅膀比谁都大。抓来的蝴蝶都关在两片石棉瓦中间，后来又把那些蝴蝶都放了，但是它们已经飞不起来了。

那时候我们并不在一个班。我还记得那天的天气和温度，是个暖洋洋的春天，我坐在窗户边，老师在上面念，我趴在桌子上笑个不停，脸滚烫滚烫的。窗外长着矮矮的小树，树影投在玻璃窗上。绿色的油漆窗框和绿色的树，总之是一片绿。我心里想：多么快乐的童年啊！多么伟大的友谊啊！那时候我可能还不明白，尽管只隔了两间教室，但那就是想念吧。

四年级的自然课，教大家自己制作电话。就是用两个火柴盒穿上棉线，很远的距离也可以当成电话，可以传声音噢。我们两家住隔壁，如果可以装一台我们自己的电话那实在是太棒了，当然要试试。

不过，最后这个实验居然没有成功。原因是这两个财迷比划了一下，舍不得用掉那么长的线……

有一天我们一起放学回家。她那天没背书包，把书放在我书包里，轮流背。

走着走着，因为谁应该背久一点吵了起来。当然是东西比较重的人要多背一会儿咯。然后我们把东西全部摊在地上比：你一本语文书我一本语文书，你一本地理书我一本地理书；你一个作业本我一个作业本……你一个文具盒我一个文具盒……你一支笔我一支笔……你的橡皮比我的大！

就差一点点，我就赢了。我豪迈地看着她，品尝着胜利的滋味。

就在这一刻，她突然灵机一动：你比我多一个书包！

我非常震惊，致命的弱点啊！我溃不成军，兵败如山倒。

现在想起来很是愤愤不平！最生气的是我今年才想到，这件事应该是我赢才对啊！她用我的书包哎！

再大一点的时候家里都有了冰箱。大院里有一位姐姐家早就有冰箱了，她一直警告我们：冰箱门开一次就要用一度电！

所以我们经常坐在对方家的冰箱门口，等着谁来开一下门让我们看一眼。

大人也会说笑话，说某大城市某小保姆，为了凉快开着冰箱门打毛线。大家都啧啧称奇，认为那位保姆太过分了，那得花多少电费啊。

有一次在她家，可能是我们等来等去，没有人来。我就开了一下她家的冰箱门。她气得跳起来把我赶走。脆弱的友谊又破裂了。

作为两个非常抠的小孩，为了节约自来水，我们还经常把家里要洗的锅碗瓢盆搬到大院的井边去洗。"井水不要钱"这是大家都知道的。

大人们也一样。所以井边总是围着很多的人，洗衣服、杀鱼、洗自行车。以前打的井，很多都有水泥砌的搓衣板。我们大院的那口井，因为用水的人多，井边的水泥都被水磨得溜溜亮。她经常痛心地谴责她爱干净的妈妈，用那么多自来水冲洗家里的地面。她家里有一只我们小孩也能拉得动的塑料小桶，而我家打水的桶是很大的铁桶，我根本拉不动那一桶水，所以我常常要蹭她的桶来用。她也常常哀叹：这样绳子很快就磨坏了。

不过，去井边洗东西，也是我们的娱乐之一。不要钱的水，洗完东西还可以玩，比如踩到盆里去洗脚。我也还能想起来叔叔阿姨们忙完了，大方地用一盆又一盆水冲脚时那种舒畅的神情。对我来说，"井"这个字，指的就是我们那个大院里，有着很高的井台，边上的水泥是青色的，磨得光光溜溜。许多人在那里洗东西聊天，也常常有一堆人围着它，打捞谁家又掉下去的水桶。

长大后我有了个疑问：我们家真有那么穷吗？还有，别的小孩都要打酱油，怎么我好像没打过？妈妈说因为她觉得打的酱油不卫生，我家都是用瓶装的。我妈妈常说该花的一分不省，该省的一分不花。在那个拮据的年代，勤劳勇敢的妈妈们要用多少心思，精心地打理好家里的每一分钱。

初中，我的头发剪得很短，像个男孩，又迟迟没发育。她早早就长成了姑娘的模样，留起了长头发。每天和她手牵手去上学，经常有人指指点点：现在的小孩，早恋都敢手牵手了！

我们装作没听见，但都很兴奋，就跟真的早恋了一样兴奋。

我还记得我们俩坐在大院儿的松树下谈论未来和理想。

她说：我的梦想是快点到20岁！因为20岁我们就上大学了，我们就可以谈恋爱了！

我激动地说：等你结婚的时候，我送你婚纱！

她认真地看看我，确认了我不是吹牛。然后我们又认真地写了字据，签了名字。大概是从那个时候起，这两个财迷精，终于变成了比较正常的思春少女。

在我婚礼的前一天，亲人们从家乡赶来参加。婶娘见到我的第一句话就是：

"竹今年去世了。"原来妈妈一直瞒着我，却忘了给婶娘打招呼。

她是我的好朋友。认识她的时候我5岁，她6岁。我们家住隔壁，每天手牵着手一起上学和放学。15岁，我出去读书，她在家念高中。第一次离别，她追着我坐的火车，一边挥手一边哭。我也在火车上一路哭。后来我们互相写了一尺高的信。

现在她死了。在婚礼前我得到这个消息，不知道该怎么办。我也许应该脱下自己的婚裙，换上丧服，坐到一边痛哭，想一想她，然后接着哭，直到哭不动。但是我不可以，因为我正在结婚。在场的人也都是我生命里最重要的人，而且他们都不认识她。

但是我也不知道怎样摆脱那种心情，因为她死了，在我的心上，有一部分也和她一起死了，那一部分不能和我一起结婚了。

我偶尔会想起她，只有电光石火般的一瞬间。日常的生活还在继续，我该怎样捧出那块死去的心来祭奠。我几乎都还没有意识到它死了。

又听说她爸爸妈妈的头发全白了。我一直没办法去看望他们。我不知道怎样走进她的家，她的家几乎和我的家一样熟悉。

那两个勤快的小孩，经常一起去井边打水，洗两个家里的茶杯，茶盘，家具。一起坐在她的房间里照镜子，梳头，学着画眉毛，数我们俩共同的存款。我们每天一起上学放学，一起在路上捡钱，捡废铁，捡糖纸。捡来的糖纸分类捆成一扎一扎，没事的时候摊在地上欣赏。在她家厨房边搭的小棚子里，她红着脸问我：你有没有来那个？我却听不懂。因为我连胸部都还没有开始发育。她家客厅的大桌子上摆着全家人的钥匙。因为她总是嫌钥匙脏，总是把它们全部洗干净，放在那里晾干。在学校里她突然来了例假，白裙子都被染红了。我突然变成要保护她的英雄，骑车送她回家，她坐在我的自行车后面，抱着自己的板凳哭。他爸爸从厕所里找出工具，就在门廊下，把她被染过的板凳重新刷漆，我在楼上也看得见。等我回到学校，调皮的男生把生物书翻到第27页递给我看，促狭地说"我知道是来这个啦"，我也当不成英雄了，面红耳赤，手足无措。她写了我坏话的日记本用订书钉订住，却被我撬开看，我伤心地哭了，她也伤心地哭着说，我不是订上了吗，你为什么又看，我现在撕了行吗。

这几年我们家搬出了那个大院。再回那个院子，它突然变得很小。我站在任何一处，都可以看到每一片土地，记起那些地方发生的事情。没有一个花坛我们没有在上面写过作业，没有一块草坪没有去捡过地木耳，没有一种草我们没有尝过，没有任何一棵梅花树、橘子树、香樟树，我们没有一起在树下，仰着头闻那些花的香。那块空的水泥地上，我们无数次在上面打羽毛球，踢毽子，跳皮筋，抓石头，跳房子，过年时提着灯笼去那里放花炮。在玉兰树围起来的一片草坪里，无数次和大院里的男孩子们过家家。我打着伞跳楼的时候，她就在下面笑着看我。或者将许多拔地草编成长长的绳子，放在自己的肩膀，站在阳台边，假装自己是长发公主。

当我蹲下来的时候，那个院子又变得很大，就好像我没有长大过。于是在每一个地方我都能看见她。

但是如今她在哪里我却不知道。甚至她葬在哪里我也不知道。我不敢问。

我真的一直都不懂，死亡是什么。它意味着什么。

我尝试着将她写出来，却发现千头万绪仍然说不出口。我慌慌张张地写下点点滴滴，却没有感觉到她在我身边，而我依然哭不出来。就好像我不怎么想她似的。就好像她在怪我似的。

人究竟有没有灵魂呀？她会不会思念我，会不会怪我，会不会还爱我。她会比我有感觉吗？我还能为她做点什么吗？那个人消失了，爱也会消失吗？和她有关的一切都会消失，什么也不剩下吗？我感到极力承受的东西，为何像是轻飘飘的？为何如此轻盈的东西，却是用尽全力也无法挣脱，也无法坠下的呢？

如何谈论一个死去的爱人？和另外一个爱她的人一起谈论她可以吗？如果我去她家，抓住她妈妈的手痛哭，我们能彼此安慰吗？如果我找到她的初恋男友，十几年我们一起长大的那个男孩子，剥开他，撕裂他，让我们的心一起陷于血泊之中，是好的吗？我去她的墓前，该带上没有兑现的婚纱吗？

当心中有一部分死去的时候，它还能活回来吗？我该希望它活着跳动，呼吸，让热的血使它作痛吗？还是该昂首向前，假装这一次，上一次，这无从说起的无数次，都从未发生过。

也或者，此刻，我的身体没能包住我的心，而她的也一样。

在另一个我一无所知的地方，我们的心又见面了。

在那里，有两个小孩子在秋风里认识，并且又迷上了存钱。

当我想到这里，我突然就信了。漂浮在某个地方的泪水，就突然地掉了下来。

W

W是我内心惧怕的人，尽管我们看起来相亲相爱。我从来不知道她在想什么，我这么脆弱的心脏也难以去揣度她坚强的心。写下这篇文章是痛苦的事，我还是试一试，把最敏锐的神经动用起来，预备着忍受巨大的伤害，像一个最优秀的被角色毁灭的演员一样，开始这趟危险之旅。

W和我同岁，2006年她毕业找工作，据说前一年是黑寡妇年，每个人都应该戴指环，她非常信这些，就给自己买了个黑指环。不久她弄丢了一个书包，其中有一本香港的同学送的又厚又沉的英文版《圣经》，这件事让她疑惑了很长时间，并把后来接二连三发生的一些事，归咎于丢了上帝的《圣经》。

W曾经发誓，要嫁给一个会做麦当劳的麦辣鸡翅的人，因为她太喜欢吃那个了，不过她一直没遇见这样一个人。她没正经恋爱过，上杆子追求、自编自演、不知所云的、柏拉图式的，倒是有一些。比如一个叫老武的，这个人没喜欢过她，但她给老武写了个乱七八糟的东西发到网上，好多认识他的人都发现说的是他了，老武的女朋友也看见了，跟他大闹了一场。老武就来训了W一顿，后来再没往来，这事儿就这么糊里糊涂完蛋了。

有个广东人，跟W网恋了好几年，她跑到广州去找他，对方却爱理不理，

W 觉得他很喜欢自己，但为什么不理她，她一直没想明白。当时的 W 很爱那个人，讲，他如果要我，我就去广州工作。W 在这件事情上反正不死心，非到朋友都做不成才罢休。公开承认是 W 男朋友的只有一个，是个姓 M 的家伙，不过他公开的范围 W 并不在场——因为他们靠信和电话来往了三年。M 给她分析国际时势，W 给他说生活琐事，比如买了一瓶护肤霜，比如我的新朋友如何漂亮等等。这一对话不投机并且没有肉体关系、甚至见不着面的情侣，居然维持了三年的恋爱关系，这确实是件稀奇事，不过最后总算结束了。

W 说，有一天她给那个男人打了个电话，哭了一会，然后就再也不理他了，并且一点儿也不想他了。

M 也是我的朋友，这两个人打电话百分之七十以上的内容都是在说我，因为实在没有别的共同话题。两个人谈恋爱竟然全部在说一个不相干的人，真是太奇特了。后来 W 和 M 没了来往，但是还是跟我联系，说点各种各样的事。W 说任何事都是啰里啰嗦的。

W 有一些绝活，比如泡面，她先用一些开水把面泡开，把这遍水倒了以后，再均匀仔细地拌上调料，最后再倒上开水。这样泡出来的面，非常的香。她把这个方法向很多人介绍过，不过人们都懒得这么做，大概是觉得不值得。

她还会泡一种非常好喝的咖啡，雀巢咖啡加伴侣，伴侣是咖啡的两倍，半勺高乐高，再倒点牛奶。味道好的时候和雀巢罐装紫色包装的巧克力很像，但是比那好喝。W 每天晚上都这样，手捧诗集，喝这种饮料。她还喜欢去学校的可乐机上打可乐，几乎每种牌子的饮料都兑过，像化学试验一样，醒目苹果加葡萄、橙汁加百事可乐……

W 跟周围的人总是相处不好。有一回，宿舍的人集体说她偷了她们的东西，W 给她们每人写了一张道歉的条子，为给她们带来不便道歉，然后就搬出去了。搬家的时候 W 很辛苦，她只有 154 厘米，不到 80 斤。搬完了家，W 常常一个人昏睡不起。

虽然她也画了十几年画，但她更像是个随大流的人。过去流行摇滚青年的时候，她做了摇滚青年，如今流行动漫和韩剧，她也开始哈韩哈日。于是有人认真地盯着她说：你不愤怒，不偏激，你很世故！

W耐心地解释说，我甚至比这更俗呢。

其实我应该了解她，我们通了很多信，那些信可能比有的人一辈子所有的信加起来都多。那么多的信，我几乎把命都掏出来写了。但是从她的信中，关于她的世界，我几乎还是一无所知。

我就是断断续续，结结巴巴，知道那些零星片断。只是知道。了解，绝对不敢说。

我认为她假装相信一些东西，比如神，比如厄运，比如爱情，只是为了装作不那么骄傲。

虽然她说过我们都是随大流的人，但实际上她都比我走得远得多，远到我望尘莫及的地步。

我在为英语补考手忙脚乱的时候，她就来信跟我谈论原版英文诗歌的音型义相对应的趣味。早在2000年以前她还不到18岁的时候，就已经通过互联网对DEATH IN JUNE（死于六月）进行过采访，在黑暗乐迷的心中，DEATH IN JUNE可以用伟大来形容，他是"死亡民谣"或者称之为"启示录民谣"这类音乐里的王。如今歌特音乐已经被炒成馊饭，歌特乐迷被成群地培养起来，只是他们已经不记得W这个Dark Wave乐评人了。

那时候的我，还不大会打字。

我才真的是随大流，她却拥有我不懂的境界。

面对她我不敢懒惰，但是面对她，要勤奋又显得可笑。

幸好有她的长沙离我很远很远，我害怕她在我的生活中占有一席之地，那会打破我原来的平衡：小幸福，小牢骚，小理想，小毛病。

我无法想象她向许多人一本正经地热心推销她的完美泡面法。

我也无法想象那些人联合起来诬陷手捧诗集的她，把她赶出去，她却没有做出任何解释。她一个人住在冰冷的一间平房里，周围住的是陌生的民工、粗鄙的房东、流氓和小偷。有一天我看了《罗丹的情人》发现那句台词，为她和她流泪——他们恨你，是因为他们毁不了你。

最让我害怕的是她从未抱怨过。就像她从未对任何事抱有希望一样。

没有情感的骄傲，目空一切的骄傲。

那以后我有一次打电话给她，她说她坐在校园角落的一个有太阳的地方等着上课，捂着话筒还和一个路过的人用非常八婆的语气谈笑了一会。

她说话的时候总是那种大惊小怪的八婆语气，絮絮叨叨地重复一些很容易让人不耐烦的话。她说的事情总是不值一提，简单来说就是一个精力充沛的三八讲的废话。

看她最近的照片，居然留起了一头庸俗的直发，纵着鼻子吐舌头。还问我："可爱吧？"

看起来她就像很多惊叹号，问号，等等表达强烈感情的符号。其实她的心里全是句号——一个字，一个故事，一首歌；半个字，半个故事，半首歌——的后面，全是句号。那些句号在她的心里像一个一个的洞，连起来就像长夜。

是的，关于她我看到的全是假相，真实深不可测。不是深渊的那种空洞徒劳的深，而是长夜的那种漫长绝望的深。

大文

打出这个名字我感到心中充满爱意。你看，我此刻面带微笑，我想先温柔地望一望南方，她所在的南京那个方向，但是想到我不知道哪里是南，就算了。对，关于我著名的可怜的方向感。可以从这里开始关于大文的故事。

我们十四五岁在一起上艺校的时候，只要是我带路出门，就没有不坐错车、走错方向的。有一次她终于爆发了，踢开我宿舍的门，用尽全力大叫一声（声音还是很小）：你烦死了！然后顿了顿，还想说点更带劲的，但是呼哧了几下，自己憋得脸通红，迟疑地转身出去了⋯⋯这时候我还来不及反应她在干什么。

那是我认识她十多年她唯一的一次发脾气。我认为她根本就不会发脾气，这样发脾气一点用都没有。

她就是文质彬彬的那一种人。

上公共汽车她会两只手握在一起，抿着嘴唇，谦让在一边，等大家都上她再上。如果她先上了她会不好意思，回头跟在她后面的人道歉。

如果走在街上手上有了个什么垃圾，那她什么都不用干了，会一直搜寻垃圾桶。有一次她手上的垃圾包括一捧瓜子壳，几根糖葫芦的棍儿，几张糖果皮，葡萄皮和葡萄籽。因为我们在坐车而她要下车，就都交给她了。不幸的是她没找到垃圾箱，结果是把这堆东西一直捧回了家。

出去吃饭每上一道菜她都要跟服务员说一遍谢谢，为自己享受了别人的劳动而深深不安，要个小吃还好，要是几个人一起点了几个菜，要点餐巾纸牙签什么的，您就看她辛苦吧。如果不是因为跟大家在一起，她还会站起来说。

她走路绝对不会走在盲道上，尽管我从来没有在盲道上见过一个盲人，但是她一直很注意并且红着脸提醒别人。

写到这儿，看起来她只不过是个具有温良谦恭美德的女人，其实不是这样。我要说的是，她并不因为温良谦恭的美德而格外荣耀，相反她觉得自己这样做，给周围不那样做的人带来尴尬，但是她又确实不能违背自己的心意不温良谦恭，她是发自内心必须要温良谦恭的。所以这就造成她经常不安，处处显出不合时宜的样子。

有的人就会厌恶她这些"臭毛病"。

她经常满脸通红，无可奈何，张口结舌地说不出话来。但是她还是不得不一直这样做。

有时候她一个念头会叫人抓狂。

十多年了，从我认识她开始，她始终管卖东西的人叫"同志"。你看这行字可能觉得没什么，但是你自己买冰棍儿的时候管老板叫"同志"试试……

从她坚持这件事情的固执程度上来看，我觉得这是她处于弱势的立场对强势人们的一种讥讽。十四五岁的人干的傻事，有几件是有勇气有可能坚持下来的？

她以前有一头长及臀部质地很好的黑发，用我妈的话说叫"一床缎被子"。有一年暑假她用惯常的那种温温的语调，低眉落眼地对她妈妈说：妈妈，我去剪一下头发。回来的时候她的头发剪成了板寸，烫卷，还染成了红色——就是樱木花道那样的发型。从她妈妈面前经过几个来回，硬是没有认出她。

她这种性格的养成可能和她妈妈有一些关系。大多数妈妈训斥我们的时候最多会说：你看看隔壁的某某！跟你一样大，人家怎么就……

她妈妈训斥她的时候会说：你看看人家章子怡！跟你一样大，人家怎么就……我很喜欢她而不怎么喜欢章子怡，所以我认为她妈妈的训斥没什么道理。

十四五岁的欢乐很快就过去。那时候我们经常会搞点甜蜜的小事，比如说在一间空教室里对面坐着，说："1、2、3——笑！"然后一起哈哈大笑。比如说买那种酷似毛毛虫的鼻涕糖逼对方吃下去。比如说搜罗那个城市里各种各样有趣的小店跟那些老板混得烂熟。或者拿着她那个50块钱的傻瓜相机出去胡乱拍照，到冲印店里不厌其烦地试验各种色调的照片，然后给这些照片起各种诸如"风华正茂""纯真年代"之类小布尔乔亚的名字。那种试验很像是现在流行的"不对焦，不取景，不计后果，没有规则"的lomo摄影。再比如说帮大学部的师兄追求我们班的美人儿，这种帮忙包括传话、传纸条、出卖美人的喜好及各种隐私，还包括一旦下课，我们俩一个找借口堵住将要不知去向的美人儿，另一个跑步去找师兄来和她约会。顺便说一下，至今我们仍然为自己做媒的眼光骄傲，这对玉人直到此刻，时隔十年以后，依然是人人称羡的贤伉俪。

从艺校毕业我们就很少见面了，我感到她变了很多。

据说她在她们大学影响很大。

有一天她和平时一样从球场边经过去图书馆，球场上跑来一个男孩对她说："明天下午的这个时候你不要从这里走了。"说完转身就走，她惊了，连忙拦住问为什么。那个男孩不耐烦地说：明天下午我们有比赛，你再从这里走，队长就不说了，也会影响我们其他队员的发挥！

如果她平时站在某个的栏杆边，远处就会立刻有人聚拢围观。

她的系主任很无奈。因为如果有外系的男生到她们那一层楼找她，就会被他们系的男生推搡到办公室，打报告，说明会见事项、会见时间，由系主任签上名，这才见得到她。

她上大本的时候就有很多硕士和博士师兄的床头贴着她的照片。有的宿舍甚至作为图腾放在门上。

她在学校的外号叫"公主"，上至校长，下至校工都这么叫她。

她写的诗令我这个也算博览群书的人目瞪口呆，她还翻译过英文的基督教护教书籍。

看到这你一定以为她的生活如鱼得水、八面玲珑吧？其实不然。她对于这一切也非常不安，她认为这些很可能是有一个操纵者在捉弄她，不是一个普通的坏家伙，而是命运那一类的破玩意儿。所以她并不像我们认识的那些学校里的交际花一样过得游刃有余。她很沉默，默默地穿过操场，默默地走向食堂、图书馆、画室。好像在担心着什么，显得有些可怜巴巴的。穿男人的灰秃秃的大衣服，尽量避开大家的耳目，试图谈论严肃的话题。

我们曾经面红耳赤诚恳地做关于架上绘画的前途的交谈，充满热情地考虑艺术活动是一种辛苦的农民般的劳作还是阳春白雪高于生活的创造。结果我全都忘记了。这说明我已不再拿这些问题当真，我猜想她也和我一样，不会再和谁争论了。

她给我写的信越来越少，偶尔来封信里面说她在篮球场发现了一块鱼化石，说学校后面开了一大树樱花，说等我去看她的时候她要带我去吃三个单身汉烤的铁板鱿鱼，他们会站在风中喊着：铁板鱿鱼铁板鱿鱼铁板鱿鱼……她说的都是些孤独的事。

收到这样的信也是很多年前了，现在已经完全没有，仿佛她已经陷入了长久的思考。

我是了解她的心境的，所以我跟她一起从来不会有一般跟美女在一起的压力，而是一种保护的焦虑姿态，希望她不要再被误解伤害。

旁人看来她是个少有的幸运儿，健康、美丽、才华横溢，出生在最早小康的富裕家庭，人生走得很顺利，书一口气就念到硕士。老老小小男男女女各种各样的人都喜欢她。她的人生实在没什么可抱怨的。可是她又总是沉默，令人费解的沉默，使得那些嫉妒她的人有理由讨厌她。

她高兴起来会很突然，像清晨房间里悄然的唯一的一缕阳光，范围很小，也不温暖，但是含着振奋的希望。她说的笑话很冷，没有技巧没有包袱，不会令人乐不可支，那是一种深藏在内心世界中的难以为人理解的幽默。举个例子，她说，学校的一根柱子上深深地刻着两个字——宿命。你看，心酸的人。然后局促地一笑说，那是我刻的。听的人愕然或者礼貌地笑笑，或者嘲讽地短促大笑一下。只有我可以真心明白地笑笑。

所以我们很想念彼此，期待着见面时会心一笑。拥有一切的人无从知道自己失去了什么，就算知道那只是命运的一部分，完全没什么可说的。以为自己拥有一切和一无所有的人差不多，其实过去和未来都是不可知的、被控制的，这还不可笑吗？人生就像竹篮打水一场空，不把篮子拎出水面，就以为篮子是满的。生命的形式本身很幽默。我懂她的意思。

但是她会在瞬间就默然无语，像一个气球突然之间撒了气，或者一辆高速行驶的赛车"吱"的一声，寂寞地停在路边。

也许她对自己的痛苦感到羞于启齿，毕竟世界的很多地方还在发生着灾难，她身边的大多数人也没有她那样的生活，不知道从什么时候开始我们浅薄得没有资格痛苦或欢乐了。强颜欢笑也不行，愁眉苦脸也不行，于是没有选择，只能像镜子一样沉默。

我认为她心里有无限的悲哀和矛盾，但是她不能倾诉，不能抱怨，不能解脱，不能为这些悲哀做点什么。我敢肯定我看得到她的心：两手一摊，头歪到一边，说——你看，我找不到一种方式陈述一切。

也许这就是长大吧。如果长大就是这样的话，那就没有我们小时候想象过的那样好。

但她，仍然是这个世界少有的一等一的好姑娘。一个纯粹的人，一个高尚的人，一个脱离了低级趣味的人，硕果仅存的一个怀着充沛深情的浪漫主义者、现实主义者、自然主义者。

乍妍

我想起春妍来，她结婚了。

她从高中起就开始谈恋爱，对方大她六岁。她上大学的时候，四年，雷打不动地每天一个电话，半个月见一次面；毕业以后她考上他以前那个大学的研究生；现在他们是同事，在同一所大学当老师。都是教油画的。学校给他们分了房子，还贷款、添家具、出双入对、夫唱妇随。不过我只记得她跟我说过，房子刚分下来的时候，他不让她进厨房，指着自己的鼻孔，说，家里只要这两个抽油烟机就够了。

16岁初恋的多得是，恋个十年八年也不少，恋到结婚也还有（虽然已经太稀奇），结了婚还温情脉脉，事业上是好伙伴，生活中是对好情侣，这种爱情故事神奇得让人发晕，让人不得不羡慕。

不过就是羡慕，却不会嫉妒。她就是那种人，很沉静很清纯，让你觉得她得到什么都是应该的，很自然的。她念书就念书，恋爱就恋爱，什么都不耽误，什么都不能影响她面面俱到的幸福。

记得我们小时候排儿童节的节目，她演四季中的"秋姑姑"，黄色的坠坠的裙子，头上戴着一片树叶，还戴着有铃铛的手镯。秋姑姑的那段动作和歌都很慢，"秋天美，秋天美，秋姑姑的笑容呀美又美……"随着她伸着双臂的轻轻旋转，旁边演花和草的小朋友就微微下蹲，牵着自己的裙角，仰起脸随着她转……

顺便说一下那个节目里演"春姐姐"的女孩，戴着闪闪发光的花环，翠绿色的泡泡裙，出场很欢快，她一出来，花和草就一起跳跃，大概是表示春意盎然、万物苏醒的场面。每个小学都有那样的女孩：非常漂亮又洋气，成绩好，会唱歌跳舞，是班长、大队长、护旗手，老师们训斥差生的时候就拿来做榜样。她就是。她现在已经从中央财经大学的研究生毕业，在加拿大富裕快乐地生活。

我在那个节目里没有角色，在另一个叫《阳光下的七色花》里演彩虹中的一条，被拿下了。

后来排一个叫《洗衣舞》的节目，站在正数第四个，倒数第五个，不前不后可有可无的位置，后来那个节目整个被拿下了。

小时候的演出就像预言一样，春姐姐是人尖儿，得到了耀眼锐意的人生；我呢，总是演小草，还总是不能登上舞台，面对着不断被"拿下"的命运。秋姑姑的角色恬淡闲适，生命也饱满充盈。

她好像从来没有经历过挫折，但是这种顺利却从来没有使她变得骄傲，反而显出不能侵犯的尊严。顺理成章的就这样了。她就是按部就班，顺顺当当走到现在。

我们许多年也不见一次面，但是每年过年她都会给我打个电话，说："你还好吗？"

这边说："挺好的，你呢？"

偶尔联系的朋友每个人都有，只要一方疏忽点很快就"相忘于江湖"了。不过她不是，我几乎没有打给她过，她从来不"记仇"，还是每年一个，向我家每一个人问遍好。每年都是那几句话。一跟她说话，心里就平静得不得了。

我衷心衷心祝福她永远幸福。

　　人年轻的时候可能会看不起平凡，以为只有充满激情的生活才值得一过。后来我才慢慢发现，也许春妍才是早早掌握了生活的真谛的人？我现在才理解的事情，她那么久以前就明白？

　　如果不是我有这么一位朋友，我或许根本就不信世上还有这样的幸福。如果不是有这么一位朋友很多事情我都不信了。不过既然会有这样的奇迹，就不能排除其他的奇迹也会发生。

小姐们

（1）

有一个姐姐，我很早就注意到她。因为她非常青春靓丽，常背着一个小书包，扎着清洁光滑的高马尾辫坐在学校花园里看书或和别人交谈。看她的样子就是一个偶像剧里的女大学生，绝对想不到她从事着什么职业。

她的传说学校里每个人都知道，出入于五星级酒店做小姐。服务的对象也是比较高级的。之所以众人周知，是因为她自己毫不忌讳。上至校长，下至校工。但是读书的时候她照样读书。她是学生会干部，学校联欢会也总有她的节目。她书也读得很好，开校会她经常作为学生代表发言。我觉得她漂亮又聪明，是让我仰望的姐姐。

她一毕业，就开了一家公司，不再做这一行了。我猜，她是有许多过去的客户帮她的。分开三年以后我在路上遇见过她，开着一辆敞篷宝马车，她还是一样漂亮而且神情愉快。

（2）

上学的时候我们很年轻，一个叫 L 的女孩和另一个女孩在电线杆上发现小纸条：陪聊，100 元 / 小时。她们俩很高兴地打电话去联系这个工作，还说好赚了钱要请我吃麦当劳。其中一个女孩回来跟我说她没见到客户，因为对方电话一直要她换车、换路线，来到越走越黑的一个地方，她觉得有点害怕，就回来了。

但是 L 顺利地见到了她的客人。那是一所铺了红地毯的豪华别墅，那个男人上过央视一个很厉害的人物节目"东方之子"。那个人家里还有他和某国家领导人的合影。她说这个男人温柔体贴，又很有情趣。那个房子也华丽舒适。总之他们过了一夜，那个男人很喜欢她，希望她再去，并且给了她 800 块钱。她兴致勃勃地和我们说着这些，但是忘了请我们吃麦当劳。

L 真的非常漂亮，真是性感骄傲的大美人。我们还在嬉笑着青涩地谈论男人的时候，她就教我们只要打扮得漂漂亮亮的，去酒吧一坐，自然有人来请你喝酒，不用花钱。

之后她似乎就消失了，我不太记得了，因为我和她不算非常熟，纯粹是因为我们都很开朗才有一些有限的交谈。总之后来就失去了联系。

直到十年后，旅游的时候偶遇了她！

她还和以前一样漂亮，开着一个即将倒闭的小店。她说之前她在北京好几年，前男友是一个独立导演，两个人啥也不干，整天飞叶子。为什么说那是即将倒闭的小店呢。因为那个店没进过货，里面挂的货品还都是盘店的时候一起拿下来的。

她的店没有门锁，有时候上午她还在睡觉，客人会把门推开看看，她就说

乌蕨（叶）
Stenoloma chusanum Ching

多年生草本植物。叶近生，叶片披针形，
先端渐尖，基部不变狭，密接，有短柄，
斜展，卵状披针形，叶坚草质。包解百毒。

天门冬（果）
Asparagus cochinchinensis (Lour.) Merr

多年生攀缘草本植物。叶状枝，扁平或
由于中脉龙骨状而略呈锐三棱形，稍镰
刀状，浆果熟时红色。味苦，平。

络石（花）
Trachelospermum jasminoides (Lindl.) Lem.

常绿木质藤本植物，花多朵组成圆锥状，
与叶等长或较长，白色，芳香，被柔毛，
雄蕊着生在花冠筒中部，花药箭头状。
全株有毒。

乌蕨（叶）
Stenoloma chusanum Ching

天门冬（果）
Asparagus cochinchinensis (Lour.) Merr

络石（花）
Trachelospermum jasminoides (Lindl.) Lem.

桉树 (嫩叶)
Eucalyptus robusta Smith

密荫大乔木。幼态叶对生，叶片厚革质，
卵形，有柄。树根可食用、取水、吸金。
树叶顶端积聚大量金物质后，能形成较
大的结晶。

桉树（嫩叶）

Eucalyptus robusta Smith

假连翘

Duranta repens

常绿灌木。枝长，二叶对生，先端短尖
或浑圆。核果肉质，卵形，成串包在萼
片内，黄色，有光泽。耐修剪。

假连翘

Duranta repens

香樟树 (叶)
Cinnamomum camphora (L.) Presl.

常绿大乔木，叶互生，卵状椭圆形，先
端急尖，基部宽楔形至近圆形，边缘全缘，
软骨质，有时呈微波状，上面绿色或黄
绿色，有光泽。巨大如伞。

香樟树（叶）
Cinnamomum camphora (L.) Presl.

肿柄菊
Tithonia diversifolia A. Gray

一年生草本植物。也称墨西哥向日葵。

具无限开花习性，边开花，边成熟。

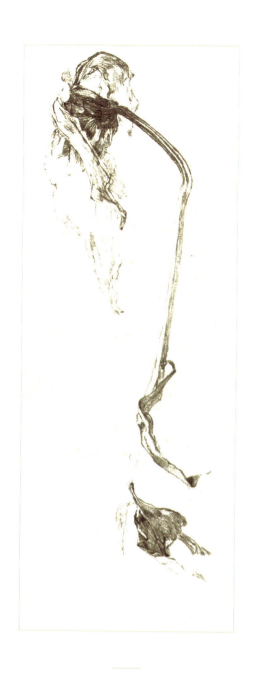

肿柄菊

Tithonia diversifolia A. Gray

白萝卜
White Radish

一年生草本植物。根肉质，长圆形、球
形或圆锥形，根皮白色。茎直立，粗壮，
圆柱形，中空，自基部分枝。基生叶及
茎下部叶有长柄。好吃。

白萝卜
White Radish

还没开张呢，叫人家帮忙关上门。她就睡在店里的地上，地上铺了张草席。有时候白天她忘了把草席卷起来，被人踩来踩去，晚上她就把衣服脱下来擦擦睡。

我说冬天怎么办呢，她说冬天还没到呢。

我问她过成这个样子，怎么还能这么漂亮，一点也不老？她说秘诀是不洗脸。她还说这个秘诀是我教她的，我真不记得了。

那件晚上用来擦草席的T恤，她白天也穿。我在的那几天她就没换过衣服。灰色的大T恤下面就是大长腿，短裤被罩住了看不见。走在那个城市满是美女的街上，还是艳光四射，人人回头张望她。和她的店隔几个店面的地方是个饭店，她实在没饭吃的时候就去那里蹭一顿。笑嘻嘻地往那一坐，那个老板也不说啥，就给她上两个菜。她也带我去吃了一餐。我拿不准该不该付账，最后还是没付。这样的小姐，我当然也是不懂的。可能她不算是小姐。

我还记得她十几年前和我说，在她湖北老家的乡下，两万块钱就可以买一座山，将来她要回老家买一座山，在上面种满桃花。

(3)

还有个女孩，一直也不熟，我也没有非常留意她过得怎么样。有一天，她突然跟我说，她早已开始在网上接客了。我这才留意到她的穿着用度比普通学生贵好多。她说，最开始是她的独母帮她交完第一笔学费，家里已经竭尽所有，没有办法再支持她。不要说往后的学费，就是眼下需要的电脑，也没办法买。她只是想要一台电脑。

后来我问她，现在那身衣服多少钱。她说的数字让我很吃惊。我说这么贵的衣服有必要吗？她说和那些人打交道，你穿小孩的衣服，人家根本不理你。

想了又想，我还是说了。我说你要小心，一直用这贵的东西，这样下去，你就真的变成一个妓女了，你还会想读书吗？还会记得你原来的日的吗？后来我们随便聊了一点别的，她就走了。从那以后她再也没有和我说过话。

（4）

最后一个是在一家青年旅馆认识的。当时她可能没什么钱，住那个地方的房钱一直欠着不给，老板给她打了好多折，她还在讲价，软的硬的都来，死磨硬泡。去海边游泳，她把有海绵的胸罩穿在泳衣里面，这样她的胸会更突出。回来以后抱怨那些男生盯着她看，但我感觉不是真心抱怨。

其实我本来不清楚她的工作。直到有一天她得意地跟我说，她现在做妈咪了，手上有五个姑娘。马上要打的这个电话，是她要找来的第六个。我问她在哪里上班，她说了一个当地非常有名的夜总会。我当时有点无话可说，就说：那你现在是上流社会的啦。不过我也有点意外，她竟然非常得意地笑了。

这一个人，我觉得非常的无趣，我不太喜欢和她打交道。她总是伸手去戳别人的身体，说话的声音尖厉高亢，谈吐也令我生厌。明明在买新衣服、化妆品，却不付房钱，直到最后她走了，也没有付钱。

过了几年，她到厦门的环岛路上拍婚纱照，居然专程到我的店里来看我。她一个人在拍婚纱照。她说她老公今天没空，先自己拍写真的部分。请她吃了个冰淇淋，她说没带钱哦，我说不用了。

我觉得她神情不快乐，但是也什么都没问。

:: 小　崇

　　十四五岁的时候我认识一个人叫小崇。我只知道他叫小崇。我第一次见到小崇的时候认为他简直太酷了。其实是很土的打扮，一身黑色漆皮装，金黄的头发。但是他 196 厘米的个子，苍白的脸，站在门框里顶天立地。不过这种造型的人竟然是江淮汽车厂的工人，一名焊工。

　　我那时候很向往小太妹的生活，我说喜欢飙车。小崇说我也喜欢飙车，然后领我去看他的车——自行车。

　　年轻的我认为自己是个千金小姐、天之骄子，有孤芳自赏的美丽，还有不可限量的前程。小崇有一天推着他的自行车说他的理想，是开一个大排档，说他已经学会做上次请我吃过的牛肉粉丝汤。这个理想叫我嗤之以鼻：哼！一个工人的理想。

　　过了多年我想起，高大的人，挡住明亮的路灯光，蒲扇一样的大手，指着热闹的街，谈着自己夏天开个大排档的理想，为我那时候莫名其妙的优越感感到遗憾。那时候我想不到一个骑自行车的电焊工，怀着开一个排档的理想，坚持把自己的头发染成一丝不苟的金黄色，穿得一尘不染的黑色漆皮衣服，这种生活或许没那么轻松。那个理想或许是自由，或许是友情，或者就是比做工人略好点儿但是毕竟好点儿的工作，或许是别的什么。

后来，忽然之间我们会碰面的那个小酒吧拆了，于是再没能见面。那是我第一次感到人海茫茫。

酷酷的小崇，笑嘻嘻的小崇，开大排档的小崇。我没有机会和他正式做朋友了。

:: 小　鸟

我捡到过一只小鸟，是一个雨天，它从窝里掉出来了，淋得湿透，在我手心瑟瑟发抖，微弱地叫着。

我把它带回家，养在垫上棉花的鞋盒里，长久地望着它，全身心地爱它。

它活了下来，第三天我高高兴兴地带着它，去看我的好朋友。

为了疼爱它，我竟然把小鸟捧在手心里走。走着走着，它突然向下滑去。我赶快一夹——它轻轻哼了一声，是生命的最后一口气被挤出了肺的声音。我又赶紧放开，它就掉了下去——不知去向了——应该是掉到地上，却不知去向了。

我蹲在那里，哭完了那个童年的晴天。

这件事情，我过去不知道，现在依然不明白，生命怎么那么脆弱呢？

还有，那只小鸟它去哪了？

:: 杀 鸡

第一次做炖鱼，因为他发短信回来点名要吃炖鱼。

不敢杀鱼，在市场请人杀好。没想到鱼没死透，快走到家的时候弹了几下，我失声惊叫，吓得头发晕，蹲在地上站不起来。回到家，心里发着抖把鱼使劲摔了几下，终于死了，给妈妈打电话，做笔记，然后开始做"炖鱼"。

他回来后第一件事就是去厨房开锅查看。然后很满意地吃光了那条眼神空空的鱼。

我想起在家的时候，我妈妈杀鸡，干净利落，鸡一下都来不及扑腾就死了。不知道杀了多少鸡才练出这样的功夫。我小时候央求过她，不要杀鸡，不要杀鱼，都被残忍地拒绝了，只是她后来都在我看不见的地方杀。妈妈从战战兢兢的少女到练出铁石心肠，一定也是因为看了很多高高兴兴的吃相。我从来不吃鱼，因为他喜欢吃，我已经学会做炖鱼和水煮鱼了。

有一天我也会有孩子，也会干净利落地杀鸡给他们吃。

:: 坐 车

工作的地方离他远，每个星期坐将近两个小时的车回来。路上总是人很多，很累，希望下了车，可以好好休息，躺一会。他很粗心，总不记得帮我拿过手上的东西，也不会特别体贴地问问我累不累，就是很平常的，吃吃饭，然后走回家。有时候和和气气的，有时候也吵架，就觉得身心疲惫。但还是愿意一路颠簸回来，再一个人走长长的路去工作。

记得初恋时的那个人，也是每个星期看我一次，两天时间，要坐来回10

个小时的车。想来，一定很累很累。我那时候知道坐车这么累吗？我那时候能体会无论多累都要奔向心爱的人的那种期待吗？我记得总是吵架，哭，一塌糊涂。我那时候知道，吵架之后走向寂寞旅程的那种心疼吗？

那会儿分手的时候我非常委屈，恶狠狠地说，我再也不想认识高个子的人，瘦的人，姓王的人，我怎么可能和你做朋友？发誓要永远恨他。

我也为心爱的人来回奔波了。在奔波之前，我就原谅了他。

::盒　饭

我十四五岁就到外地上学。同学的家人去了，就会上街买东西，然后上高级饭店吃顿好的。有一回爸爸去看我，居然带我去了食堂的餐厅，要了两个盒饭。

我心里非常不高兴，觉得他小气，不疼我，不肯为我花钱；还觉得没面子，怕被同学撞见我爸爸带我吃得这样寒酸。

吃完以后他很高兴，说你们食堂两块钱吃得这么好，真不错。我一直不高兴，不太理睬他。

后来我终于长大，发现如果我有一个孩子，我绝对不会舍不得为她花钱。那顿盒饭，他就是想看看我平时吃的怎么样。至于那点可怜的面子，如果还能和爸爸吃一顿盒饭，我愿意拿我在世上所有的面子去换。

又过了许多许多年，这些小事离我越来越远，我并没有为那么年轻的时候做过的傻事过多后悔，只希望可以尽量珍惜，在一切还来得及之前。

世界尽头的风景

一条很狭长的陆地伸向外海，车沿着那条陆地开了一个多小时，到尽头没有路时爬了一段山。到山顶遇见了一只羊，我一边学羊叫，一边继续往前走，就看见了灯塔，还有一片幽深无尽的海。

后来在我非常痛苦时，常常梦见这片海，梦见灯塔，缓缓沉入海底。

某一刻 一生里的

　　那是某次坐火车回家。那列火车坐了无数次，连列车员都似曾相识。车厢里飘着暖烘烘的方便面、皮革，还有总是泛潮的地板气味。近处总是有人在剥橘子和低声聊天，远处总是有一桌人打扑克和嬉笑。火车规律地发出哐哐的声响，窗户暗暗散发出胶皮味道。我坐了一个倒着的座位，看着一棵一棵向前冲的树，眼睛渐渐发酸并昏昏睡去。

　　等我醒来的时候似乎火车已经停了一会儿，车厢里已经暗了下来，所有原来嗡嗡的声响突然间都变成窃窃私语。

　　睡去前最后一个念头：下次停车就到家了！

　　我倏地站起来，抓起行李向车门冲去。边走边低声对人说：对不起，对不起，我到了，我到了。

　　一路带起了一些昏昏沉沉的灰扑扑的人。他们像被风掠过的草一样渐次抬起头，直起身。

　　穿着绿色制服、靠着车门向外看的列车员，也好像突然从一个清醒的梦里惊醒，慌张地为我打开了门。

　　……那是个很小的车站。

……所以车门没有靠上站台是常有的事。

最后一级台阶离地面似乎还有一米多高。我不假思索地跳了下去。路基里都是石子。

地面不平，人又恍惚，拎着重重的行李，我摇晃了几下，才勉强站定在石子地上。我放下箱子，将它打直，开始缓缓考虑着应该拎着走，还是拖着走。茫然之间打量四周，发现只有我一个人在车下。路基以上的水泥地表面有许多裂缝，里面长出青的和黄的草。

在这个时候，远处另一列火车发出哐且哐且的声响，渐渐驶来。原来我并未到站，那只是在会车。列车员不知何故，竟将我放下了车。

行驶着的火车显得非常大，也许有好几层楼那么高。而且，它越来越大。我扶着箱子，渐渐蹲了下去。

但一生里的这一刻并没有结束。新来的火车发出"哧"的一声叹息，两列火车在两边寂静下来。那是非常彻底的寂静。两列火车上的人都从车窗里探出了头，目送我在火车夹成的巷子里走。并没等到我走出去，火车再次开动了。

这一次我坐在了地上，仰头与那些人四目交接，被火车带起的风越来越大，直到消失在远处。我得以爬上水泥台，沿着铁路一直朝前走，找到了真正的站台。

那时天色更暗，离家还有一小时。

房间

2005 年我在北京。有一段时间我住木樨园一套三室中的一室，是三个房间里第二好的房间。

第一好的那间是主卧，坐北朝南，有晾衣服的阳台，比较大，有一台挂式空调。

第二好的是我和前男友住的那间次卧，有窗户，有一台窗式空调。如果打开那个空调，整个窗户都会嗡嗡地抖起来。

第三间可能是厕所隔出来的。它和厕所共用一面纸墙，没有空调，只有一个非常小而高的窗户。墙边就是那间屋子里的床。那面墙总是湿的，因为厕所和洗澡间大家公用。

厨房也是大家公用。其实只有几块隔板，架在走道的尽头。还有一台原来是白色的黄色冰箱。锅碗瓢盆都是各自准备。

住在主卧的是一个模特儿。我和她交谈其实很少，但因为她几乎不出门，大多数时间都在厨房忙活，所以我很容易遇到她。

她在厨房并不做饭，就是打扫。她会先戴上一双白色的棉布手套，再套一双红色的塑胶手套，用小刀把那些台子和墙上的漆黑油泥一点点刮下来，然后用钢丝球擦，然后用洗洁精和菜瓜布擦，然后用抹布擦。原来那些油泥底下是贴了瓷砖的墙。最后，她用报纸和胶带，一片片把那些容易脏的地方都贴上。厨房慢慢地亮堂起来。

我很想谢谢她，但是也不知送点什么好。除了买点菜做来一起吃，这种合租室友的关系也不合适送别的。大家都是中介找来的而已，原先并不认识。但她除了黄瓜几乎什么都不吃，厨房的小冰箱里塞满了她放的黄瓜。她吃完了又会去厕所抠嗓子，把刚吃进去的黄瓜都吐掉。常常看她叉着腰，自言自语"又胖了"。

我有天买了几块豆干和一点肉想放到冰箱里，却发现塞不下。只好马上炒来吃掉了。厨房升起油烟时，她就去自己的卧室关上门。后来我也就懒得做饭了。锅碗瓢盆每次都要收起来就够麻烦的，又没地方放菜。

这不到两平方的小厨房，应该就算是我们这所房子的公共空间。它是有个小窗户的，又因为变干净了，看起来也有点可爱。

她比我年轻许多，1986年生，黑龙江人。签约了某个模特公司，做一些商演和车模的工作。她的活儿好像不多，因为我很少看见她出门。她说这一行不好做，因为她们公司有很多更年轻的女孩子来了。她非常非常瘦，照我看来，她的胳膊腿都像棉花秆一样细。我进过一次她的房间，她有个宝蓝色的笔记本电脑，当时笔记本还比较贵，彩色的似乎比黑乎乎的更贵。那台笔记本里面只有一个软件，是个有很多动画用来学打字的软件。她说她的理想是进个什么公司，当一个文员。

我的另一个室友是一个男人。他应该也不到30岁。我在走道里晾衣服时可以看见他住的那间最小的卧室。只能放一张一米的单人床，那张床看起来像是张能折叠的钢丝床，可能是因为门太小，木床搬不进去的原因。床前一条大概半米宽的通道，通道尽头有个小架子，上面有部电话机。那个是房主提供的。因为我知道这个电话以前在我的房间。

电话机旁边的墙上贴满了一串串电话号码，他在房间时总打着电话。这个房子没有隔音可言，我听出他大概是一名业务员或推销员。因为他总是在打给各种"先生""小姐"，有时候聊得比较久大概是谈得不错，然而大部分时间很快就会挂断打下一个。打得最久的是打给他老婆的。我很多次听到他在说："北京这边很好，机会也多。等我下个月的业绩如何如何，就把你和儿子接来。"电话那边的宝宝可能还不太会说话，他在电话里教他："叫爸爸！叫爸爸！爸——爸——"

我那时毕业没有多久，第一份设计师的工作被老板辞退，我反省要的工资太高，又没有多少本事撑得住；第二份工作据说是隶属新华社的杂志的实习记者，活很少，可是钱也少得可怜，诚惶诚恐地写了两个稿子，也不知道发没发。想去买那个杂志来查看，突然想起那是个不公开发行的内刊。微薄的工资迟迟不发，也不说不要我，就这么气若游丝地悬着。

我待在家的时间太多，整天挂在网上，到处翻哪里有兼职可以做。有个十五块钱修八十张图的工作，对方还是嫌我手脚不够快，最后也没有给我活干。男朋友有一天下班回来跟我说，听说开彩票站一个月有三四千的收入，问我要不要做。我听得心里冰凉，绝望中甚至去打听了附近公园清洁工的招聘。感觉清洁工还好点，像是个临时的工作，彩票站就是一辈子了。

这房子是一个南方来的朋友租下的，他是名音乐人，在日本生活了几年，回南方的家乡后又想到北京来闯一闯，他还住在这房子里的时候，夜里打电话给我说："我站在窗户旁边往楼下撒尿呢！楼下有好多的傻逼！"

这些牢骚我并不觉得有趣，而且让我心中焦虑。他也不爱多打给我。待了三个月，好像也有几个机会可以去做事，但他说北京不好，便回南方了。走的时候说还有三个月的房租，让我们搬去住。我们当时正想换个便宜点的房子，还可以省三个月的房租，就赶紧搬进去了。

即使是这所房子里第二好的房间，也是很小。我们两个人的几大包行李，搬进去后就没有摆出来过，塞在床边的过道上。房间里有一张双人床，还有一张电脑桌、一把椅子，就没别的地方了。我们两台电脑，一台在桌子上，一台在地上。我把地上铺了个小毯子，坐在那上面用电脑，背就靠着床。鞋子要脱在房间门口，因为仅剩的地面铺着那张毯子。不知道那几大包没打开的行李里有些什么，为什么没打开也一样可以过日子呢。

厨房不好用，我总是去楼下的成都小吃吃饭。盖浇饭实在太实惠，六块八块，满满的饭，热的菜，盛在橘红色的塑料大盘子里。我总是想以后不吃盖浇饭了，不好吃。我的那位男室友却不怕麻烦，一定会回去煮。

他有个电磁炉，平时用报纸盖着。他还有一个汤锅，一个炒锅，三四个碗，几支筷子。锅子都褪色了，碗底也有许多划痕，都摞在一起，也用报纸盖着。我有一次站在厨房里背着男朋友偷偷抽烟，无所事事地掀开那些报纸，看了一会儿。

有一次见到他们俩都在厨房里，那个男人在炒着什么东西，那个女孩站在他身边，比他还高许多。两个人都很瘦。锅子里在炒的东西，可能因为电磁炉火力不够大，只发出很小的锅铲划锅的声音，却听不到油在热锅里刺啦刺啦地响。我仔细辨认了一会儿，没有闻出在做什么。如果他们能端到小走廊，我或许还能看一眼。但他俩后来就站在厨房里吃了起来，面对着水磨石搭的小台子和墙，我感到有些失望。

过了些时候我病倒了，强脊炎复发，几天之内髋关节疼得走不动路。那个没着没落的工作也费不了多少踌躇，我就回妈妈家去养病。

养到又能正常活动时已经过了一个月，男朋友打电话给我说得紧急搬家。之前给我们这个房子的朋友，用房间里的电话打了无数长途，其中包括一些打到日本的国际长途。中介过来勒令交那笔980块的电话费。那个朋友当然不管，男朋友也不愿意凭空交这个钱，那就搬走吧，原来那个朋友交的押金，留让中介抵电话费。我接到电话很着急，因为以前搬家找房子都是我收拾，家里人想让我再养养，但还是赶紧买了票赶回北京。

回北京的那天一路周折，我汽车火车地折腾了一天，最后一站是地铁。我拉着行李，地下通道的风持续地吹在我脸上，好像过了很久很久，电话突然响起甚至吓了我一跳。掏出来接，男朋友说中介提前来收房子了，本来说好了还有3天，却跑来给房间门钉了一套加挂锁的合页。昨晚他自己已经搬完了家。

这时地铁已经来了，我接着电话又要拿行李，没能上去车。他接着说，那些中介，再坏也没有他坏。因为他最后走的时候，把没吃完的盒饭连菜带汤泼在了墙上。

我说那中介怎么办，要重刷房子了。他嘿嘿地发笑，说我才不管他怎么办，真他妈的爽。

我含笑带泪说，你也挺混账的，辛苦了。

虽然也有一张护照但是却从没出过国。作为比较 low 的旅行者，也粗粗回忆一下自己的路程。

初中毕业离开家去省城上学，第一次出门我自己收拾行李，收拾好了觉得有点不安，就喊妈妈来检查，她只看了一眼，说：很好！就顺手把箱子的盖子合上了。

然后她送我一起去省城，我的发小跟在火车后面一路哭，我也一路哭。毕竟那时年纪小，那是第一次"去远方"。从那以后家里人几乎再也没送过我。

所有关于自理的事项，都没怎么做过。但是也不知怎么的就学会了装被子、洗衣服，去大澡堂和很多人一起洗澡。和别人打过两回架，在传达室里给家人打电话哭几个钟头，当时应该是觉得很痛苦吧，但是现在都忘了为什么事了。

又后来考大学。艺考招生每个学校都要单独去，所以就背着、夹着、拖着比我还重的大行李到处跑。有一回去天津还是暖暖春日，回到北京时突然下起了大雪，穿着单衣等公交车，冻得受不了，就到旁边的麦当劳里取暖。从玻璃橱窗往外看，有车来就拖着东西跑出去看，看到不对又叮里咣当地去麦当劳里躲一会。

天津，南京，北京，上海。有时候有伴儿，有时候没伴儿。一个年轻人，也不怕什么劳累，全是硬座，没有座就在厕所边上趴着睡，刚开始只要厕所门一开就被臭醒，后来踢都踢不醒。现在常看有女孩子出门感到安全问题很严峻。也可能幸好我长得不好看，几乎没怎么遇到过骚扰之类的问题。

因为到处考试，在那些招待所里也认识了许多人，一张张脸和一句句话有时候会像瀑布一样从我脑海掠过。因为我无法看到自己在时间的洪流里怎样成长，却因为想起他们的脸庞对照出自己的。

上大学以后，很多在小城市的艺考培训，会叫一些美院的学生去带课。又坐着火车去了好多地方，承德、济南、郑州、青岛、连云港等等，有的都记不清了。有的地方交了一两个朋友，有的地方挣了一点点钱，有的地方留下一两个凝固的场景。其实不太知道专门的"旅行"到底是什么意思，我可从来都是商旅啊。

再后来终于坐上飞机了。坐飞机的旅程相对于之前的漫长旅途来说太简单，总觉得眨眼就到了，没有坐在火车里风景的渐变，没有呼啦啦上上下下的人们告诉你一个个地名。我最喜欢在路上睡觉。因为目的地还没到达，而原本的生活在身后，路途中的时间像是偷来的空白。反正那时候我很年轻，反正路还很长，时间也多的是。

在那些旅行中，曾经在天津骑车几十公里，去找一家戏曲音像店，为我小时候那个深爱梅兰芳的班主任买一张《贵妃醉酒》的 VCD。现在淘宝上可以买到一切，不知道专门去另一个地方能买点什么。

也在那里看到一个老人坐在轮椅上，死在马路的正中间。

曾经在南京清晨从虎踞路步行到冷清的博物院，看画像砖看到闭馆。

曾经在北京和我一起去卖唱的好友分别。看到她站在地铁口挥舞着修长的手臂说：再见啦，再见啦。汹涌的人群路过她钻进黑暗的甬道。她仍然在那里满面笑容地挥舞着手臂。

曾经到连云港第一次看到海，黑色肮脏的海和黑色肮脏的沙滩，退潮时礁石上爬满黑色的恶心虫子，但是到夕阳下山时一切都变成金色。我一直以为连云港有个地方叫"墟歌"，一直记得这是个多么美的名字。前几年才确认那个地方叫"墟沟"。

曾经到承德想看一个喜欢的人，当然我没能见到他，就在穿过承德市中心的火车铁轨上试图刻上他的名字。但铁轨是很硬的，后来我就知道了。

曾经在火车上和一个伯伯聊天，他说要借一个空着的小院子给我画画，他说那个院子在昌平，还要送我一只大狗看家。后来当然没有兑现，他打过一次电话说要去我工作的地方看我。也没有来，却寄了一张 500 块的汇款单给我。这个陌生人许下的小院子，对我来说是神的应许之地。我永远都不会忘记他。

如今人们在路上有很多东西可以玩，手机、电脑、PSP。我也一样，几乎不再和别人交谈。

我觉得风景再好，还是要看和谁一起，很难为了看一个风景专门去一趟。如果遇到了好风景，停下来写生和拍下来还是很不一样的。现在出门，有个很重要的线索就是那里有没有朋友要去看望。我也想去英国看看哈利·波特生活的地方。还想去看看写出《希腊三部曲》的科孚岛。

我想，以喜欢的东西为线索旅行是一种很好的方式。

如果喜欢音乐，可以去新奥尔良看爵士表演，去墨西哥看拉丁表演，去日本欣赏演歌。

如果喜欢美术，可以以世界上最好的那些美术馆为线索挨个走下去。

如果喜欢熊猫，就去全世界的动物园，看那里的熊猫过得怎么样。

可能是因为年龄的原因，我开始能够享受城市，不再认为城市是无聊的地方。自然是上帝的杰作，而城市是人类的作品。我作为人类的一员生活其中，也有骄傲之情。所以我也想看看在沙漠中拔地而起，仅凭人力建造的拉斯维加斯是什么样子。

在城市里玩最重要的一环就是消费。我喜欢看人类用自己的双手生机勃勃地去创造，创造万家灯火，创造新的食物，创造出方便和舒适，创造各式各样的交集。看很多好东西都被聪明人发明出来了，而我只要安心挣钱即可。

我的前半生没有什么精彩，但是生命的篮子却在时间的河里捞起来许多特别的沙子。因为那些无意的旅行并未怀着什么特别的心情，没有什么特别要得到的东西。也许这样一来旅行就丰富多了吧。人生不就是一次深度游吗？每时每刻，无论是否在发生着什么，都在忍耐着自己细碎的内心，按捺着说不清的期盼。

但我还是摸不着头脑，还是不懂专门的"旅行"要得到什么才是完美的。就像我也不能确定活成什么样才算不虚此生。

但是在我的老家，有一条小河，叫沙河。那一条小河总能让我平静下来。为什么呢？也许是因为它是我独自发现的。在心里它几乎属于我一个人。

在厦门我也喜欢海。在见过大海之前憧憬过很多遍。我指望大海给我的似乎也都有了。但过去许多年，我已经30多岁了，发现还是这条小河安慰着我。当我远离它的时候我什么都想不起来，但只要到达那里，变化就会瞬间发生。

大海是美的，我爱看它，仅仅是因为它美。关于海的印象，比起小河都只能算浮光掠影。

在这一条小河边几乎没有发生过什么事，也就是说，并没有什么心爱的男孩和我在这里相识相知，到伤痛而甜美的分离；没有在我某位重要的亲人去世时，我随着送葬的队伍经过它，把纸钱抛向河面。关于小河的记忆，差不多都是一个人的：骑车来到河坝，穿过春夏秋冬，停下车子，坐下或睡着。

　　一定要说有什么事，这些也可以算吧：我曾经用筷子和牛皮纸糊了一个非常笨重的风筝在这里放，当然放不起来。曾经在这里画过我生平第一张风景写生，一个农民模样的大爷蹲在我身后，指点我"中远景都还可以，近景不行。"还曾经组织过全班同学来这里，为我过了一个开心的生日——大概是13岁。

　　但是感情很难流于事件，我也不想为这些事件转上深厚的含义，也很难用字句写清楚。

　　那种瞬间极其短暂，听听水声，唱两句歌，突然平静。

　　我在小河边有一张留影，是一个当时在河边带着孙子的农民大爷帮我拍的。我说老人家，你帮我拍一张照片吧？他说"我会吗？"我说会，从这里看到我，按一下就行了。他帮我拍了3张。末了问我，"到这里来嬉会吧？"

　　不懂我们方言的可能无法理解，他就是明白我"到这里嬉会"。他不认为我是来放羊的，也不是来逃课的，不是来写诗的，就是来嬉的。在这里我没有被误解的担忧，我与这个环境，与我自己，终于取得了默契、互相喜爱。

　　我认识了不少人，有很多都认为我是一个多愁善感不堪一击的人，他们会对我说一些抒情的话，似乎能令我共鸣，显得他们善解人意，很解风情。让我感到难堪——或者我确实是一个矫揉造作的人。

　　也有人认为我嘴贱心刁，性烈如火。于是用一些脏话或疯话，来体验一下与这类人交往如何交谈得体，这也令我狼狈。我为何无法正确地表达自己，使我与别人相处简单一些呢。

　　也许我确实没弄清自己是怎样的。但是到了小河边，就仿佛蓝色的夜幕温柔地笼罩了大地，形神归一——松一口气，我是这样的，我平静了。

又要说起火车上的那个北京大叔。他很喜欢我，表现在他一开始向我吹了很多牛。说他能拿多少钱，但其实也不在乎钱，看着多大的场子，老板如何重视等等。

后来，他说他有一个很胖的儿子，不太争气，不爱读书，也不爱上班。所以他退休了还得离家去工作。名义上是副总，实际上是帮一位老战友看场子。

又后来我们谈到我希望有一个画室，要大，有暖气和窗户就好。他说他在昌平有11间平房，是一个院子。如果我去做画室，他不会要我租金，还要送我一条大狗看门，因为那里很偏僻，女孩家不安全。他记下了我在密云工作的地址。半年后他给我打了一个电话，一会儿说，要去密云我的单位看我。一会儿说，你也不来家吃饭，我也没能照顾你。

再后来，也一直没能再见面，他给我寄来了一张500块钱的汇款单，上面写着"对不起说话不算话了"。

我常想起他星星点点的白头发，那个充满歉意的电话，还有昌平那11间平房的小院。那个画室和小河一样，都是我心里的应许之地，会令我平静的地方。也许故乡和异乡，也都是旅途的一部分。

我知道不少流行资讯，认识各种门类的潮人，但只有这两个地方，我从未受过这些信息和人的影响，从头开始，独自发觉了它们的美妙之处。在这个过程里我不曾同平时一样媚俗，犹豫，贪婪，妥协，遗忘和背叛。（我一生都在与之战斗，不断地屈服，只在这里赢了。）每一寸都属于我，不能叙述不能分享的自我。是我退到最后的底线，最后的唯一的救命稻草，一片夹在少年日记里的蝴蝶翅膀，漆黑里的光亮。在死和不死的天平上，让我不死的那个微小砝码。

多么美妙。

只有一次，我去那里用很长的时间，给小河拍了很多照片，也许是因为我知道它即将消失。最后一次见到她时，她的河坝上已经布满水泥。

那些照片，每一张我都久久地凝视，提醒我被长寿拘禁的人生中，还有伸手可触的天堂。每次告别小河，她说珍重，我就珍重了。

随和谦卑教

去年，我和我的朋友阿紫对漫长的夏天感到不堪忍受，于是我们就创立了一个宗教。

虽然还没有想出名字，但是我们立刻投入了狂热的宗教情绪。

街头出现反日游行时，我们俩穿着"I LOVE CHINA"的T恤跟着人群，跟着那些公司职员、学生、民工、老人、小孩，从郊区走到了市中心，高喊着口号"打倒日本帝国主义""抵制日货""钓鱼岛是中国的"。我们把拳头，一遍一遍有力地举过头顶，仿佛怀着虔诚而苦涩的信念。

去高速路上救助猫狗时，我们穿着绿色军大衣彻夜蹲守在人群中。我们俩一根接一根地抽烟，悄无声息，黑暗中只见星星火光。没有人认识我们，我们也不认识任何人。当有人塞给我们一瓶矿泉水时，我们也回报以充满热情的微笑，感到浑身温暖。

我们在等车来，然后跟着人群去拦车，和司机吵架，我们跟着人群给狗喂水，抱着狗哭。好几次我们困极了，但是依然尽职尽责地掉着眼泪。

后来别人说，那些救助好像伤害了一些人。于是我们就放弃了狗，和别人一起哈哈大笑，说出各种各样机灵的话，变着法儿管高速路上那些人叫傻逼。

我们听说地球的资源越来越匮乏，感到忧心忡忡，于是我们就响应"关灯一小时"，除了那一天，我们甚至每天都要关一个小时的灯。两人坐在黑漆漆的屋里，默默地坐着，谁也没有多说一句话，有时候因为睡着了，又多关了好几个小时。

后来有人跑来告诉我们，"关灯一小时"其实是没有常识的傻逼在忽悠我们。我们就把灯打开，又在开着灯的屋子里睡着了。

我们关心环境、热爱公益、同情弱势群体。给孤寡老人送温暖，去孤儿院当义工。

一个路上认识的人说："你们这个教太不行了，需要我来帮助你们。"

我们就请求他的帮助。

他说要当教主，我们就奉他为教主。

他说要睡教徒，我们就让他睡。

他说什么，我们就做什么。我们非常温顺。

后来他说："你们实在是太无聊，我走了。"

我们就让他走了。

我们做瑜伽、喝清水不喝碳酸饮料、打坐，体会身体带来的愉悦。

我们关心国家大事，促进消费，每天都吃很多肉，信奉自由的市场经济推动世界的发展。

我们有时候深幽沉默，戴上重重面纱。决意禁欲和苦修，每天早晨、中午和晚上泪流满面地忏悔一生的过错。

有时候我们戴上花环、打赤脚，不穿内衣，只吃苹果。做一个宁静而快乐、热爱和平与爱的嬉皮士。

一个进步的女士看到我俩，痛心疾首，她说："你们缺乏坚定正确的信念，你们需要系统的学习。"

我们求知若渴地请求她帮助。

她列出了一串的书单，我们又去买书。

我们看了几天几夜，将书全部看完。

她又说，还是不行，你们病了，需要看医生。

我们去看医生。

医生让我们讲讲童年，我们就讲讲童年。

医生叫我们回忆往事，我们就回忆往事。

医生叫我们去跑步、游泳、跳栏、爬山，我们就去。

我们满面红光，气喘吁吁。

医生说，你们好了。

我们就好了。

我们经常面对面坐着，什么都不说。

有时候我们认为自己是不是太执着，更多的时候我们没力气去解散这个教。

我们终于被媒体发现。

女记者采访我们。

女记者问："你们默默无闻做了那么多，是什么样的精神指引你们？"

我们都意味深长而张口结舌。

女记者等了很久，只好自己说道："肯定是种伟大的精神。"

我们连忙点头说：是啊，就是那样。

女记者又问：可以用一个字形容这种精神吗？

能！我们目光炯炯地说。

我们觉得自己随和而谦卑，为此骄傲并且厌倦。

而在那时夏天终于结束了。我们一言不发地开始度过接下来的秋天。从头到尾，都没有给别人添过麻烦。

终于开发了

正能量大招

嘴巴里长了一窝溃疡。一窝的意思就是同时长了四五个，并且亲亲热热地挤在一起。睡得好好的，突然被这一窝溃疡气醒了。

所以我哥很可怜，从小到大溃疡没断过。只有那些意志坚定的人，才能长着溃疡还热爱生活。

更气人的是，耳朵里面的耳骨那儿长了一个包，摸得到看不到，因为耳骨硬硬的翻不开。今天我恶狠狠地把它抠烂了，一手脓和血。耳朵里长火气，这算是哪一出啊？

还有一种很令人痛苦的事：嘴唇被蚊子咬。那种奇痒啊，特别折磨人。想拿鞋抽自己嘴。

我脖子上还生过奇怪的包，不疼不痒，使劲挠一挠就不见了，过一会儿又出来。长了大概一年，觉得很讨厌，爸爸带我去医院。医生说是某种物件，现在我已经忘了名字，然后用止血钳一块肉一块肉夹掉。

我还被刀砍过嘴……自己弄的。拿把杀猪的尖刀去砍棕树叶，第二刀，刀就脱把，砍在棕树叶柄上弹飞回来，扎在人中边上，缝了八针：外面4针，牙龈4针。缝针的时候医生跟妈妈说：你不要看，一般做妈的不敢看。我妈说：没事，然后目不转睛地盯着。

第二天，哥哥玩臂力器没有套护带，臂力器打回来把下巴杵了个洞。也缝了8针。妈妈说：你们兄妹约得好啊。

我小时候最喜欢的游戏，就是走在各种栏杆上练平衡，或者在峭壁上奔跑，或者打着伞跳楼。伞一般都翻坏了，我却没摔坏。我还能想起来跳楼的过程中是有点头晕的。一次也没摔坏过，奇迹。

我还被开水烫伤，左半侧的身体从肩膀到腿，脱了两层皮。和同学一起去澡堂洗澡，两个人共一个水龙头，因为挤，我站到另一个坏了很久的龙头下。洗着洗着，那个龙头突然放出了开水，把我浇了个透够。

烫伤好了没多久，休克在校园里。悲惨的是摔的时候没想好，脸朝地摔的。摔掉了两个门牙。嘴唇也磕成了两瓣。缝了几针居然后来也长好了，没有留疤。

这些奇异的遭遇，居然全部都没有留疤。运气不错啊。

后来，我刚上大学，第二个星期，左边的胳膊肘隐隐作痛。过了两天抬都抬不起来，去医院看。医生说，你这个，要么就是炎症，要么就是骨癌。再回去观察两个星期吃点消炎药吧。要是没好转，骨癌就能拍出来了。

我操一个医生你怎么能对一个20来岁的女孩子轻松说出骨癌的诊断呢？当时还是爸爸刚刚因为癌症去世一年。我双眼发黑走到医院门口就走不动了，在台阶上坐了几个小时，想了很多。最后的结论是先不告诉妈妈。然后胳膊发展到全身关节，越来越痛。妈妈终于因为不安赶到北京去看我时，我已经在宿舍的床上动弹不得。她一进门我就哭了。她要安慰我，我说妈妈你先别说话，我想再哭一会儿。

然后是漫长的误诊和千奇百怪的治疗。比如喝一种稠得像淤泥的苦药，吃蚂蚁，或者每天用50多只蜜蜂蜇我。但那都比不上一种极痛的针，那个针，一针下去，就痛得从内衣到秋衣到毛衣全部被冷汗浸透，每天要打5针。同诊室的一个老头子，看起来是很体面的模样，他每天只要打半针，每次打完就痛得号啕大哭。虽然我理解他有多疼，同时又为了牛逼咬着牙不哭，虚荣心特别强。

整整卧床四个月，才能自己翻身。半年后才能扶着东西站立。瘦得形销骨立，可是根本就没有像电影里的女主角那样苍白凄婉而美丽。因为瘦得太快，皮肤没反应过来，都皱起来了。一点也不漂亮。

不过就是那样严重的病症，我也从没怀疑过自己能不能好起来。发病前齐腰的长头发刚烫成大卷儿，那么麻烦也舍不得剪。想，等好了再留这个好看的头发，又要留好几年，舍不得。但因为衰弱，以前浓密的头发掉了一半。那时候我想，也好，这辈子该吃的药，该挨的痛，那个份额应该一次用完了吧。当时还想，再也没有精神痛苦了。因为比起实实在在的肉体痛苦来说，精神痛苦简直就不是个事儿。当时实在没想到后面还有更难的事。

前些时候各种症状，加上一位心理学老师的提醒，去医院看，被医生诊断为抑郁症。去医院那天一进大门，看到苍白的建筑，门上的铁链和锋利的铁栏杆，立刻哭瘫在地。终于爬起来跌跌撞撞往门诊走，遇见一个一直吐舌头的病人，又哭瘫在地。进了诊室，见到医生又泣不成声。不是见到妈妈的那种安心的哭泣，而是因为极度恐惧。以前那么痛我都没哭过，这次无法克制。

医生开给我的药全是双倍剂量的，说明书里写着惊恐症、重度精神分裂、重度抑郁、双向情感障碍。头一次吃药，一天一夜动弹不得。脑子像被洗过一遍空空如也，没有痛苦，也没有快乐，要去死都没力气了。吐得太厉害又去看急诊，急诊的医生觉得我药物反应有点夸张，换了一种药。吃完了全身麻痹，我想就是刀割也不会痛，还有小便要失禁的威胁感。我想这药最好还是不要吃了。吃药之前只是想死，吃了药根本就是个活死人。就是要病死也要死得稍微有点尊严，我不要身下流着大小便死在医院。我就是我颜色不一样的焰火啊。就这么倔强。

患上抑郁症是我目前人生中感觉最艰难的时刻，这回不敢说是最后一次了。以前无论什么挫折都没有让我有"这次真的过不去了"的感觉。而后来这种感觉之频繁，都让我不耐烦了。要不停地提醒自己"这就是抑郁症的迷惑性，如果这是一场战争，这个想法就是敌人的武器"。这一切发生在心中独自争斗，哪一边赢用的都是我一个人的血肉。中五百万也没啥高兴的，就算能见到邓布利多也不一定有好脸色。每天都看着天渐渐变亮，每天都要对自己说"又活了一天，明天也要加油啊"。每时每刻都想趴在地上，捶着地面哭喊：我！很！痛！苦！

自杀真是最容易的选择了。

会不会考虑亲人好友呢？会考虑一下，然后就责怪他们：你们试着体会一下我的感觉，就不要跟我说那些"想开点"的废话了，为什么不能承认，只是用爱在折磨我。

死又不好好死。在这个节骨眼上看太宰治的《人间失格》。他战抖着日夜向上天提问：无用是罪吗？

我也想问：我赢了那么多次，就不能允许我输一回吗？放弃是一种罪吗？

似乎受过的所有委屈一齐涌现。突然无法分辨自己是谁，不知道自己会什么，甚至有时候不知道自己身处何时、何地。

看到喜爱的客人进店里来，全部力气只能用来点头微笑一下，期望他明白我是欢迎他的。

看到不喜欢的人，只想默默绕过去，然后拿桶汽油倒一倒，放把火把整个店连自己都烧了。

为了自救，胡乱看书。突然看到一本科耶夫的《黑格尔导论》，突然振奋起来。这件事相当重要。

黑格尔说，物种由它消费的事物来定义。屎壳郎吃屎，它就是一种吃屎的生物。人要消费人来定义。人要如何消费人呢？战争。

为了能够成为人，人们发明了战争。而在战争里活下来的有两种人：一种是怕死认输的人；一种是不怕死并且胜利了的人。

第一种人是次人，第二种人是第一种人的英雄。

但英雄的悲伤之处在于，由次人定义英雄，对英雄来说是没有意义的。英雄需要英雄来定义。但是英雄的英雄，也就是那些同样不怕死的战死的对手，他们已经死了，死人不再具有任何属性。所以次人注定臣服于英雄，但是英雄无视次人，他们宁愿去缅怀死去的人。

英雄完成了对自己的定义以后，实现了终极目标，他无事可做，只有缅怀先烈和奴役次人。他们非常孤独。这也就是集权者为什么无视我们次人的痛苦。实际上，英雄对次人的权益是没有任何看法的。因为权益是次人的幻想。

而黑格尔是偏向同情次人的。次人和英雄的目标都是要将自己定义为人，但是次人已经不再是人了，于是他们创造了丰富的文明。

例如艺术：艺术创造美，承认个体的差异和智慧，承认人类可以创造美，仰望美。

例如宗教：通过做正确的事可以获得同样美好的现在和未来。

例如经济学：任何人掌握正确的方法规律，就能获得同等的财富。

这一切，都用来构造被定义为人的幻想。这一切，尽管悲伤却何等迷人。

而基础为人人平等的民主制度，就是基督教世俗化的体现。

民主制度在世俗层面上是产生了利益的。但是英雄不需要利益。

比如你说：我不是英雄，但是我有钱，我有才华，我占有许多东西。但，你仍然不是人，是次人。

我想这从哲学层面解释了人类为什么一再战争，本来，以我们次人的层面去理解战争，那是无法理解的，因为战争一定是有害利益。接受了这种观点，就理解了所有事物的产生。

同时，我作为一名次人，对一切次人的文明抱有了一种新的宽容。觉得自己也不会再为什么事情，和其他的次人战个不停了。

熊培云说"人是一个时间单位"。你说一个人是福建人、是企业家、是男人，这都不足以定义一个人。人们会说某人是在某段时间内做了某些事的人。我认为他解释了为什么人有成就高尚的需要，希望自己的时间单位具有尽可能高的质量。同时，这也是次人的哲学。

是不是我们次人就永远地输下去了呢？

不是的。从哲学层面上讲，我作为个人，也有英雄的战争，我仍然可以定义自己。

我终于明白有些人为什么会显得比较高级，惊觉了自己还不是一个人：我是一个有着千万伙伴的悲伤次人。

也就是说我终于决心活下去了。因为我服气了，认输了，但同时，我有了新的仗要打。

在我想不出任何能诱惑我活下去的东西时，发觉自己还不曾成为一个人。

这个理由足够我顽强地战下去，也足够我心安理得地输。我既可以成为一个与自己战个不停的英雄，又可以成为一个欣赏着次人伙伴们创造的丰富文明的软弱者。这么说吧，我现在进可攻退可守，我追求利益和无视利益双管齐下，可牛逼了。

苦难有什么价值

我初中的政治老师。她当时30岁左右，是学校里的业务骨干。讲课不用看书，随口让学生翻到某页某行，复述课文一字不差，应该是倒背如流的。那个学校是重点中学，而她专门带毕业班，并且同时带三个毕业班，同时还是其中一个班的班主任。

她在教室里非常自信。我是矮个，坐在第一排。深深地记得她仰着头，流畅得像瀑布一样，响亮地说出许多话的样子。

她的装扮也很时髦。学校的环境很朴素，哪个老师修眉毛了，哪个老师今天的衣服有点透，都会被学生们议论一番。但是她好像也不忌讳，一直都精心把自己的烫发保持得很好，在夏天要来时她总是全校第一个穿裙子。别的老师都骑黑色的永久轻便车，有一小部分骑彩色的女式车，她骑一辆山地车。在小城里，当时只有在街上混的最时髦的混混才骑山地车。当她骑上那辆车时，如果喊"老师好"，她会格外有精神地点点头，似乎很喜欢她的车。

她的儿子当时五六岁，有时候带到办公室去玩，我们也可以看到，老师们都喜欢逗他，很活泼。听说她的丈夫在刑警大队当大队长。那时候我虽然很小，也能够感觉到他们一家人的生活是很美满的。

过了大概 3 年，我回老家，在街上见到她。她一个人在路上走，头发灰灰的，毛茸茸的一团，眼睛发直，佝偻着背。我喊她，她只看着我，嘴里嗯了一声。但我知道她什么都没想起来。我想再和她寒暄几句，她却走了，不仅没有礼貌，甚至连活气都不怎么有。

我觉得很奇怪，甚至怀疑自己是不是认错了人。过了两天去拜访另一位老师，随口说起这件事，他竟然告诉我，她家出了事：她的丈夫被黑社会雇凶砍杀。

她整个人就崩溃了，开始自言自语，冲空气怒斥或哭。

事情已经过去两年，找不到凶手，也不再有人理这件事，她现在每天所做的事，就是写很多信，发到各个地方，公安厅、国务院、江主席等等。但是没有一封信有任何回音。

那个老师说，应该在县里的邮局就被截下来了吧。孩子被奶奶带走了。她的岗位已经从教学调到了图书馆——其实我都不知道我的中学还有个图书馆。

我回去问爸妈，他们都知道这件事，全城的人都知道这件事。

我很震惊，就问：难道就这样了吗？他们家难道就这样了，没有人能干点什么吗？爸妈对我说，你不知道，这样的事情是很多的，如果人已经疯了，别人更不会帮忙。

又过了些年，我又听妈妈说，老家的一个单身女人，儿子在学校被小痞子打死，凶手逍遥法外，她要讨个说法。孩子的爸爸很早就去世了，她独自抚养这个儿子，家里还有一个老人是孩子的爷爷。

用了三年的时间，求告无门，决定自杀引起关注。

这里有一个细节，她和老人商量过，到底是谁去死。最后她决定，自己去。她去了省城，在省政府的地下停车场里死去。

那三年上访的其中一次是这样的：她听说县教委在政府隔壁的政府招待所里开会，就去了，在围墙外查看进入那个院子的小门上锁没有。这时她被一个经过的女人抓到，在路边用高跟鞋踩她的头，踩到她哭，又踩到哭不出来。

踩她头的女人，是我一起长大的一个姐姐，小时候还觉得她很漂亮。她毒打那个女人，并非因为做截访的工作。她只是个不相干的人，恰好遇见了她，知道她的事情，就想欺负她。

听说这件事以后我没有再见过她，也无论如何想象不出那个漂亮的姐姐踩人的样子，也想象不出人怎么能无缘无故地坏，也没能接受"对，就是会这样"的现实。而这一切就发生在我的家乡，它看上去和别的地方差不多，都一样肤浅而宁静。

后来一位亲人患了癌症，他的妻子去陪护。大手术，不眠不休地陪护，住院四十天回来，她竟然还胖了些。她说虽然没怎么睡觉，但是剩下的东西她都搅一搅全部吃掉，受不了的时候就自己跑到厕所里去哭一场。她说：要疯还不容易吗？我要是撒手疯了，还有谁能像这样照顾他，两个孩子怎么办。

再过了两年，她丈夫终究还是因为癌症去世了。在亲人还都穿着孝衣守灵时，她竟然已经能说起笑话了。她规定自己每天痛哭一个小时，剩下的时间要振作起来，因为她的两个孩子都还小，她不能倒。

再后来我又大了一些，在网上就常看到有的人抵抗拆迁，在自己的房子上自焚。前些时候，网上有一个妈妈，因为幼女被轮奸，不服审判一直上访，被抓起来劳教的事情。网上许多人发出呼吁，然后被放了，但是她还不放弃，还要上访。她的家里全部都是有关法律的书，她一直在研读，说话思路条理都清清楚楚，没有疯，不自杀，心沉似铁。

我之前在其他地方发过这篇文章，也被不少人骂。说我矫情，若无其事地要别人坚强完全是傻逼的行为。其实，因为那里熟人太多，我没有提过那个丈夫去世后规定自己每天哭一个小时的妻子，就是我妈妈。

我也没有提过在爸爸去世一年后，我才刚考上大学就患上重病，卧床不起，当时不知道还能不能好，可能会瘫痪或者死掉。又是我妈妈去北京照顾我，看着我躺在床上，不但不能自己翻身或抬头，甚至连水杯都端不起来，她就自己出去，到一个空旷的场地独自痛哭。那可是爸爸刚去世一年，这个家庭根本还没能从那个打击里恢复，就接踵而至的灭顶之灾。

在北京治疗三个月后觉得没有希望了，医生都不怎么搭理我了，说住院也没有什么意义。然后她从北京跋涉 2000 公里，把我一脚一脚背回家。她到处寻访奇怪的方子和疗法，把我背到各种各样奇怪的地方去治疗，并且自己研究医书，自己试药开药，在自己身上试针，自己给我打针。半年后，她把我治好了。

这是个什么样的女人啊！

我觉得苦难绝对不是应该被称赞被崇拜的，如果可以选，一定不选它。如果遭受了苦难，只能像钢铁一样活下去。痛苦无法消解，你不能崩溃，不能发疯，不能死。越是不幸，越不能不幸下去，因为不幸本身没有用。要像钢铁一样活着，因为没有别的选择。

不再联系

今天的营业额是 5 块钱。

刚才上楼，多比不知道从哪里叼了一块骨头，趴在楼下人家家门口的垫子上啃。回头喊它也没应。然后我上楼了，快到家门口回头喊它还是没来。

我打开锁，进了家门，坐下。过了好一会儿，多比才回来。它若无其事地回来了，我也若无其事地绕过它去锁上门。

在那之前，我坐在桌子前想，刚才我回头看到它趴在那个垫子上啃骨头的那一眼，会不会就是最后一眼。

以前有只狗叫天天。天天和我很好。那时我打完烊两三点钟，出去海边散步，都是天天和我一起。有时候会带着垫子去栈桥上坐或躺，天天就趴在我身边。如果有人来了，它就过去闻，别人就会有点怕，不往我这里来了。天天保护着我。

后来一只生病的小萨摩跑到我店里，在我脚边就睡了。第二天我和天天送它去医院。刚到那里，医生把小萨摩放进笼子，我和医生走到门口说话，天天在门前的场地上和两只狗玩。

就那一瞬间，不见了。我只和医生说了不到三句话，就喊它，就不见了。

接下来再怎么找，也找不到了。在网上发寻狗的消息，总有人说看见它了，赶过去看也是不见了。总之那就是最后一眼。

天天真的很忠诚，我只离开十分钟，回来它就高兴得像是久别重逢，失而复得。

如果回不来，一定是没办法。如果不回来，大概是回不来了。

一个星期后，那只得了犬瘟的小萨摩，医生说什么都试过，没救了，它很痛苦，要不要安乐死？我说，好。小萨摩也死了。

之前写爷爷的那篇文章，我删掉了一段。写我最后一次见到他的情景。走的时候我说：爷爷，过几天到正月再来看你啊。他说：好啊好啊。结果正月初几我去了北京。然后家人告诉我爷爷去世了。

有一次和 Q 她们去海边玩，唱歌，还拍了一些非常漂亮和欢乐的照片。我就觉得那个情景太过于快乐了，仿佛阳光太过明亮，总隐约感觉到那中间的黑洞凝视着我。过了几天 G 摸到自己肚子里硬硬的，非要说是不是得了癌。

然后 Q 陪她去医院。去之前她俩还开玩笑，说记得那些北影招生啊、什么大导演挑演员啊，最后都是陪着去的那个被选上了。我们都笑得乐不可支。

怎么会嘴这么欠。

居然过几天 Q 就昏倒在酒吧里。居然她真的患上癌症。

她发信息来说是恶性，一期。医生安排剃光头发，做一轮化疗一轮放疗。我心如刀割。

以前，有过许多和我彼此喜欢的人，现在想起来，当时都不知道哪次见面就是最后一次。本来好好的，都没有互道珍重，就那么戛然而止，再也不会见面，也不会再联系。

就是我离开他家的那天，也只是平常的一天。我在视频里看到些难受的东西，就走了。又怎么会想到再也不会回去，然后慢慢变成陌生人。

我觉得所有的失去，最伤感的就是和世界的联系被否定了。说过的话都不算话，变成空气，不留痕迹。

我也不知道什么时候你我说过的话，会变成空谈。

哥哥前几天发信息跟我说，总觉得妈妈有什么不对劲。我和哥都被吓怕了。爸爸查出肝癌的时候我打电话回家半个月都打不通，因为他们去了上海。直到做完手术，直到我回家，我才知道。

和妈妈约好，有什么事情一定要说。问她到底有没有什么事瞒着我，她就一直说没有。没有就好。

曾经看到一篇文章，只看到一个标题，说"看看走过的路，一切都是值得的"——一看，就不服气。不，一切都不值得，如果可以选，不要现在这个我。

曾经有个人，攥着玉石敲响刚出土的古老编钟，想要把什么都听一听，提着紫色的灯笼睁大眼睛，觉得灯影也新奇，也敢伸出双臂放声喊叫，想要吃掉好大一片天。那个连迷路也感到惊喜的年轻人，显然更好。

但，没有选择。

为什么非要赢呢。就不能彻彻底底地放弃，做个软弱孤独的人，一事无成地等死吗。放弃挣扎虽然不值得尊敬，但是应该也没有错吧？

无力时觉得一切都是狗屎。好像仍然是为了讨好世界而活着，好让日子好过一点。某些时候又掉进漩涡，如果放弃挣扎，没准下沉更适合我。

有时想和某人一起，把欲望和心机抛去，沦丧于琐碎并沉溺其中，并为此深深感动。

盼望闭上眼睛，离开疑惑，在黑暗而温暖的深海里游弋。什么也不做，像还在母亲子宫里那样，自然，被动，无所求无所得，像死一样柔软地活下去。

都是放弃，总是被那些放弃打动。所有的放弃中，最动人的放弃是死亡。

这种放弃是所有放弃的终点。那里什么也没有。没有时间，没有光亮，没有形体也没有痛苦。没有任何一种 move。那是一堵贴身地存在于前后上下左右的无限的墙。而这个礼物唾手可得。想到此情和此景，心中泛起笑意。

如果我还是放手一输，请务必要原谅我，要相信我仍然是通情达理的。

叫
魂

2013 年 4 月，被医生确诊抑郁症。6 月，医生建议住院，我不肯，害怕变成疯子。

妈妈发短信问我，侄女都满月了还不回来看看吗？这个姑姑怎么这么狠心？早上抱着小宝贝去散步，好像抱着小时候的我。问我，你就感觉不到妈妈有多想你吗？

我疲惫不堪，身心破碎，像段枯木一样神情呆滞也不说话，常常在梦里尖叫哭泣。因为这样，我不肯回家，怕他们担心，怕给他们添麻烦，怕家里人不喜欢我这个样子。哥哥和嫂子新添了宝宝，喜气洋洋的家里，会需要这个扫兴的我吗？

回家的路上一路丢东西，外套、伞、帽子，一样样弄丢。最后甚至打电话问哥哥，家在哪里？

我也知道这一关，没有人帮忙我应该是过不去了。

但就算不吃不睡不笑不说话，还是可以听见。我听到妈妈和她的朋友打电话说：我女儿回来啦，孩子们都在身边，我心里好过极了。

我心里想，原来就是变成这样一个废物、怪物，妈妈也是喜欢我的。

她领着我去了一个娘娘那里。在我的老家，管神婆叫娘娘。她们会算很多东西，算出门、开张、结婚的好日子，也算考学、工作、婚姻、健康、命运。我妈妈似乎很相信她。

她带我去见到了那个娘娘。娘娘看到我就说：这个孩子丢了魂了呀。要给她叫魂！放心吧亲娘叫魂最灵了。

然后她向妈妈面授机宜。方法是我躺下，妈妈坐我边上，男左女右，右胳膊，由妈妈握着我的胳膊，一截一截分七次向上握，直到肩膀，嘴里要念一些话，大概是春儿魂魄快回家，妈妈在家里等你之类。

我还记得那些情景，我的床上铺着粉红色花样的床单，被子和褥子都已经被太阳晒得鼓鼓的。妈妈坐在我身边握住我的胳膊，全神贯注地仔细确认着力度和位置，嘴里轻轻念叨着那些话。娘娘好像没有说要做几遍，但我想妈妈做了无数遍，可能有一两个小时，因为有些时候我就那样睡着了。

她没有看我，背着窗户，一心一意地坐在我的右边，手里捧着我失去生气的肢体。我也没有看她，闭着眼睛，泪水像巨浪般拍打，汹涌地往心中流去。

我觉得神婆说的叫魂，也并不是迷信，甚至比科学还要科学。首先她说你丢了魂。丢了魂，就意味着：这不是我的错。

抑郁症这种精神疾病，我感觉很难克服的一关，就是接受"它是一个客观存在的病，它不是你的错，不是惩罚、不是罪过"。而在神婆的解释里，它就是倒霉而已。而且娘娘似乎认为丢魂不是件大不了的事，在许多人身上常常发生。何况还有亲娘，处理丢魂这种事故最重要的人在，就不用太担心。

像那样轻声细语喊我的小名。就像小时候摔了一跤，去请妈妈吹一吹一样。妈妈吹一吹就好了，爱我就好了。还有那些全心全意的抚触……这是一具油尽灯枯的身体……母亲每日里双手触摸，赤身露体穿过荆棘的那些伤痕开始止血，扎下去的刺也渐渐地脱落了。这具血肉模糊却不知道痛的身体，被母亲抚摸过后剧烈地娇气起来，它向我嘶吼："对我好一点，我还活着！"

医生会建议说，要寻求家人的支持。但并没有简单地说：请你的妈妈抱抱你，摸摸你。即使医生这样告诉我，我也不会那样做，只会蜷缩在衣柜里独自痛哭。

早上起床时她已经在做早饭了，跑到厨房里，她就说："噫？这么乖啊。"我如果说肚子饿，她就更高兴了。那会儿，我慢慢变成一天吃四五顿饭，每顿都吃得满满当当。

我终于对她说：妈妈，我不是故意的。我奈何不了自己，我的生活一塌糊涂，所以才不给你打电话，不回家。我也怪自己怎么可以不关心你们，对自己失望透顶。

她一边剥大蒜，一边温柔地说：是啊，怎么可以那么冷漠。

我想我得到了原谅。

电视里放着偶像剧，我们一起看，看到动人处一起唏嘘感叹。

总之在那段时间，我吃饭、睡觉、做广播体操、跑步、唱歌、去医院。也许魂真的有回来，我重新开始成为一个具体的人。

昆明高原国际半程马拉松赛在五月下旬举行，自从下了决心跑明年一月的厦马全程，算算日子，五月也该跑个半程了吧。就这样糊里糊涂地去了。

然而直到比赛前一天，我才对这次马拉松有了一点概念，领号码布的时候工作人员问我，"有没有高原反应呀？"我愣了一下，"已经到高原了吗？"原来昆明是个高原……

睡觉前仔细整理了一遍东西：号码牌别在腰包上，塞张一百块，手机充电，耳机缠好，将计时芯片穿到鞋带里，里里外外的衣服按顺序叠整齐，帽子摆在最顶上。都好了。都好了吗？都好了。又看一遍，点点头，躺下，两只手交叠在胸前。

我并不是一个贪心的人，上次厦马报十公里时的目标是"按时赶到起点和大家一起出发"。这次的目标是，没有像上次那样迷路，没有坐在路边哭，就算自己赢了。

作为一名抑郁症患者，我对自己的进步非常满意。一月份的厦马，提前三天要去城里取参赛用品，我把自己用围巾帽子墨镜层层裹起来，咬了无数次牙，坐一小时的公车，一路茫然，好不容易强撑着取到号码，又坐在体育中心的草地上休息了两个小时，才有力气坐车回家。这一次，我就能千里迢迢来到昆明，报了一个21.0975公里的马拉松，到了比赛的前夜，没有弄错什么事，没有因为搞不清状况被人骂，没有哭，没有崩溃。我想象着明天自己混杂在人群中，一切都按部就班、秩序井然，和其他那些正常的人没有区别，一点也不显眼。是的，我对自己很满意。心中暗暗拍了拍自己的肩膀，渐渐睡着了。

　　睁眼就是比赛日了，呈贡新区本来就人少，参赛的选手更好分辨，人们好像潮水一样涌向起点。而我还感到些许不真实——我竟然也是其中的一员。

　　到早了两个小时，清晨不热，兴奋的跑步者穿得五颜六色，孔雀一样花枝招展。他们在闹哄哄地照相，摆出千奇百怪的姿势，每一张都要大声欢呼。我还是很害羞，觉得自己不够健康美丽，拘谨着没法摆出最自信的姿势，却情不自禁地笑起来。

　　然而出发后，人群就陷入了寂静之中。起点没有一个人在喊加油，出发五十米的路面，观众稀稀拉拉，每个人都在举着手机拍照。三千多人的参赛者，赶不上热闹赛事的零头，只有鞋子在路面上发出扑扑的拍打声……静得太过分，蓝汪汪的天空也发出略显沉闷的回响。

　　没跑多久，兴奋烟消云散。不到两公里我就不想跑了。好烦好烦好烦。不为什么，就是不想跑了。那种"每次都不想跑"的痛苦念头冒了出来。没有一次跑步在这个时候不痛苦，但是这种痛苦却含着一丝隐秘的喜悦。这个喜悦似乎来自"出发了，在向前呢"。我相信所有跑步的人都有不想跑的时候，不知道提醒他们继续的那个心底的小声音是什么？对于我，这个声音就是：出发了，在向前呢。

　　五公里不是一个生理极限吗？过去以后反而会轻松起来吧。

　　会轻松起来啊！到底什么时候会轻松起来呢？我问自己的身体。不知道什么时候,八公里的路标出现在眼前,是的,我完全没有指望自己能完成这个半程,试试,只是试试。

厦马时候迷了路,没有喝到水,这次我要喝一点——像别人一样喝水呢。装模作样地,望着水站的服务人员,挺直身体,伸出手,他们笑嘻嘻地递给我一杯水,对我说加油加油噢。并没有人觉得我特别,我不是个怪物。

就这样,热烘烘割人的空气在喉管进进出出,身体各处疼痛源源不断冒出来,无法言喻的感情把心填得满满的。到达十公里时,才意识到我还是有目标的,我希望自己能够完成十公里,这是上一次厦马没能完成的距离。也是我有生以来跑过的最远的路程。我居然跑了十公里,并且还没有昏迷。似乎还可以跑一段!这一段,每一步都是捡来的!只跑十公里的参赛者和半程的选手在我面前分开,我所在的路面变得更加宽阔——也许这条没有观众的赛道,用辽阔形容也不过分。

居然会有这种,没有观众的城市路跑马拉松!赛道两侧几乎没有居民区,那样空空荡荡的马路躺在大片大片的蓝天和白云下,没有观众,选手们已经拉开了很长的距离。就这样,四下无人、寂静无声,只有我和照着我的炽烈阳光。时间和距离都被寂静拉长。我可以倒着跑跑,侧着跑跑,伸开手跑跑。把手机打开放音乐又赶紧关上,我被熟悉的声音吓了一跳。

有那么一会儿,我数着自己的呼吸和脚步,觉得它们渐渐统一起来。肩膀、背、胸腔、小腿、脚踝、脚心,到处吱吱嘎嘎地发出疼痛的呻吟,触地是一种痛法,腾空又是一种痛法,呼出空气是一种痛法,吸进空气又是一种。心肺功能不好,空气总是不够用,却也不够让我痛快昏迷。

已经不需要告诉自己再坚持一下了。因为这种疼痛仿佛变成了此行的目的。无论跑得舒畅,或是跑得痛苦,并没有明确的界限。感受鲜明强烈、又很单纯,清晰简单地存在着,并不为了让我的大脑下什么指令而产生。

所以疼痛并不意味着什么是不是？如果不怕痛的话？

这种念头像一道光掠过我的思绪。

十五公里的路牌边，有一伙热情的志愿者在帮选手和路牌合影，我本打算停下来，却发现腿不想停，自然地迈过去了。我路过了十五公里路牌，没来得及拍张照片。

这一路路过水站、路过上坡，或者是肺被空气割得难忍，脚触地像踩上刀子，或者什么原因都没有的时候，我也都常常停下来走一段。可路过那个路牌，我想拍张照片时，我的腿竟然不听我的话。这让我想大笑一场。

那一刻我还可以跑更远，这是身体说的，不是脑子说的。

区区十五公里，有什么好留念的呢。那是一个多么平凡的时刻，那个时刻，世界上并没有特别的事情发生。

终点越来越近，我也越来越慢，落后到我这个位置的，都累得死狗一样，拖着要断掉的腿，龇牙咧嘴。我还有一点点力气，和一个穿迷彩服的女孩子较了半天劲，最后我们一起超过了一个彻底废掉的男人，他的全副注意力都用在张望收容车上了。

离终点只有一点点了，收容车不紧不慢地跟着我，不时探出一两个脑袋对我说话。有时候骗我说时间到了，有时候骗我说你可以的，加油加油，有时是个男人，有时是个女人。我还在跑，那些模糊成一团的剧烈疼痛似乎再也不会消散，我却不肯离开跑道，坐到舒舒服服的车子里去。已经是正午，我连影子都没有了。已经过了十九公里，这是我从来无法想象的距离，却已经存在于我活着的过程中。

我心中一松，突然想：干吗非要走完呢？那最后一公里，真的重要吗？

我转身对收容车说：我要上车。

车门应声打开，我上车坐了下来。车里已经有许多人，他们没有生自己的气，大家都很开心。

一些秘密穿透欢声笑语进入我的寂静，我想我发现了一些真正的秘密。那些秘密就藏在我的身体里。最初的，直接的，不可思议的，在此之前我从未真正相信过的，属于我一个人的身体。

寻找失去的自己

这是抑郁症的某个时期做的记录。现在回头看看，这是我进行真正的自我重建的开始。从那个时候起，真正开始释放痛苦。现在可以发出来和病友共勉了。因为我感觉自己已经走了过去，它不再是我极深的隐私。

最早的时候我还年轻，为赋新词强说愁。长大一点儿以后，决心做个有力的人，不快乐的时候所做的全部努力，就是赶走它们。

终于有一天，我接连受到很多打击。忽然之间，我学会了想忘记什么就忘记什么。

又经过了好多年，我猛然发觉，自己失去了真心。发觉没有人爱我隐藏着的痛苦。在那个时刻我稍微挣扎了一下，但是失败了。然后自己也厌弃了自己。

就是这样，把自己丢了，把未来丢了，把希望丢了。

不知道该去哪里一片一片捡回来，好拼成一个支离破碎、但我必须珍重的自己。

唯一的行李是羞愧，为自己的软弱感到耻辱，途经茫茫大海和无尽的大地，几乎死在路上。

在孤独的旅途中我遇见另一个人，以为他将与我做伴，陪我冲出疑惑朝前走。

但他对我说：你，不够格。

他还说：你，不努力。

我碎无可碎，但还得咽下咬碎的牙，一天又一天、一杯又一杯地咽下去。

带着碎成渣的躯壳，慢慢地走下去，像芦花一样摇摇晃晃地慢慢走下去。因为我没有别的选择。活着，就是死。

每当我掉下一些眼泪，或许我就拾回了一点自己的碎片。因为那是我珍重的，无法言说的尊严。

我的余生，不再以摆脱痛苦为目标，而是学着去爱，去接受自己，接受因为这个不好的自己必定要承受的、不可知的未来。

这让我的命运从茫然中获得了一点庄重，它只对我一个人有意义。过去我掩饰这一切，指望它对世界有意义时，只是将自己摧毁。

我希望自己能够成为一个可以忍受孤独的人。虽然令人绝望但这绝望我也将接受，它是我的一部分。我最多为它安置一个房间，而不是随时吞噬全部的诚意。活着也许是没有意义的，但死也可能是没有意义的。

这样一来，绝望真的就成为自己的一部分。当我慢慢找到了全部的自己，生命一定也到了尽头。那时我再回望一眼说：是的，都不重要，该休息了。

但这些，也可能都只是孤独发狂的呓语。明早醒来，我仍然会变成那个可耻的脆弱者，依然为了讨好世界撒谎，依然按捺着说不清的期盼，依然带着深深的厌倦和下垂的法令纹，带着数不清的敷衍和呼喊保持镇定。

但是，那都是明天的事了。明天的事，明天去担当吧。明天的苦难，明天再放弃吧。今天用来流光今天的泪水。今天我需要很多很多的爱，要将自己用力抱紧。让明天的恐惧在这拥抱之外。

也许只要这样，每天活满一天，就可以活下去了。

也许只要这样，我也能获得必要的尊严。

只要这样，就够我友善面对长寿的拘禁了。我希望是这样。

睡去吧，所有的孤独，悲伤，期盼，冷漠，欣喜，泪水，我在现实世界里不值一提的一切。唯一的目标便是真实存在，这也许没有那么难。睡吧，睡吧。

时间不可阻挡地缓缓流逝，要遭遇的幸运和苦难都无法预料。不但是命运，就连自己的心也无法真正控制。所以，活着是一个决心。是无论遇到什么，也准备温柔对待的信念。除此之外，就再也一无所有。它是这样空洞，又这样绵长。

我设计了一个朋友，名字叫丁丁。

当我都想好以后，他就苏醒了，有了自己的想法和行动。但是我的设定是，无论我多么讨厌他都会原谅我。我也不知道他会不会自己变。如果会，那怎么办呢。

我想让他帮我承担那种没有意义的感觉。同时，当他出现时，我将不再无助。他是我最好的朋友，他真的很爱我。

我没有设定过他会消失，会离开我。但是当他平时表现特别好的时候，也会超出我那些贫乏的设定。所以既然有特别好，应该也会有特别差吧？也许他会消失？

丁丁这个人有一点怪，不吃什么零食，也不抽烟不喝酒，实在闲的话，会吃冰糖。

他很有耐心，等车的时候捡到一张报纸也会仔仔细细连中缝也读。当他的车来了，他就把报纸叠好还放在椅子上。有一次，我就在他后面，接着看起了那张报纸。

我没有设定过如何唤醒他，是一个小失误。他会出现在我的脑海里对我说话，但是什么时间我很难控制。但是我可以控制谈话的气氛，他让我开心，我也可以。他毛病很多，老是无所事事，也没有什么志向，嬉皮笑脸的有时候没法对他生气，字又写得很丑，也没考虑过什么未来。每当我闭上眼睛，我就能多想出几个毛病。他完全智能啦。

　　他很可恶，有一次去海边，捡了一件衣服，他拿棍子挑回来送给我。老是捡一些怪东西给我害我尖叫着扔掉。那件衣服上还挂着海藻！

　　他认识我以前，我就认识他了。有一次我去灵隐寺的路上，石阶的中间有只金色的小蜥蜴，我看他可爱，怕被路人踩死，就捡到了路边草丛里。人家白素贞在西湖遇到了啥！我呢?！这个家伙，别说替我梳头描眉了，也许还要自己试试头上插花吧！想想就生气。浙江这个地方，真是没治了。不公平。

　　我闭着眼睛,想再多想一点关于他的事。然后就突然哭啦。其实我并没有哭，是眼泪无意中掉下来了。我决定不想了，我要睡一会儿，创造出一个漆黑的无限的黑暗，然后掉进去，一直坠落。

　　我总是梦见他。

　　有一次我问他：丁丁，如果我还是输了，自杀了，你会怎么想啊。

　　他说：那样就再也没有人需要我啦。

　　他又说，那我就追去告诉你：我原谅你了。

　　这个答案太意外，大概不是我幻想出来的了。我感激得痛哭流涕，哭得睡着了，直到又哭着醒过来。

　　从那以后，他就一直说服我，他是真的。我也开始疑惑了。

　　不久后我又梦见了他为了证明自己存在，用我对他的设定画了许多画发给我看。真有意思，设定的人物，为自己画道具。他把每一样东西都贴上标签，然后笑着问我：是不是这样？

我说不是，他画的，比我想的更好。更多细节，而那些场景又比我想的更暗。

于是我赶紧醒来，想仔细看看，却发现还是没有他。我都要糊涂了。真的和假的，界线在哪里呀。

你叫不醒，留不住，猜不到我。你不是我设定的丁丁啊。我糊涂了，又好伤心。

也有许多次，我找不到他，用千万种亲爱的名字喊他。

我喊道：丁丁！丁丁！时间没有流逝，是我们在流逝啊。

丁丁和觉菜

听说世界上有一种虫、一种鸟和一种牛，那种虫子吃牛新陈代谢的皮屑，鸟以那种寄生虫为食物，牛如果没有那种鸟，也会被寄生虫困扰而死。它们三个就那样相依为命。如果大家像别的虫子、鸟和牛一样，都可以依靠其他东西活下去，他们的世界会更好吗？

丁丁是一个很慢很慢的人。

在她读书的时候，即使再怎么努力读，却总是被想在课文和公式下画线的念头分神。如果边吃口香糖边走路她就会走错，如果一边听音乐一边打扫，就会不知不觉停下来。她只能一次做一件事，而且很慢很慢地进行。

她喜欢在字的下面画出均匀而平直的直线。在需要抄写笔记的时候，她能用红色和蓝色的圆珠笔，把笔记写得很好看。她有时候觉得自己是世界上最懂得红色之美的人。各种各样的红色怎样和其他的颜色搭配成另一种颜色，怎样保证细的线坚挺笔直；涂成多宽的一条，应该多长才是好看的，在书上和本子上应该占据多大的比例，这些实验总是令她心悸不已。

爸爸妈妈以为她喜欢画画，就送她去。可是她只能画直线，而且只喜欢红色。

所以她也不能按老师的要求，画出那些具有立体感的石膏。后来甚至因为又要被送去画画，小小的她紧张得彻夜无法入睡。每次要去的路上，她浑身都是冷汗，头发冰冷地贴在额头上，她也来不及慢慢伸手拂去。因为作为一个很慢的人，每时每刻要她忙的事情都显得太多了。

尽管她能用红色的笔画出最美的笔记，但是那却没有用处。她考试从来都考不好。考试的时间，只够她细细地把试卷上有"口"字和"田"字的地方涂黑，把虚线连成实线。

手工课上，大家可以做出小花、小动物，甚至有门可以开合的小冰箱。她只能把一块泥搓成一条。但那是完美的一条，从头到尾均匀细腻，一模一样粗细。没有突出或凹陷，也没有裂缝。而最后一个步骤，是用一根塑料笔，擦掉那一条泥上最后的指纹。

无论别人怎样叹息，她暗地里总觉得是满意的。但那种满意也不得不藏起来。因为那完美的一条橡皮泥，比起小花、小动物和小冰箱来说，的确太简单了。也曾有一个老师，赞叹说那是多么美丽的一条橡皮泥。

她热情地说：丁丁，不如我们给它起个名字吧？

丁丁就知道，她并不是真的喜欢它。她只想结束这件事。

而当她热情地拿起那条泥来端详，把新的指纹毫不犹豫地印上去时，丁丁心痛不已。同时也更加确认，她并不真的知道它美在哪里。慢慢地生活，是不被允许的。互相热情地敷衍是最叫人疲惫的事，在丁丁十岁的时候，她就知道了。

可想而知工作以后的生活更加艰难。

丁丁的细致和微小，只能恰好为她挣够生活所需，每个人总是对她摇头叹息。那是非常艰难的日子。每一份工作都像是那些灵活、外向、能够处理所有复杂而粗糙的事情的人的赐予，扔给她一些可有可无的部分，让她得以生存。其实她一天只要一碗酸辣粉就可以生活下去，而且其实就是不活下去，她也不太在意。互相不需要的世界，存在的意义好难找到。

　　直到那一天，她在垃圾箱边遇见了一位黯然神伤的主妇。

　　她倒掉一整盘煮熟的苋菜，因为家人抱怨，每一口都吃到沙子。

　　苋菜虽然美，却是很难洗的菜。即使它味道鲜美，它的汤能把米饭染成粉红色，它依然会时不时蹦出硌牙的沙子。丁丁突然明白了自己要做什么。第二天，她洗好了一把苋菜，在那个垃圾桶边徘徊。将它送给了那个主妇。"这个请拿去，我洗好了，这是绝对不会有沙子的苋菜。"

　　她眼睛里闪耀着令人信服的光彩，仿佛送出的是自己最爱惜的礼物。

　　后来那个主妇在垃圾箱边又找到了丁丁。她说：上次的苋菜，太好了。你怎么能洗得那样干净。可以再帮我洗一次吗？

　　在家人回来之前，丁丁被邀请在那个主妇家吃了一些美味的蛋饼。那是丁丁第一次在自己的饭食里吃到恳切的谢意。她觉得太好吃了。

　　再后来那位主妇的朋友们也请丁丁帮自己洗苋菜。

　　苋菜虽然看起来是完整光滑的一整根，但其实它的叶子并不光滑。

　　即使是新鲜的苋菜，叶子里也能藏起非常非常细的沙子。所以当人们在苋菜里吃出沙子时，不像米饭里的沙子可以吐出一整颗，而是不得不呸呸地吐掉整口的食物。

　　菜茎上伸出其他嫩叶，要把那夹缝里的沙子也洗干净，同时又不能掰坏嫩叶，就必须要用只有一排软毛的婴儿牙刷帮忙。

　　带有根须的尾部必定应该切除，但如果为了易于清洗而切得太多，就浪费了鲜美的味道最集中的根茎。

　　苋菜的颜色非常神奇，翠绿色的边在深红色周围围成一圈形成叶子。菜茎坚挺修长，根部又回到偏紫的粉红。不管怎么煮，苋菜总是吐出美丽的红色，柔弱而多情。除了丁丁，再也没有人因为苋菜的美丽那样尽心清洗它了。

"小孩子喜欢用它的汤拌饭，喜欢红色的米饭啊。可是洗不干净不禁感到很担心，有你帮忙真是太好了！"

"啊，到了季节如果没有吃到苋菜，只是因为洗不干净而放弃，还是会觉得有点抱歉呢。"

如今丁丁终于有了一个电话，而电话也不再令她恐惧，不再意味着可怕的消息。她终于能够收到礼貌而渴求的话语："那个，请帮我洗洗我家新买的苋菜吧。再也不想吃到都是沙子的苋菜。除了你，实在没有人可以将它洗干净了。"

丁丁就这样得到了很多主顾。

每当将一棵棵苋菜洗得闪闪发光、熠熠生辉的时候，丁丁感到自己不再害羞，她的脸也不再忧愁苦闷，她可以挺起瘦弱的胸膛，捧出洗得干干净净的苋菜，眼睛里闪耀着动人的光。

而苋菜这种因为难洗而一再被人轻易放弃的普通蔬菜，也终于因为丁丁的存在获得了喜爱。

也有人要她洗香菜，洗被去掉了藕节的莲藕，洗空心菜，甚至洗碗。她都可以拒绝了。因为她只愿意洗漂亮的苋菜，并且除了她没有别人能将苋菜洗好。

即使是许多人在丁丁的背后，用精美的手指点着她的后背说：你，格局太小！

即使世界这样放弃了丁丁。

只要她还拿着一把苋菜在认真清洗，就可以勇敢并骄傲地说：我还没有放弃你哦，世界。

孤独是她旅途的开始，也是完美的终点。是诅咒，也是祝福。

描述一个感到幸福的瞬间

　　那大概是一个下午。在那个上午我做了一些家务，到中午，觉得全都打扫完了。环视四周，看到干净整齐刚铺过的床，就爬上去躺着。不知道多久慢慢睡着了，也不知道是过多久醒来的。

　　醒来时是半下午，可能是三点多。窗外清凉绿荫中吹进来一阵风，也可能是被那阵风吹醒的。那是有点惊讶的醒来，竭力想要回忆起一点值得关注的事情，但是没有。空气白，而自有分量。我意识到自己所有的身心都沉浸在那阵风里，所有的生活都聚集在此处、此时。世上无一涣散的不安。

　　一时之间，我不知道该怎么办，动了动手脚，不知道要往何处活动。张开嘴，想不起来要说什么，却没有来由地轻轻发出了一点声音："欸？"像是能从空气里喊出一个关照着我的神仙。又好像可以把这一声轻唤留在茫茫宇宙中，它将和我永不止息地呼应。

　　我疑惑着，自己为什么从未决定像这样顺从地幸福下去。过去许多年后我才明白，那并不是一个幸福的开始，那就是幸福本身。后来，我就对幸福有了经验：它灿烂，宁静，出其不意，无法复制并且转瞬即逝。

它的降临，为我那个大雪从未停过的故乡里，钉下了一根路牌。路牌上写着："我曾路过这里，当时死亡还没有来。"

那样的故事怎么也写不完

（后记）

　　以前厦大医院有个"思无邪旧书店"，每当新到一批好书，大家就互相通气："哪里又死了一个老头，快去淘书！"然后就又想起来一些别的事。

　　我奶奶去世时，她的屋子里塞满了东西。鞋、锅碗瓢盆、破桌椅、衣服，一直塞得顶住天花板。婶婶们去收拾房子，叫来收废品的流水作业，几个人在里面扔，收废品的在外面踩扁扎堆打包，论斤全卖光。以至于办丧事时突然发现连一块抹布也没了，又回家去取。奶奶一生泼辣吝啬，燕子衔泥一样攒的东西看得很紧，连家里人也不能动。人一走就奈何不了半分。妈妈对我说："看这形势，我自己也要有数，不值什么的破玩意该扔就扔了，要留留点好东西。"我也和她一起哈哈笑，说："对！没错！"

　　我爷爷生前得过一个市里青少年基金会发的"关爱下一代"之类的奖牌，金灿灿的。他说了好几次，叫我拿去复印，分给弟弟妹妹们一人一张。我那时候才上小学，说厚厚的奖牌没法复印的，当时觉得好荒唐。他当过兵，做了几十年的中学校长，我和哥哥的老师们都是他的学生，又做了十几年镇长，似乎镇上许多人都记得他。但那块奖牌早就已经消失，可能只剩我还有这一缕不是滋味的印象。但他不会怪我的，他总是让我坐在他膝盖上，用他的杯盖喝他杯子里的茶，教我的歌我还会唱：对面山上的姑娘，你为什么还不回家乡。

我阿公（外公）是一个木匠，专门给人家盖屋，做大梁的大木匠。可是他盖的房子，都被拆掉变成了瓦房，瓦房又变成了小楼，所以外公的遗物我一样都没见过。

但我知道他特别疼爱妈妈，所以妈妈总是说自己命好。我是超生的，按说生完哥哥，家里有儿子也就够了，妈妈却偏要千难万险地再生个我，一儿一女才圆满。所以我觉得自己的命也很好。

我还知道阿公爱热闹，所以去世时家里办了七天七夜的道场，敲锣打鼓。孙子曾孙们在屋子里给他用金纸叠元宝，二表哥打瞌睡却被谁重重地一巴掌打醒，舅舅们说那是阿公的魂魄还在家管事儿呢。每年清明节，妈妈就托乡下的舅舅到外公的坟边上采最壮的艾叶，晒干捆成一把一把，留着等我回家洗澡用。她说阿公保佑我春儿泼皮肯长。我办婚礼，小舅坐飞机来厦门参加，什么行李都没有，他一只手插裤兜里，一只手拎着一麻袋艾叶，自己笑了一路。

我大舅和二舅也都是木匠。外公还很可惜妈妈不是个男孩，不然也可以当木匠。大舅做过家具，一口箱子一颗钉子都不用，全部都用榫头互相咬住。

英俊挺拔手艺高的大舅，当年说亲的人踏破门槛，用妈妈的话说，他都是"头昂八尺高"。所以他结婚时全镇的人都去看，心气儿这么高的小伙子，到底娶了哪家姑娘。

我大舅妈呢，就是在年年庙会上，坐在最高的花车上扮演白娘子的，全镇最漂亮的女孩。大家就都服了气。我小时候用的枕套被套鞋子鞋垫，全都是大舅妈绣的，非常美，但那时全用烂了，一个也没留下。大舅做的家具也在1990年代初被更新换代，变成了贴皮的组合家具。从那时候起，大舅和二舅就下地去种棉花了，不知道是不是要从头学起。

我回老家，告诉他们现在城里木匠的工钱有300块一天，用树做的家具现在特别贵，他们都笑着说，太老了，做不动了。我说教我吧，他们又笑着摇头，说我胡闹。

我的爸爸也没有留下什么。他很爱玩，要说胡闹他比较厉害。年轻的时候想学旱冰，夏天早晨4点就悄悄爬起来，穿着棉袄在水泥地上一个人溜。天亮大家都要起来了，他就收起鞋子回家躺下。他很会唱歌，唱哭一礼堂全校师生的事情，像个传说了，再也听不到，也没有录下来过。但是他每天都写日记，写了二十来年，家里有好几十本他的日记，不过我还没看过。有一回打开我给他写的一封信，信里画了一个"：)"，他用红笔圈出来，又在旁边画了一个"：)"。

当然我一辈子都不会扔掉那些日记，但也不知道我要长多大才敢翻开。等我也死了，我的孩子都没见过外公，会拿这些日记怎么办呢？或者其实我的爸爸有我爱一生就够了。

小时候对祖宗没有概念，直到有一天妈妈告诉我，其实每年清明节，爸爸和叔叔们会每年一个，轮流去乡下祖坟祭拜。去乡下路既远又长，路况也一直很差，所以从未带我们小辈去过。其实她记错了。我去过一次，风很大，一片依稀的荒草，还有烧着受潮的纸钱漫起的青色尘烟，我和那些坟一样高。我并没告诉妈妈，因为她还说张家祖坟有一个牌坊，我却没有印象。不知道到底是谁记错了。

这些年清明上坟，妈妈都会带着我一起准备祭品，教我祭祖的规矩。我都用心在记，这样妈妈会安心，我也好教我的孩子。又后来，妈妈说她又去给我算命，算命先生说，你女儿的命现在已经要到别人家的坟山上才看得到了，出嫁的女就是这样的。妈妈说：你看，婚礼是一定要办的，昭告天地知道，他家的祖宗才会保护你。

老百姓世世代代大概就是这样纪念和祝福着。我渐渐地明白失去并不仅是残酷的，也是温暖的。

妹尾河童先生的"在世遗赠"很好玩，他的东西，谁看上了就写上自己的名字，表示他死了东西就归自己。特别招人喜欢的，甚至签了好几个名，要是排名第一的人先死，就可以轮到第二个人。他说：想必在我的葬礼上，这些家伙会吵吵嚷嚷地说这个是我的，那个是你的吧？

想起来觉得那种葬礼也很温馨呐。人活着或死去都在天地间，喜欢的物品总还在，有的在别人心里，有的被买卖或赠送，是小事一桩。地球毁灭的那一天，应该也会这么想吧！

地球可比我了不起多了，它的父亲又比我的父亲不知道伟大多少倍。时间流转，把万物带走也带来，没有绝对的短暂，也没有绝对的永恒，这是多么美妙的故事。

再版后记

2015 年 1 月《一生里的某一刻》出版，不知不觉，两年悄悄过去了。这本书再版之前，一起工作了三个月的心理咨询师庄医生刚刚告诉我"在地"是什么意思。"在地"的字面意思是：感觉到自己的双脚踩在地上。引申来讲，就是"专注与于自己此刻所在的时间和事情上"。他说，"在地"可以帮助我多找到一点踏实的感受，帮助我在拥挤的生活中不太茫然。

这个谈话，让我想象自己站在一片旷野上，放眼望去风景阔大，时间穿梭，但我真正在意的，可以确切感受到的，是脚下的那一小片。那的确是我脚下的，它确信无疑地把一小片大地的信息传达给我，让我肯定，是我自己站立于此，稳定于此。

这本书对我来说就是在脚下的一小片大地。在考虑写作之路时，我也好想多发展些生动的表情，编造出传奇的故事，做一个像样的，能够构筑世界的作家。可是，光是向内查看，面对自己这样一个谜团，就已经自顾不暇了。某些时候，自己和生命刻度会微微有些对不齐，对不齐时也要镇定，不能被那些人生的追问把自己吹散。所以，保持呆板是我的生之诀窍。

两年过去，我的生活也发生了许多改变。作为一本完全是真实描述的书，它记下的经验、情绪和故事，都不可能倒流回去再来一遍，所以这样的书，我不会再写，也写不出来。

一些读者找到我，告诉我这本书给他们的感觉，就发现当自己的想法变成书，去接近活生生的读者，进入别人具体的生活时，竟变成了一种可贵的、真实的交流。

这本书我原本只盼能卖出第一次印刷的册数，使责任编辑老师不至于因为出这本书而被扣年终奖，就十分侥幸了。眼下它将成为一本能够再版的书，我真的非常感激各位。新版中增加了几个新故事，开本调整成了比较小的样子。如果不是字数太多，我还希望它能更小一点儿，更软一点儿。好像这样我们就可以再接近一些。

我的读者朋友，谢谢你们喜欢它、买它、一再地买它。我踩在脚下的那一小片土地，因为你们又结实了一点。也要谢谢我自己，毕竟敢于伸手对别人索要感情，源于我拥有盲目和天真。

一生里的某一刻

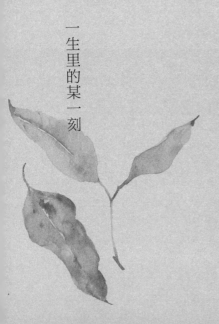